Acht Wochen Später

Ein Roman

G.T. London

Gewidmet meinem Ehemann Jason – mein Abenteuerpartner, immer mein erster Leser, meine Inspiration und mein Ratgeber.

Inhalt

Ein paar Worte, die über die Seiten verstreut sind

Aloha: Ein Wort, das in der hawaiianischen Kultur für Liebe, Freundlichkeit und Verbundenheit steht. Es wird zur Begrüßung und Verabschiedung verwendet und spiegelt ein warmes, einladendes Verhalten wider.

Aumakua: Ahnengeister, die die Familien schützen und leiten. Sie können sich in verschiedenen Formen manifestieren und vergangene Generationen mit der Gegenwart verbinden.

Braddah: Ein freundlicher Begriff, ähnlich wie »Bruder« im Englischen, der verwendet wird, um einen engen Freund oder Bekannten mit Wärme und Vertrautheit anzusprechen.

Da family: Ein informeller Begriff für »die Familie«, der ein Gefühl der Nähe und Vertrautheit ausdrückt.

Hala-Baum: Ein tropischer Baum mit langen, schmalen Blättern und Luftwurzeln. Er kommt auf den pazifischen Inseln und in Südostasien vor.

Honu: Die Meeresschildkröte, in der hawaiianischen Kultur ein Symbol für Glück, Ausdauer und Langlebigkeit.

Humuhumunukunukuāpuaʻa: Ein hawaiianischer Drückerfisch mit leuchtenden Farben.

Keiki: Ein Begriff für Kinder, der ihre Bedeutung und ihren hohen Stellenwert in der Familie und der Gemeinschaft hervorhebt.

Koa-Baum: Ein auf Hawaii heimischer Baum, der für seine Stärke und Haltbarkeit bekannt ist. Symbolisch steht er für Integrität und Tapferkeit.

Lanai: Eine Veranda oder ein Balkon, oft ein Platz im Freien, an dem man sich trifft, entspannt und die tropische Umgebung genießt.

Mahalo: Dankeschön. In der hawaiianischen Kultur spiegelt es Wertschätzung und Dankbarkeit wider.

Malasada: Ein köstliches Gebäck, frittiert und großzügig mit Zucker bestreut. Eine beliebte Leckerei, die bei Festen und besonderen Anlässen genossen wird.

Ohana: Der hawaiianische Begriff für Familie. Er geht über die Blutsverwandtschaft hinaus und betont die Idee, dass niemand zurückgelassen oder vergessen wird. Auch ein Begriff für ein zusätzliches kleines (Gäste-)Haus auf dem Grundstück.

Poke: Ein köstliches hawaiianisches Gericht mit rohem Fisch, in der Regel Thunfisch, der mit verschiedenen geschmackvollen Zutaten gewürzt wird.

Poi: Ein Grundnahrungsmittel der hawaiianischen Küche, das aus der Tarowurzel hergestellt wird. Es hat eine kulturelle Bedeutung und wird oft mit Fülle assoziiert.

Pū: Ein Muschelhorn.

Slippa: Lässiges Schuhwerk, in der Regel sind damit Flip-Flops gemeint. Perfekt für den entspannten Insel-Lebensstil.

Wa'a-Kanu: Ein traditionelles hawaiianisches Kanu, das die Verbindung zwischen den Inseln und dem Meer sowie das seefahrende Erbe des hawaiianischen Volkes symbolisiert.

Prolog

Wasser, überall Wasser. Ich recke leicht den Hals, aber ich sehe immer noch Wasser. Mein Blick schweift umher und trifft nur auf die unerbittliche Kontinuität des Wassers. Ich liege auf einem kleinen schwarzen Felsen, umgeben von einer blauen, kräuselnden Weite.

Meine Augen verhalten sich wie ein 33-mm-Kameraobjektiv und scannen die Gegend hektisch ab. Immer noch nichts als Wasser. Ah, da ist die Sonne, die am Horizont verschwindet und mit dem Wasser verschmilzt.

Ich stoße einen Seufzer der Enttäuschung aus. Ich bin also wirklich von der Klippe gesprungen.

Eine Krabbe mit glänzenden Augen krabbelt auf mich zu.

Wenn ich mich umschaue, ist das Ufer dort drüben, und der Weg führt auch in diese Richtung. Dieser Felsen steht mitten im Ozean. Oh, Mann. Ich kann nicht schwimmen, und es ist so viel Wasser um mich herum.

Etwas streift meinen Hals, und ich stoße einen kleinen Schrei aus. Als ich nach unten schaue, erkenne ich, dass es eine Halskette ist, kein Tier.

Ah, es ist eine schildkrötenförmige Halskette.

Warum trage ich eine Schildkrötenhalskette?

»Oh!«, erinnere ich mich plötzlich.

Kapitel Eins

Als ich mich auf den Weg vom Flughafen zu meinem Strandhaus mache, erschüttert das laute Grollen des Donners die Luft. Der Tropensturm wird stärker, und ich kann kaum noch die Straße sehen. Verflixt, es sind keine anderen Autos in der Nähe.

Ich kann nicht glauben, dass ich ein Strandhaus auf Hawaii besitze. Ich würde gern sagen, dass ich es kaum erwarten kann, mich dort niederzulassen und den beruhigenden Klängen des Ozeans zu lauschen, aber die Wahrheit ist, dass ich es kaum erwarten kann, es zu verkaufen und nach London zurückzukehren. Schnell.

»Sie haben Ihr Ziel erreicht«, verkündet das GPS. Die Stimme ist weiblich und hat einen amerikanischen Akzent.

Die Regentropfen prasseln noch heftiger auf die Windschutzscheibe und nehmen mir völlig die Sicht. Ich halte vorsichtig an und parke das Auto. Dann ringe ich mit der Autotür, drücke und stöhne gegen die unerbittliche Kraft des Windes an, der ebenso entschlossen ist, zurückzudrängen – es ist ein richtiges Gerangel, das kann ich sagen.

Ich verstehe dich, Kumpel. Ich bin auch nicht besonders scharf darauf, hier zu sein.

Ich hätte um siebzehn Uhr ankommen sollen, aber mein Flug hatte fünf Stunden Verspätung. Die Autovermietung war kurz vor der Schließung, als ich endlich ankam.

Mein erster Flug dauerte fast dreizehn und der zweite sechs Stunden. Ich habe Nordamerika und zwei große Ozeane überquert. Und doch ist es hier auf Hawaii immer noch derselbe Tag. Der morgige Tag hat in London bereits begonnen.

Mein London. Meine quirlige und geschäftige Stadt. Mein Zuhause.

Ich hätte auf meinen Bruder Luke hören sollen. Er ermutigte mich, für die ersten Tage ein Hotel zu buchen. Er war schon immer der logische Mensch.

Schließlich stoße ich die Autotür auf und laufe zu einem großen Tor, das von wilden Büschen umringt ist. Es steht keine Nummer darauf. Ich bemerke ein anderes Tor auf der linken Seite und laufe dorthin, wobei ich schon nach wenigen Schritten durchnässt bin.

Nummer zweihundertvierunddreißig. Nein, nicht mein Haus.

Meins muss das ohne Nummer sein.

Ich laufe zurück zum anderen Tor, das schon bessere

Tage gesehen hat. Ich greife nach dem verrosteten Riegel, aber er weigert sich, nachzugeben. Der Regen trommelt unaufhörlich auf mein Gesicht und beschwert meine Wimpern.

Ich drücke mit aller Kraft und das Tor öffnet sich einen Spalt, um dann hartnäckig zu verharren.

Als meine Frustration hochkocht, ziehe ich die Schultern zurück und stoße mit neuer Entschlossenheit mit meiner rechten Schulter gegen das Tor. Das alte Holz ächzt. Das Tor öffnet sich ein kleines Stück weiter und bleibt dann stehen. Meine Sicht verschwimmt, als mir das Regenwasser über das Gesicht läuft. Mit letzter Anstrengung stoße ich mit aller Kraft dagegen. Ich stolpere vorwärts, als sich das Tor bewegt.

»Hoppla.«

Ich befinde mich vor einem verwitterten einstöckigen Haus, das in der Dunkelheit kauert. Ich sprinte über den Rasen, aber ich schätze meine Schritte falsch ein und stolpere, wobei ich beinahe einen verhängnisvollen Sturz erleide. Um das Haus herum ist dichte Vegetation.

Schließlich erreiche ich die überdachte Veranda. Völlig durchnässt, aber nicht fröstelnd. Dieser Regen ist anders als das, was ich in London gewohnt bin – eher eine warme Berührung von Mutter Natur als eine kalte Umarmung.

Ich wische mir den Regen aus dem Gesicht und beobachte meine Umgebung, beleuchtet vom sanften Licht meines Telefons.

Als Erstes muss ich den Schlüssel zum Haus finden.

Mir wurde gesagt, dass er unter der Veranda auf der rechten Seite liegt.

Aber es ist so dunkel, und der Regen ist jetzt noch intensiver. Und die rechte Seite der Veranda ist von Ranken überwuchert. Ich seufze und sprinte die Treppe wieder hinunter. Der Boden ist schlammig.

Ich schiebe die Blätter beiseite.

»Da bist du ja!«

Der Stein. Ich beuge mich vor, um ihn zu greifen, rutsche aber ab und lande auf den Knien. Ein großes Blatt bedeckt mein Gesicht.

»Ah!«, schreie ich, während ich, immer noch auf den Knien, den Stein entferne.

Eine kleine Vertiefung im Boden ist freigelegt worden, und darin befindet sich eine kleine Metallbox mit einem gesicherten Zahlenschloss. Ich schnappe mir die Box und laufe zurück unter den Schutz der Veranda.

Ich gebe die Kombination ein, die der Anwalt in seiner E-Mail angegeben hat: null, acht, null, acht. Jetzt kommt es mir wie ein Traum vor, aber es ist erst eine Woche her, dass er mich in meinem Café mit einer lebensverändernden Nachricht anrief.

»Sie haben auf Hawaii ein Strandhaus von Ihren Großeltern geerbt.«

Ich lachte. »Ich kann Ihnen garantieren, dass Sie die falsche Person haben. Ich habe keine Großeltern auf Hawaii. Ich habe gar keine Großeltern.«

»Unsere Nachforschungen bestätigen, dass Sie der

einzige Nachfolger der Familie Williamson sind. Die Dokumente belegen es.«

»Mr. Moore, es tut mir leid, aber ich bin mit niemandem aus Hawaii verwandt. Meine Familie stammt aus Bristol. Ich weiß nicht einmal, wer die Familie Williamson ist.«

»Ich weiß von Ihrer Adoptivfamilie in Bristol, aber ich spreche von Ihrer leiblichen Familie.«

»Ah, ich verstehe. Mein leiblicher Vater hat seine Familie im Krieg in Europa verloren. Und meine Mutter …«

Ich brach kurz ab. Ich wusste kaum etwas über sie. Ich wusste nur, dass sie aus Amerika kam.

»Das Haus gehörte Ihren Großeltern mütterlicherseits.« Die Stimme des Anwalts war sanft und fast traurig.

Nach einem Moment der Stille fragte ich: »Diese Familie Williamson, kennen Sie sie?«

»Ja, sie waren enge Freunde von mir.«

»Geben Sie mir bitte einen Moment.«

Ich machte mich auf den Weg zu dem kleinen Büro hinter dem Tresen meines Cafés. Nachdem ich ausgeatmet und einen Schluck Wasser getrunken hatte, sagte ich zu dem Anwalt: »Okay, ich bin ganz Ohr.«

Und jetzt bin ich hier auf der anderen Seite des Globus, durchnässt bis auf die Knochen und stehe auf der Veranda meines Strandhauses auf einer Insel im Pazifischen Ozean, wo das ganze Jahr über Sommer ist.

Es ist irgendwie ironisch, denn mein ganzes Leben lang

habe ich davon geträumt, zu reisen. Und gerade letzte Woche war ich bereit, meine Träume wahr werden zu lassen. Ich war bereit, sechs Monate lang die Welt zu bereisen. Aber Hawaii? Nein, das stand nicht auf dem Plan.

Der Regen tost.

»Wie viel Regen verträgt dieser Ort?« Kopfschüttelnd nehme ich den Schlüssel aus der Box.

Der goldene Schlüssel gleitet hinein, aber die Tür gibt ein lautes, hohes Kreischen von sich, als ich sie öffne. Die rostigen Scharniere ächzen.

»Hallo«, murmle ich.

Die alten Holzböden knarren unter meinem Gewicht und klingen, als würden sie gleich nachgeben. Staub wirbelt über den Boden. Ich gehe einen kurzen, breiten Flur entlang, der sich nach links in einen großen Wohnbereich schlängelt. Auf der rechten Seite befinden sich einige andere Räume.

Es fühlt sich an, als wäre das Haus lebendig und würde mich mit intensiver Präsenz beobachten. Meine Schritte hallen wider, während ich nach Lichtschaltern suche.

Nein, kein Strom. Heute Abend nicht.

Ich benutze mein Handy als Taschenlampe, mache kleine Schritte und sehe mich um. Es gibt einen scharfen und lauten Knall. Ich erstarre auf der Stelle, mein Herz rast. Einen Moment später erkenne ich, dass es nur eine alte Bodendiele war.

Die Möbel im Wohnzimmer scheinen in der Zeit stehen geblieben zu sein. Mein Blick fällt auf ein uraltes Sofa mit geblümten Polstern. Ich gehe darauf zu und berühre den abgenutzten Stoff mit meinen Fingerspitzen. Das Sofa ächzt, als ich mich auf die Kissen sinken lasse.

Ich kann gegenüber eine lange, schmale Küche sehen. Zwischen dem Sofa und der Küche befinden sich große Fenster, aber ich kann nur Dunkelheit hinter dem Glas erkennen.

Wie Vorhänge ziehen sich meine schweren Augenlider langsam zu, wenn auch ohne mein Einverständnis. Ich bin erschöpft.

»Nein, noch nicht«, rufe ich laut über das Donnern und den Regen hinweg, der wie ein Schlagzeug klingt. »Lass uns den Rest des Hauses sehen.«

Der Wind heult, als ich die Tür zu einem großen Schlafzimmer öffne. In diesem Haus scheint alles lebendig zu sein.

Es gibt zwei kleinere Zimmer auf der anderen Seite des Flurs. Das Badezimmer ist überraschend geräumig für ein Haus dieser Größe. Ich bin immer noch neugierig, aber der Akku meines Telefons ist fast leer und ich muss ihn schonen.

Ich kehre auf die knarrende Couch zurück, lehne mich zurück, schalte mein Telefon aus und tauche in die Dunkelheit ein. Meine Augenlider schließen sich. Während ich einschlafe, verspreche ich mir, dass alles besser sein wird, wenn ich zum beruhigenden Rhythmus des Ozeans aufwache.

Aber das ist nicht das, was ich beim Aufwachen erlebe. Stattdessen wache ich durch das Gefühl von Fell an meinen Beinen auf. Ich stoße einen Fluch aus und höre dann ein zischendes Geräusch – vielleicht hat sich ein Wildschwein ins Haus geschlichen? Eine schattenhafte Gestalt schleicht in Richtung Küche. Ich greife nach meinem Telefon, falls ich den Notruf wählen muss, und vergesse, dass ich es ausgeschaltet habe.

Ich dränge das Telefon, hochzufahren. »Komm schon, komm schon.«

Sobald ich wieder Licht habe, suche ich den Raum ab und entdecke eine Katze in der Ecke der Küche. Erleichtert lasse ich mich zurück auf das Sofa fallen.

»Komm schon, Kätzchen, ich wusste nicht, dass ich hier eine Mitbewohnerin habe.«

Mit einem Mal rennt die Katze aus der Küche in eines der Schlafzimmer, und ich höre ein lautes Krachen. Ich zucke zusammen. »Verflixt, was jetzt?«

Es klang wie eine zerbrechliche Vase, aber ich werde nicht versuchen, das im Dunkeln herauszufinden.

Kapitel Zwei

Ich versuche, wieder einzuschlafen, aber es gelingt mir nicht. Es ist zwei Uhr morgens, und mein Telefon ist auf fünfzehn Prozent.

Es ist dunkel. Es gibt keinen Strom.

Plötzlich erinnere ich mich, dass der Anwalt einen Sicherungskasten erwähnte. Und hier habe ich Stunden in völliger Dunkelheit verbracht. »Die Sicherung«, sage ich zu mir selbst. »Es gibt eine Sicherung, Kumpel.«

Ich schnappe mir mein Handy und suche das Zimmer mit dem Sicherungskasten hinter der Tür. Tür eins führt in ein kleines Zimmer mit einem Einzelbett. Dort gibt es keinen Sicherungskasten. Tür zwei öffnet sich zu einem weiteren kleinen Schlafzimmer. Auch dort ist kein Sicherungskasten. Ich finde ihn hinter der Tür des größeren Schlafzimmers versteckt. Es gibt viele Schalter, aber ich sehe den Hauptschalter ganz oben, der auf AUS steht. Ich lege ihn nach rechts um, aber nichts passiert.

Ich schüttle den Kopf. »Heute Nacht wird es nicht passieren«, murmle ich, während ich zum Sofa zurückkehre. Der Regen poltert mit dem Sturm, und ich höre, wie Blätter das Haus streifen. Zum Glück schaffe ich es, wieder einzuschlafen.

Als ich aufwache, ist es sieben Uhr und mein Nacken ist steif.

»Glückwunsch, Mr. Drama«, sage ich laut, halte mir den Nacken und schaue mich in meiner Umgebung um – eine extreme Veränderung gegenüber London. Nichts scheint in meinem Leben ruhig zu sein. Von dem Moment an, als ich geboren wurde, war es ein Drama.

Es gibt vieles, was ich nicht über meine Vergangenheit weiß, aber ich weiß, dass ich in London geboren wurde und dass meine Mutter ein paar Wochen vor meinem ersten Geburtstag von einem Auto überfahren wurde. Fünf Jahre nachdem ich meine Mutter verloren hatte, wurde ich in das Pflegesystem gegeben. Ich verstand nicht, warum ich mein Zuhause, mein Zimmer, meine einzige Welt verlassen musste. Ich trat und schrie und versuchte, mich an irgendetwas festzuhalten – an meinem Bettgestell, an der Türklinke. Ich griff nach meiner Stiefmutter und flehte sie an, mich zu halten, aber sie stand nur an der Küchentür und sagte kein einziges Wort. Mein Vater war nicht da. Wie immer war er unterwegs und arbeitete.

»Roy, lass uns jetzt ins Auto steigen«, sagte eine lächelnde Dame. Später erfuhr ich, dass sie eine Jugendamtsmitarbeiterin war. »Du wirst ein schönes

Zuhause haben, neue Spielsachen und viele leckere Mahlzeiten.«

»Aber ich will meinen Daddy«, rief ich schluchzend. Ich hatte ein Zuhause. Ich verstand nicht, was los war. Der Mann mit der lächelnden Dame hob mich in seine Arme. Ich hörte auf zu schreien, weinte aber weiter. Die Frau öffnete die Autotür, und der Mann ließ mich neben ihr auf den Rücksitz sinken.

Dies ist dein neues Zuhause!

Lerne deine neue Familie kennen!

Hier ist dein neues Schlafzimmer!

Diese Erinnerungen bereiten mir immer noch Unbehagen. Ich schüttle sie ab und erhebe mich von der Couch, lege eine Hand auf meine Brust und atme ein paarmal tief durch. Ich bin vierunddreißig und will kein neues Zuhause mehr, so wie ich mit sechs Jahren kein neues Zuhause wollte. Zum Glück wurde ich schließlich von einer liebevollen Mutter und einem liebevollen Vater adoptiert. Aber die Erinnerung daran, dass ich aus meinem Zuhause in ein neues gezwungen wurde, das ich nicht wollte, verfolgt mich immer noch.

Ich sehe mich um. *Dies ist kein neues Zuhause,* erinnere ich mich. Es ist nur ein geerbtes Haus. Ich hatte keine Ahnung, dass ich hier Großeltern habe, und ich habe keine Ahnung, warum sie sich entschieden haben, mir fremd zu bleiben. Warum sollten sie so etwas tun? Aber ich habe es satt, mit Logik und Argumenten zu arbeiten, wenn es um Eltern oder Großeltern geht. Aber ich bin neugierig: Wie ist meine Mutter auf der anderen Seite der

Welt, in London, gelandet? Warum hat man mir nicht früher von ihren hawaiianischen Wurzeln erzählt?

Ich lasse meinen Blick durch das Wohnzimmer schweifen. Der Strom ist an, aber das viele natürliche Licht, das ins Haus fällt, überstrahlt die Innenbeleuchtung. Ich bin erleichtert, dass die Sicherung doch nicht kaputt war. Mein Blick bleibt schließlich an einem auffälligen Paar hellgrüner Augen in der hintersten Ecke hängen.

»Hallo, Mitbewohnerin«, flüstere ich. Zum ersten Mal, seit ich London verlassen habe, spüre ich, wie sich Wärme in meiner Brust ausbreitet. Ich bin mit Katzen aufgewachsen.

Die Katze läuft in den Flur.

»Hat mich auch gefreut, dich kennenzulernen.«

Es ist ruhig. Kein Donner oder Regen. Ich drehe mich um und starre durch die großen Fenster.

Beim Anblick des Meeres jenseits des Gartens stocke ich. »Wow! Wow.« Es ist wie ein riesiger blauer Magnet. Das Blau ist so intensiv, dass es fast überwältigend ist – der Himmel, das Meer. Zwischen den großen Fenstern ist eine Tür, an der ein Schlüssel hängt.

Ich gehe umher und nehme die anderen Details in mich auf, die ich gestern Abend übersehen habe. Die Küchenschränke sind klein und aus hellem Holz gefertigt. In der Ecke des Wohnzimmers steht ein großer hölzerner Esstisch mit wackeligen Beinen. Ich vermute, dass er einst der Mittelpunkt dieses Familienhauses war. Der Gedanke, wie meine Blutsverwandten hier versammelt sind, macht mir schmerzlich bewusst, wie sehr sie mich im Stich gelassen haben.

»Nein, kein neues Zuhause, Mann«, murmle ich. »Nicht mit mir.« Ich schüttle den Kopf und nehme meine Hand von der Mahagoni-Tischplatte. Ich werde dieses Haus los. Ich werde es verkaufen. Schnell. Dieses Mal ist es meine Entscheidung. In einer Woche werde ich abreisen und meine Weltreisepläne fortsetzen.

Ich kann es kaum erwarten, nächsten Mittwoch in das Flugzeug zu steigen. Ich habe sieben Tage Zeit, alles in Ordnung zu bringen, damit der Anwalt den Verkauf für mich abwickeln kann.

Ich trete auf die hintere Veranda und betrachte die Szenerie. Das Meer. Ein goldener Strand. Reihen von sich wiegenden Palmen.

»Wow«, flüstere ich. »Das ist eine Aussicht.«

Es ist ein wunderschöner Morgen mit einem herrlichen Himmel und warmen Temperaturen. Kaum zu glauben, dass es der zweite Februar ist.

Ich schaue zu dem riesigen Haus zu meiner Linken hinauf. Eine Frau steht vor dem Fenster im ersten Stock. Sie tritt zurück, bevor ich lächeln und winken kann. Vielleicht sind die Menschen hier doch nicht so freundlich, wie man sagt.

Vorsichtig betrete ich den Rasen und gehe umher. Der Garten ist größer als das Haus, und ich gehe um die Seite und die Rückseite des Hauses herum. Es gibt so viel Vegetation. Dann gelange ich zu einem kleinen Holztor, das den Rasen vom Strand trennt. Ich betrete den warmen Sand – den goldenen Sand!

Ich atme tief ein, lasse die salzige Brise in meine Lunge strömen und nehme den Duft des Meeres in mich auf. Sanfte Wellen schlagen gegen das Ufer, und das Geräusch beruhigt meinen Geist. Bin ich gerade barfuß von meinem Wohnzimmer zum Strand spaziert? Ha! Das ist eine neue Wendung im Leben.

Ich sitze auf dem Sand, der mit schwarzen Steinen übersät ist. Es sind die Überreste alter Lavaströme, die vor langer Zeit abgekühlt sind, als sie auf den Ozean trafen – eine Erkenntnis, die ich auf dem Flug aus einem Magazin gewonnen habe.

Langsam schließe ich die Augen und genieße die Gelassenheit des Augenblicks. *Ich bin auf Hawaii.* Ich stoße einen Seufzer aus.

Dann prallt etwas Festes und Nasses gegen meine Wange und reißt mich aus meiner Ruhe. »Verdammter Mi...«

Ich halte mitten im Fluch inne und hebe eine Hand an mein Gesicht. Ein unerträglicher Schmerz explodiert in meiner linken Wange.

Ein kleines schwarzes Lockenbündel springt vor mich, dicht gefolgt von einer Frau, die sichtlich außer Atem ist.

»Es tut mir so leid«, sagt sie, bleibt stehen und keucht schwer. »Ich wollte den Ball nicht so weit werfen. Normalerweise kann er den Ball sehr gut fangen. Geht es Ihnen gut?«

»Ja, ich werde es überleben«, murmle ich und reibe mir die schmerzende Wange.

»Es ist nur ein kleiner Ball.«

»Ja, nun, er hat mich ziemlich hart getroffen«, brumme ich.

Das kleine Ding mit den schwarzen Locken rennt mit dem Ball im Maul zu uns zurück und hüpft aufgeregt. Die Nässe ist also Hundesabber – auf meinem Gesicht.

»Hey, Kleiner«, sage ich in dem Versuch, mich von den Schmerzen abzulenken. Ich kraule seinen Hals. Locken fallen über sein Gesicht. »Du bist ein herrlicher Anblick, nicht wahr?«

Er lässt den Ball fallen, geht ein paar Schritte weg und wartet auf den nächsten Wurf.

»Curly, hier!« Die Frau wirft den Ball, und der Hund läuft los, um ihn zu holen. Dann streckt sie mir ihre Hand entgegen. »Ich bin Curlys menschliche Familie.« Ich nehme ihre Hand und sehe zu ihr auf. Da bemerke ich, dass sie wunderschön ist. Ihr Lächeln ist umwerfend und offenbart perfekte Zähne, die wie Perlen glänzen. Außerdem hat sie bezaubernde Grübchen und auffallend grüne Augen. Ein weiterer herrlicher Anblick.

»Wow«, sage ich und wende meinen Blick ab, während ich mich aufrichte. »Schön, Sie kennenzulernen, Curlys menschliche Familie. Ich bin Roy.«

»Oh, Sie sind Brite.«

Ich lächle und drücke ihre Hand fester. »Ich bin Roy, ein Brite.«

Unsere Hände bleiben für zwei lange Sekunden in einem festen Griff verschlossen.

»Hat mich auch gefreut, Sie kennenzulernen.« Sie lächelt und deutet auf das kleine Lockenbündel in der Ferne, das an ein paar Strandtaschen schnuppert. »Ich muss los. Noch mal Entschuldigung.« Sie läuft dem Hund hinterher.

»Kein Problem«, murmle ich, halte mir das Gesicht und sehe zu, wie sie verschwinden. Sie hat mir ihren Namen nicht genannt. *Na ja, in ein paar Tagen bin ich sowieso wieder weg.*

Als ich zurück zum Haus gehe, spüre ich, dass mich jemand beobachtet. Ich drehe mich um und hoffe, Curlys umwerfende menschliche Familie zu sehen, aber ich kann sie nicht finden.

Dann schaue ich auf. Die Nachbarin steht wieder vor dem Fenster. Es ist schwer zu sagen, ob ihr kurzes Haar blond oder grau ist. Ich halte kurz inne, lächle und winke ihr zu, aber wie zuvor tritt sie zurück und verschwindet in ihrem Haus.

Dieses Haus. Du meine Güte, wie groß das Ding ist! Es sieht aus, als wolle es die ganze Küste einnehmen. Und die Ästhetik, meine Güte. Wer auch immer dieses Haus entworfen hat, hatte eindeutig eine Abneigung gegen Subtilität.

Ich kann mir die Gespräche unter den Einheimischen nur vorstellen. »Du kannst es nicht verfehlen, Kumpel. Halte einfach nach dem Haus Ausschau, das auch als Orientierungshilfe für verirrte Seefahrer dienen könnte!«

Ich kehre in mein kleines Strandhaus zurück, wobei der Kontrast überwältigend ist. Mein Gesicht brennt immer noch. Es ist noch nicht einmal acht Uhr.

Kapitel Drei

Kaffee. Egal, was der Tag für mich bereithält, es gibt immer Kaffee. Küchen beruhigen mich. Kochen erdet mich. Als ich den Wasserhahn in der Küche aufdrehe, kommt ein paar Sekunden lang nichts heraus. Dann entweicht ein Schwall Luft und Wasser tropft heraus.

Ich setze die Kaffeemaschine zusammen und befestige die obere Kammer der Espressokanne auf dem Boden. Dann stelle ich sie auf den Elektroherd und beobachte, wie sich der Druck aufbaut. Während der Kaffee kocht, tun dies auch meine Verbitterung und mein Schmerz. Ich denke an die Familienmahlzeiten in dieser Küche, an denen ich nicht teilgenommen habe. Der Schmerz hat vielleicht auch etwas mit meinem pochenden Gesicht zu tun.

Ich sehe die Katze im Flur sitzen.

»Hey, Mitbewohnerin, hast du zufällig etwas Eis?«

Keine Antwort.

»Wie kommst du überhaupt ins Haus rein und wieder raus?«

Die Katze verschwindet, aber ich sehe immer noch nirgendwo eine Katzentür.

Das Wasser beginnt zu kochen. Es fließt durch den gemahlenen Kaffee, und die reichhaltige, dunkle Flüssigkeit sickert in die obere Kammer. Das Aroma wird intensiver, und als der letzte Rest der Flüssigkeit herausgespritzt ist, nehme ich die Espressokanne vom Herd.

»So verwandelt man Traurigkeit«, murmele ich zu mir selbst. »Man braucht nur den köstlichen Duft von Kaffee.« Ich schenke mir eine Tasse ein.

Ich besitze ein kleines Café an einem historischen Backsteinplatz im Zentrum von London. In der Ecke des *Pages and Beans Café* steht ein Stapel Bücher, und ich habe ein paar gepolsterte Sessel unter einem altmodischen PAGES-Schild platziert. Es macht mir große Freude, die Pendler zu erfreuen, sie mit einem Lächeln zu begrüßen und mir ihre Namen oder Getränkevorlieben zu merken. Ich beobachte, wie sie zu ihren Hochhausbüros in der Skyline der Stadt marschieren, und bin dankbar, dass ich nicht mehr zu dieser Unternehmensschar gehöre.

Mein Café treibt meine Leidenschaft an: Essen mit einem Hauch von Glück zu servieren. Aber meine wahre Freude ist es, für Familie und Freunde zu kochen. Als ich jung war, hatte ich nie ein richtiges Familienessen, weil meine Stiefmutter sich nicht kümmerte und mein Vater ständig abwesend war. Meinem leiblichen Vater fiel nie auf, wie dünn ich wurde, wenn er von seinen Arbeitsreisen zurückkam. Es waren meine Lehrer, die eine Meldung beim Jugendamt machten. Im Alter von sechs Jahren war ich ungepflegt, zu dünn und bekam kein Mittagessen. Freunde hatte ich auch nicht. Ich war unterernährt, bis ich meine erste Pflegefamilie kennenlernte. Dann hatte ich zwar etwas zu essen, aber ich war immer noch ein verängstigtes Kind.

Meine Gedanken kehren zurück in unsere Familienküche in Bristol. Ich lernte meine Adoptivfamilie kennen, als ich zehn Jahre alt war. In den ersten Monaten stand ich immer an der Tür, lauschte den rhythmischen Geräuschen der Essenszubereitung und genoss die einladenden Düfte. Eines Sonntagmorgens fragte mich meine Adoptivmutter, ob ich bei der Zubereitung des Sonntagsbratens helfen wolle. »Du kannst dich um das Gemüse kümmern«, schlug sie vor. Ich sprintete zu ihr und nickte.

Selbst das einfachste Gericht hat die Kraft, die Seele zu heilen und zu nähren. So ist es mir ergangen.

Kapitel Vier

Während ich an meinem Kaffee nippe, schaue ich mir das Haus genau an. Alle Türen sind offen. Das größere Schlafzimmer hat auch ein großes Fenster, das den Blick auf den Himmel, das Meer und den Strand freigibt.

»Schön«, sage ich.

Unglaublich, dass meine Großmutter bis vor einem halben Jahr hier gelebt hat und ich keine Ahnung hatte! Das Leben ist ein regelrechter Wirbelwind an Überraschungen, so viel kann ich sagen.

Ihr Zimmer ist aufgeräumt, und es sieht aus, als hätte sie hier kürzlich Zeit verbracht. Das Bett hat eine abgenutzte, aber schöne Tagesdecke mit einem Hawaii-Motiv. Der Holzfußboden scheint in einer Ecke dunkler zu sein, und es riecht leicht nach etwas Verrottetem. Um das Bett herum bilden sich Pfützen. Als ich nach oben schaue, sehe ich die feuchte Decke. Das könnte ich untersuchen, es gibt eine Leiter an der Rückseite des Hauses. Wenn es einfach zu reparieren ist, werde ich es vielleicht versuchen.

Keine Großmutter, ob lebendig oder nicht, sollte eine Schlafzimmerdecke haben, von der Wasser tropft.

Als ich ein anderes Zimmer betrete, bietet sich mir ein einfacher Anblick. Ein Einzelbett mit einer zarten grünen Tagesdecke steht an der Wand. Das Fenster blickt auf den Vorgarten mit Büschen und ein paar tropisch anmutenden Bäumen mit langen, schmalen Blättern.

»Gefunden!«, sage ich, als ich das leicht geöffnete Fenster bemerke, dem sich Zweige entgegenstrecken. Ich merke mir, dass ich die Schlafzimmertür nicht schließen darf, da meine Mitbewohnerin sonst nicht in den Rest des Hauses gelangen kann.

Ich schaue hinaus. Die Wurzeln des Baumes bringen mich zum Lächeln – so etwas habe ich noch nie gesehen. Viele befinden sich über dem Boden und reichen vom Stamm aus nach außen und unten. Es ist, als hätte der Baum viele Beine. Ich lache bei dem Gedanken. War das das Schlafzimmer meiner Mutter? Ist sie hier aufgewachsen?

Ich spüre, wie eine Erinnerung an die Oberfläche zu kommen versucht, sobald ich das Badezimmer betrete, die letzte Tür auf der linken Seite des Flurs. Es ist eine tiefe Erinnerung, und es dauert eine Weile, bis ich sie zuordnen kann.

Ich war vielleicht fünf Jahre alt und befand mich in meinem heruntergekommenen Zimmer im Haus meines

Vaters und meiner Stiefmutter. Die einstmals hellen weißen Wände waren verblasst, und die Farbe blätterte an einigen Stellen ab. Mein kleines Bett war an eines der Wände geschoben. Es gab ein hohes Fenster, sodass ich den Himmel nur aus einem bestimmten Winkel sehen konnte, während ich im Bett lag.

Ich musste pinkeln, also öffnete ich langsam die Tür und schlüpfte hinaus.

»Ich habe dir gesagt, du sollst in deinem Zimmer spielen.« Meine Stiefmutter schob mich zurück ins Schlafzimmer und schlug mir die Tür vor der Nase zu.

Ich wartete eine Weile und öffnete dann wieder leise die Tür, um mich auf die Toilette zu schleichen.

»Was habe ich dir gesagt?«

Ich blieb stehen und zeigte auf die Toilette, ohne sie anzusehen.

»Na dann los, wie oft am Tag musst du denn pinkeln?«

Ich rannte zum Badezimmer am Ende eines engen Flurs in unserer Londoner Wohnung.

Ihr meist ungepflegtes Haar wurde oft mit Lockenwicklern in Form gehalten, und sie war immer kalt und distanziert. Aber das änderte sich immer, wenn mein Vater zu Hause war. Er war ein Schweißer, der bei der Eisenbahn in der Wartung arbeitete, also war er viel unterwegs.

Eine andere Erinnerung führt mich in das Badezimmer meiner Kindheit.

Bei jedem hektischen Schrubben fühlte sich meine Haut an, als würde sie mir vom Rücken gerissen werden.

»Es tut weh«, rief ich.

Als meine Stiefmutter mir Shampoo über den Kopf schüttete, schrie ich. Es brannte in meinen Augen, bis mir die Tränen über das Gesicht liefen.

Ich wusste, dass ein schmerzhaftes Bad bedeutete, dass mein Vater bald nach Hause kommen würde. Es bedeutete auch, dass ich mein kleines Zimmer verlassen und mit ihnen essen durfte.

Kurze Zeit später tauchten der Mann und die lächelnde Frau auf. Sie brachten mich von zu Hause weg und fuhren mich zu einem fremden Haus.

Meine erste Pflegefamilie war ein Ehepaar, das mich immer anlächelte und meine Brotdose mit schönen Dingen füllte. Aber ich wollte keine schönen Dinge zum Mittagessen. Ich wollte, dass mein Vater kommt und mich abholt.

Das hat er nie getan.

Nach einer Weile fing ich an, mein neues Leben zu mögen. Doch eines Nachts wachte ich durch Schreie und Rufe auf und versteckte mich schnell unter dem Bett. Glas zersplitterte.

Ich muss etwas falsch gemacht haben, dachte ich, denn ich war derjenige, der die Erwachsenen immer verärgerte. Aber es kam niemand in mein Zimmer.

Danach begannen die schrecklichen Albträume. Je mehr sich die beiden stritten, desto mehr wachte ich schweißgebadet auf.

»Du weckst ihn noch auf – hör auf zu schreien«, hörte

ich sie eines Abends sagen. Sie weinte. Als sie nach mir sah, tat ich so, als würde ich schlafen.

Nach einiger Zeit wurde es immer schlimmer. Eines Morgens wachte ich auf und mein Bett war nass. Aber es war kein Schweiß. Ich konnte es riechen. Ich versuchte, es zu verbergen, indem ich Wasser auf die Laken schüttete.

»Es ist nur Wasser«, sagte ich ihr, als sie mein Bett sah.

»Ist schon gut, Schätzchen«, antwortete sie und umarmte mich. »Bringen wir dich in die Badewanne.«

Ich erschauderte.

»Denk daran, es hat dir letztes Mal gefallen, in der Wanne zu spielen. Du hast den Duschkopf gehalten.«

Ich nickte, ich mochte sie wirklich. Nach meinem Bad sah ich sie in mein Schlafzimmer gehen. Ich näherte mich leise der Tür und achtete darauf, kein Geräusch zu machen. Ich sah, wie sie schnell meine Bettwäsche wechselte.

Dann kamen derselbe Mann und dieselbe lächelnde Frau wie zuvor. Sie sagten mir, dass ich auch dieses Zuhause verlassen würde und sie bereits ein anderes schönes neues Zuhause für mich gefunden hätten. Das Paar in diesem Heim wollte sich scheiden lassen. In diesem Moment versicherten sie mir, dass es nichts mit mir zu tun hätte, aber ich spürte, dass es um meine Anwesenheit ging. Sie verärgerte die Leute.

Dieses Mal trat und schrie ich nicht.

Als ich ging, umarmte mich die nette Frau und sagte: »Ich hab dich lieb, Roy. Es tut mir leid, dass es nicht geklappt hat.«

Ich ging mit gesenktem Kopf zum Auto und hielt mein Spielzeug in der Hand.

Es war das erste Mal, dass ich »Ich hab dich lieb, Roy« gehört hatte.

Und es war auch das erste Mal, dass mir das Herz brach.

Kapitel Fünf

Meine Neugierde treibt mich zurück in den Raum, den ich für das Schlafzimmer meiner Großmutter halte. Ein kleines goldenes Scharnier an einer Schatulle blitzt auf, als ich die Schublade neben ihrem Bett aufziehe. Der Deckel ist mit Hibiskusblüten graviert. Das Scharnier und der Verschluss sehen neu aus, keine Spur von Rost.

Ich setze mich auf das Bett und öffne vorsichtig den Deckel.

Darin finde ich Fotos von Menschen, die meine Familie sein müssen. Als ich sie durchblättere, stoße ich auf ein Porträt meiner Großeltern – Hina und Ben Williamson – mit zwei kleinen Kindern. Er hat ein stolzes Lächeln und hält seine Familie im Arm. Mit den Fingern fahre ich über das Bild meiner Mutter, sie muss etwa fünf Jahre alt sein. Ich habe ein paar Fotos aus ihrer Kindheit. Ich kenne diese Augen. Ich sehe ein sehr glückliches Kind.

Das macht auch mich glücklich. Ihr Aussehen hat sie von ihrem Vater: tiefblaue Augen, hellbraunes, gewelltes Haar.

Das Mädchen, das neben ihr sitzt, muss ihre Freundin sein. Dad sagte mir, dass ich keine Tanten oder Onkel habe, weil weder er noch Mom Geschwister hatten. Vielleicht eine hawaiianische Freundin? Sie hat dunkelbraunes, gewelltes Haar und eine leicht gebogene Nase. Sie sieht ein bisschen jünger aus als meine Mutter. Die beiden Freundinnen strahlen fröhlich.

Ich werde von einem seltsamen Gefühl gepackt und schaue aus dem Fenster. Meine Mutter hat als Kind immer an diesem Strand gespielt. Ich frage mich, wie ihr Leben war, als sie hier aufwuchs. Endlich ist es an der Zeit, dass ich mehr über sie erfahre.

Letzte Woche, nachdem ich den Anruf des Anwalts auf Hawaii erhalten hatte, rief ich meinen Vater an, der noch in London lebt.

Normalerweise rufe ich ihn ein paarmal im Jahr an – zu Weihnachten oder zu seinem Geburtstag – und er war überrascht, von mir zu hören. Er lebt jetzt allein, und er ist meine einzige Verbindung zu meiner Mutter. Wenn ich mit ihm spreche, fühle ich mich ihr ein bisschen näher.

»Wusstest du, dass meine Mutter aus Hawaii war?«, fragte ich ihn.

»War sie das? Ich wusste es nie.«

»Du wusstest also nichts von ihrer Familie?«

»Nein, wusste ich nicht.«

»Aber wie kann es sein, dass man jemanden heiratet, ohne etwas über seine Herkunft zu wissen?«

»Du hast mich das schon einmal gefragt und ich habe es dir gesagt.«

Ja, ich hatte gefragt, und er hatte es mir gesagt. Aber ich hatte den Verdacht, dass er mir nicht alles erzählte. Er hatte gesagt, dass sie ein paar Monate nach ihrer Bekanntschaft geheiratet hätten. Mein Vater hatte sich nicht mit ihrem Hintergrund oder ihrer Geschichte befasst, da er nicht viel über seine Vergangenheit sprach. Er war ohne Familie nach London gekommen, nachdem er wegen des Konflikts auf dem Balkan geflohen war. Sie hatten sich darauf geeinigt, ihre Vergangenheit hinter sich zu lassen.

»Für uns waren die Dinge anders«, sagte er erneut. »Wir wollten hier ein neues Leben beginnen, ohne uns mit der schmerzhaften Vergangenheit zu befassen. Das ist uns gelungen.«

Ich betrachtete sein Gesicht auf dem Bildschirm meines Telefons. Ich bemerkte eine Ader auf seiner Stirn. Seine einst kräftigen Wangenknochen waren weicher geworden, und sein tiefschwarzes Haar war silbern und dünn geworden.

Nach einigen gedehnten Sekunden sah er weg, als wollte er etwas sagen, hätte es sich aber anders überlegt.

»Gibt es noch etwas anderes?«, fragte ich.

»Nein«, erwiderte er, aber er blinzelte mehrmals.

Jetzt nehme ich ein weiteres Foto in die Hand, diesmal vom ersten Geburtstag eines Babys. Ist das meine Mutter? Das Haar ist dunkler, aber Babys verändern sich. *Kalanis 1. Geburtstag, 0808*, steht auf der Rückseite des Fotos.

Wer ist Kalani? Der Name meiner Mutter war Leilani, aber sie nannte sich Lena.

Lena, Leilani und Kalani – die Sache wird langsam etwas verwirrend, Mom. Ist Kalani dein Kosename?

Ich ziehe ein Foto desselben Babys hervor, auf dem ein Kleinkind neben ihm zu sehen ist. Das Kleinkind ist eindeutig meine Mutter. Und als ich den Stapel Fotos durchblättere, finde ich viele andere Fotos von denselben beiden Mädchen mit meinen Großeltern. Ich drehe eines der Fotos um.

»*Leilani und Kalani*«, lese ich laut vor, wobei die Namen wie Billardkugeln auf einem Tisch aufeinanderprallen.

Leilani und Kalani.

»Leilani und Kalani«, murmle ich, in der Hoffnung, dass die Wiederholung meinem wirbelnden Verstand helfen wird.

Hatte meine Mutter eine Schwester?

Was nun? Mit dem Foto in der Hand stehe ich auf und versuche, die Verspannungen in meinem Nacken zu lösen, indem ich auf meine Rückenmuskeln drücke.

Miau.

Ich drehe meinen Kopf abrupt zur Tür und Schmerz schießt durch meinen Nacken. »Da bist du ja, Mitbewohnerin! Du hast doch eine Stimme.«

Miau.

»Hast du mir gerade geantwortet, Kätzchen?«, sage ich lachend und lasse das Foto los. Die Katze macht ein paar Schritte auf mich zu.

Niemand hat mir von einer Schwester erzählt.

»Ich glaube, ich habe eine Tante, Miezekatze.«

Lässig, den Schwanz entspannt, als hätte sie kein besonderes Ziel, dreht sie sich um und geht.

»Ja, ich würde gehen, wenn ich könnte. Zu verdammt verwirrend.«

Ihr Geburtstag muss der achte August sein – 0808. Verdammt, was werde ich in diesem Haus noch alles entdecken?

Mein Daumen bleibt einen Moment lang auf Kalanis Wange liegen. Ich habe eine Tante.

»Schön, dich kennenzulernen, Tante Kalani.«

Ein Schauer läuft mir über den Rücken, als mir ein Gedanke kommt. Oh, Mann, die Tatsache, dass ich dieses Haus erbe, bedeutet, dass Kalani gestorben ist. Mir stockt der Atem in der Kehle. Ich werde diese Person nie kennenlernen. Es scheint, als ob ich meine Familienmitglieder so schnell verliere, wie ich sie finde.

Ich setze mich wieder hin und ein Polaroidfoto fällt mir ins Auge. Glückliche Teenager. Auf der Rückseite steht *Leilani, Kalani und Kimo*.

Kimo.

Auf dem Foto ist Kimo ein jugendlicher Mann mit einem sonnengebräunten Teint, braunem Haar und kastanienfarbenen Augen. Wer ist dieser Kimo? Es gibt noch mehr Fotos von Kalani und Leilani in ihren Teenagerjahren, und auf den meisten ist Kimo zu sehen. Vielleicht ist er ein Cousin? Ein enger Freund, vielleicht ein Nachbarskind. Ich frage mich, ob er immer noch hier in Nalu wohnt, einer kleinen Stadt an der Südküste der Insel, oder ob er das jemals getan hat.

Ich komme zu dem Schluss, dass es sich lohnen würde, ihn zu suchen, da er meine Mutter und meine Tante kannte. Ich muss den Anwalt fragen.

Ich habe mir drei Ziele gesetzt, die ich vor meiner Rückkehr nach London, die nur sechs Tage entfernt ist, erreichen muss: Ein Treffen mit dem Anwalt. Sehen, ob ich das Dach reparieren kann. Diesen Kerl, Kimo, finden.

Aber zuerst brauche ich Lebensmittel.

Kapitel Sechs

Während ich mit heruntergelassenen Fenstern zum örtlichen Supermarkt fahre, genieße ich die warme Februarsonne, den Pazifischen Ozean und die ausgedehnten Strände. Die Stadt schmiegt sich an die Ausläufer eines Berges auf der rechten Seite, während sich zu meiner Linken der weite Ozean erstreckt. Unglaublich, aber dieser Berg ist kein gewöhnlicher Berg – er ist ein ruhender Vulkan! Wie beeindruckend ist das denn?

Die Menschen flanieren auf beiden Seiten der Straße, die von Palmen und üppigen tropischen Pflanzen gesäumt ist. Die sich wiegenden Palmen haben etwas an sich, das mich zum Lächeln bringt. Ich frage mich, warum sie auf die Menschen eine »Glückswirkung« haben. Ich fahre langsam, wie alle anderen auch. Keiner scheint in Eile zu sein. Das muss der entspannte hawaiianische Lebensstil sein, von dem ich gehört habe.

Ich bemerke die weitläufigen Grasflächen zwischen der Straße und dem Meer und sehe eine große Versammlung – vielleicht ein Familientreffen. Es gibt sogar eine riesige Hüpfburg mitten auf der Wiese.

»Wow, das ist cool«, sage ich lachend. Ich frage mich, ob es hier schon Hüpfburgen gab, als meine Mutter und meine Tante aufwuchsen.

Als ich mich dem zentralen Teil von Nalu nähere, werden die Straßen, Restaurants, Cafés und Geschäfte immer belebter. Dennoch unterscheidet sich die Vorstellung von »belebt« hier von dem, was ich von zu Hause gewohnt bin. Es gibt so viel zu entdecken in dieser Stadt – die natürliche Schönheit, fröhliche Familien, Paare, die Hand in Hand spazieren gehen, spielende Kinder. Es fühlt sich wie eine andere Art von Leben an als das, das ich in London lebe.

Im örtlichen Geschäft kaufe ich ein paar Lebensmittel ein und suche auch nach Katzenfutter. Heute Morgen hat meine Mitbewohnerin ein kleines Stück Cheddar von dem Sandwich genossen, das ich im Flugzeug bekommen habe. Sie ist schüchtern, aber sie schaut mir eifrig zu. Ich gehe auch in einen Eisenwarenladen, um ein paar Dinge zu kaufen, mit denen ich das Leck im Dach reparieren kann – zumindest vorübergehend. In Nalu scheint jeder entweder ein Lächeln auf den Lippen zu haben oder kurz davor zu sein. Ich habe das Gefühl, dass ich in der letzten Stunde zu mehr Leuten »Guten Morgen« gesagt habe als morgens in meinem Café in London.

Als ich zurückkomme, greife ich nach dem Tor, das ich

bei meiner Ankunft aufgestoßen habe. Mit den Fingern streiche ich über die raue Maserung des Holzes und übe ein wenig Druck nach oben aus, gerade genug, um den Riegel aus seiner abgenutzten Kerbe zu lösen.

Mit einem leisen Knarren antwortet das Tor, als würde es meine Bemühungen anerkennen. Es scheint zu wissen, dass ich jetzt bereit bin, mir die Zeit zu nehmen, es zu verstehen und mit ihm zu arbeiten, anstatt zu versuchen, es mit Gewalt und Ungeduld zu öffnen. Als ich es weiter anhebe, gleitet das Tor sanft in seine Scharniere und gibt den Blick auf das Strandhaus frei.

»Miezekatze, hey, Miezekatze. Hier ist etwas Futter für dich.« Ich lege es auf einen kleinen Teller in der Küche. Nein, sie ist nicht interessiert.

»Ziehst du Käse vor?« Ich weiß, ich sollte die Katze nicht mit Käse füttern, aber manchmal muss man außergewöhnliche Dinge tun, um Brücken zu bauen. »Hier ist ein kleines Stück für dich.«

Da kommt sie. Ich grinse dieses kleine orangefarbene Wesen mit der weißen Halskrause an. Es ist, als würde sie einen weißen Schal tragen.

Neugierig prüft sie das Katzenfutter, nachdem sie das Stückchen Cheddar verschlungen hat.

Ich bin nervös wegen des heutigen Treffens mit dem Anwalt. Ich hätte um ein Treffen am Vormittag bitten sollen, da ich ungeduldig bin und den Prozess in Gang bringen möchte. Der Plan ist, Treffen mit einigen lokalen Immobilienmaklern zu vereinbaren, damit ich die Immobilie so schnell wie möglich verkaufen kann.

Der Anwalt, Frank Moore, kommt von Oʻahu eingeflogen. Da er ein Freund meiner Großeltern war, hoffe ich, dass er mich darüber aufklären kann, warum sie sich nie um mich bemüht haben.

Am Nachmittag kündigt das Knirschen von Kieselsteinen seine Ankunft an, und ein Auto kommt kurz hinter dem Tor zum Stehen. Als er das Holztor mühelos aufschwingt, warte ich bereits auf der Veranda.

»Hi, ich bin Roy. Freut mich, Sie kennenzulernen.« Ich strecke meine Hand aus, und er schüttelt sie. »Kommen Sie rein, bitte.«

»Es ist schön, Sie endlich kennenzulernen, Roy«, sagt er mit einem breiten Lächeln. Er strahlt Wärme aus. »Ich bin Frank.« Er zieht seine Schuhe aus.

»Nein, nein«, sage ich. »Nicht nötig.«

»Ich war schon hunderte von Malen in diesem Haus, Junge. Ich bin noch nie mit Schuhen hineingegangen, wenn es also in Ordnung ist, ziehe ich sie aus.« Er lässt seinen Blick auf meine Schuhe schweifen.

»Ähm, okay. Klar.« Ich ziehe meine Turnschuhe aus und stelle sie neben seine Schuhe vor die Tür.

»Hier hat sich nicht viel verändert«, bemerkt er. Er muss Mitte siebzig sein. Er ist leicht gebräunt und hat gepflegtes kurzes graues Haar. Er trägt ein blaues kurzärmeliges Leinenhemd und eine beigefarbene Hose. Wir setzen uns an den Küchentisch.

Ich starre den Freund meiner Großeltern einige Augenblicke lang an und sage dann mit einem tiefen Atemzug: »Ich habe nicht vor, hierzubleiben, also werde ich nichts ändern. Wie haben Sie mich ausfindig gemacht? Ihr Anruf hat mich völlig unvorbereitet getroffen.«

Mr. Moore setzt seine Lesebrille auf und öffnet seine braune Aktentasche. »Okay, Sie wollen gleich zur Sache kommen, und das kann ich Ihnen nicht verdenken.«

»Tut mir leid, wie unhöflich von mir. Kann ich Ihnen etwas zu trinken anbieten?«

Er lächelt. »Danke. Ein Glas Wasser, bitte.« Er mustert mich ein paar Sekunden lang. »Sie haben ihre Augen und ihr Lächeln. Von Ihrer Großmutter.«

Ich habe die Augen meiner Großmutter. Kein Witz! Ich schüttle leicht den Kopf und schenke ihm Wasser ein, während er Mappen aus seiner Aktentasche nimmt.

»Wie Sie wissen, bin ich ein Freund Ihrer Großeltern. Ihr Großvater ist vor ein paar Jahren von uns gegangen, und Ihre Großmutter hat sich ihm vor sechs Monaten angeschlossen. Sie waren wahre Seelenverwandte.« Er schluckt schwer. »Ihre Großmutter war Hawaiianerin, und ihrer Familie gehörte dieses Land. Vielen Generationen ihrer Familie.«

Ich bekomme ein ungutes Gefühl, während ich ihm zuhöre. Ich atme subtil, aber tief ein.

»Ich bin der Vollstrecker des Nachlasses und ihres Testaments. Sie wussten nicht, dass sie einen Enkel hatten. Ihre beiden Töchter haben das Zuhause verlassen, als sie noch jung waren.«

»Beide Töchter.« Ich schüttle den Kopf.

»Ja, beide Töchter. Sie wussten, dass Leilani, Ihre Mutter, ein paar Jahre nachdem sie Hawaii verlassen hatte, bei einem Verkehrsunfall ums Leben kam, aber soweit sie wussten, lebte sie allein in London. Sie sagte ihnen, dass sie eine Überraschung für sie habe und sie in ein paar Monaten besuchen wolle.«

»Ein Überraschungsbaby.« Ich atme aus. »Ich frage mich, warum sie ihnen nicht von ihrer Ehe, ihrer Schwangerschaft und allem anderen erzählt hat. Ich war fast ein Jahr alt, als sie starb. Ist das nicht sonderbar?«

»In der Tat, das ist es. Es steckt mehr dahinter, als man auf den ersten Blick sieht.«

»Sicherlich. Also, wie haben Sie mich gefunden? Und was wissen Sie über Kalani?«

»Sie wissen also von Kalani.«

»Erst seit heute Morgen«, antworte ich schärfer als beabsichtigt.

Frank rückt seine Lesebrille zurecht. »Ich habe eine Ahnenforschungsfirma mit der Suche nach Ihrer Tante beauftragt. Hina, Ihre Großmutter, hat darauf bestanden, dass Kalani in Irland sei, aber Ihr Großvater hat eine Sterbeurkunde für sie verlangt, bevor er starb. Ihre Großmutter hat nie akzeptiert, dass sie tot ist, also habe ich Nachforschungen angestellt – das war ihr letzter Wunsch.«

»Tut mir leid, ich brauche auch Wasser.« Ich erhebe mich von meinem Stuhl. Es fühlt sich an, als würde das Haus um mich herum versinken.

»Ich weiß, das ist eine Menge zu verarbeiten.«

»Ich bin so wütend, wissen Sie?«, sage ich und hole ein Glas aus dem Küchenschrank. »Warum hatte niemand auch nur die leiseste Ahnung von meiner Existenz? Warum hat mich meine eigene Mutter versteckt gehalten wie ein tiefes, dunkles Geheimnis? Als Kind hatte ich das Gefühl, keine Wurzeln zu haben. Und jetzt finde ich heraus, dass es Generationen von Familienmitgliedern gibt. Mein leiblicher Vater hat sich nie für mich interessiert«, schnaube ich. »Als wir in der Schule Stammbäume skizzieren mussten, endete meiner immer nach dem ersten Zweig. Jetzt erfahre ich, dass meine Mutter halb hawaiianisch war und ich anscheinend auch eine Tante und ein hawaiianisches Erbe habe, das durch die Jahre zurückreicht.« Ich nehme einen Schluck Wasser, um mich zu beruhigen. »Mr. Moore, das ergibt doch alles keinen Sinn.«

»Nenn mich Frank. Wir können Du sagen.«

»Okay, Frank. Wie können wir das Haus schnell verkaufen?«

Er zeigt auf die Dokumente. »Komm und sieh dir das an.«

Ich ziehe meinen Stuhl neben den seinen.

»Deine Familie hätte dieses Haus für Millionen verkaufen können, aber sie hat es nicht getan.«

»Nun, ich möchte so schnell wie möglich verkaufen.«

Meine Brust fühlt sich eng an. Ich gebe zu, es fällt mir schwer, diese Stadt nicht zu mögen, aber das Kind in mir schreit, dass ich diese Familie, dieses Zuhause und das Leben, das sie ohne mich geführt haben, nicht beachten soll. Ich fühle mich im Stich gelassen und verletzt.

»Wenn das deine Entscheidung ist, musst du die Sterbeurkunde deiner Tante einsehen. Aber nur damit du es weißt, deine Großmutter hat nie akzeptiert, dass Kalani tot ist. Sie sagte, sie habe es gespürt, als Leilani, deine Mutter, starb, und sie hat ihre Meinung, dass Kalani lebt, nie geändert.«

»Kalani«, flüstere ich mit einem langen, langsamen Blinzeln. Es besteht eine kleine Chance, dass sie noch am Leben sein könnte. So schnell, wie ich sie verloren habe, könnte ich sie auch wiederfinden.

»Ja, und die Leute hier kannten deine Mutter, Leilani, als Lani.«

Ich nicke. »Du hast mir am Telefon erklärt, dass meine Mutter ihren Namen in Lena geändert hat, sobald sie in Großbritannien angekommen war.«

»Ja, das war Teil der Untersuchungsergebnisse der Royal Courts of Justice.«

»Warum hat mein Großvater den Antrag auf Kalanis Sterbeurkunde gegen den Willen meiner Großmutter gestellt?«

»Weil er nicht glaubte, dass sie noch lebte. Er wollte, dass der Nachlass der örtlichen Gemeinde und Umweltzwecken zugutekommt. Aber seine Frau war strikt dagegen. Sie sagte, sie wisse, dass sie irgendwo da draußen Familie habe, und sie hatte recht. Ich habe dich gefunden.«

»Sie meinte ihre Tochter, nicht mich.«

»Nein, Junge, sie hat immer ›da family‹ gesagt, wie wir es hier nennen. Du bist ihre Familie.«

Meine Familie. Ich wiederhole es ein paarmal in meinem Kopf und versuche, die Bedeutung zu begreifen.

Meine Familie. Die Worte legen sich schwer auf meine Brust.

Nach Sekunden nervenaufreibender Stille sage ich: »Erzähl mir mehr über ›da family‹, Frank. Bitte fang mit meiner Oma und meinem Opa an.«

»Das werde ich, aber lass mich zuerst fragen – wie lange bleibst hier?«

»Eine Woche.«

»Das ist ein kurzer Aufenthalt nach einer so langen Reise.«

»Ich hatte keinen Urlaub geplant.« Ich bemerke meinen verbitterten Tonfall.

»Hast du die Nachbarn schon kennengelernt?«

»Noch nicht. Aber erzählst du mir bitte mehr über meine Großeltern?«

»Deine Großeltern hatten einen hohen Stellenwert in dieser Gemeinde. Sie schätzten das Land und das Haus. Aber ihre Nachbarn teilten ihre Gefühle nicht. Hast du das riesige Haus gesehen?« Er nickt in die Richtung des Hauses meiner Nachbarn.

»Es ist kaum zu übersehen.«

»Die jetzigen Eigentümer haben das Grundstück gekauft und das Haus gebaut, nachdem die ursprünglichen Eigentümer verstorben waren. Aber bevor sie mit dem Bau begannen, versuchten sie, auch dieses Land zu kaufen. Sie boten einen guten Preis, aber deine Großeltern wollten ihr Angebot nicht annehmen.« Frank rutscht in seinem Stuhl hin und her und fährt fort. »Ben und Hina haben mich um Rechtsbeistand gebeten, weil die Nachbarn behaupteten, dass einige Grenzlinien nicht mit den gesetzlichen Grundstücksgrenzen übereinstimmten. Das hat deine Großeltern beunruhigt. Die Johnsons, die Nachbarn, wollten hier ein dreistöckiges Haus bauen.«

»Du willst mir sagen, dass sie ein Haus bauen wollten, das größer ist als das Monstrum nebenan? Was in aller Welt wollten sie damit bezwecken? Ein Privatanwesen oder so etwas?«

»Sosehr sich Ben auch bemühte, er konnte nicht verhindern, dass sie ein riesiges Haus bauten, aber er schaffte es, dass es ein zweistöckiges Haus blieb.«

»Sie haben ohnehin schon ein großes Grundstück«, sage ich. »Warum wollten sie auch dieses?«

»Ich bin mir nicht sicher. Manche Leute wollen immer mehr. Das hat deine Großeltern gestresst. Aber das Gute war, dass Hina etwas über die Bauhöhenverordnung erfahren hat, was deinem Großvater eine gute Grundlage gab, um gegen die Höhe des neuen Hauses zu kämpfen.«

»Wie hat sie von der Bauhöhenverordnung erfahren?«

»Das ist mir immer noch ein Rätsel. Ich habe sie gefragt, aber sie sagte, sie könne sich nicht erinnern.«

»Ich bin stolz auf dich, Oma!«, sage ich.

Nicht in meinen kühnsten Träumen hätte ich erwartet, diese Worte auszusprechen. Bis vor einer Woche wusste ich nicht einmal, dass es sie gibt. Und doch bin ich hier und werde von Stolz überwältigt. Es ist seltsam.

Frank fährt fort. »Sie haben versucht, deine Familie einzuschüchtern, aber wie schon vor über drei Jahrzehnten haben deine Großeltern nicht klein beigegeben.«

»Was ist vor dreißig Jahren passiert?«

»Ich kenne nicht alle Einzelheiten, aber eine große Landgesellschaft wollte dieses Land kaufen und ein Hotel bauen. Deine Großeltern haben sich dagegen gewehrt.«

»Aber warum mussten sie sich wehren? Es ist ihr Land und ihre Entscheidung.«

»Nun, die Leute werden jedes Mittel nutzen, um zu bekommen, was sie wollen. Sie wollten dieses Land.«

Ich mische die Dokumente, die Frank mir vorgelegt hat. »Es gibt hier so viel zu verarbeiten. Einen Moment, bitte«, sage ich und stehe auf, um das Foto von Mom, Kalani und Kimo zu holen.

»Kennst du einen Kimo?«, sage ich, als ich zurückkomme. Ich reiche Frank das Foto.

Er sieht es an und schüttelt den Kopf. »Ich glaube nicht, dass ich diesen Kimo kenne.«

»*Diesen* Kimo?«, frage ich.

»Das ist ein gebräuchlicher Name hier auf Hawaii. Ich kenne also ein paar Kimos.«

Großartig.

Kapitel Sieben

Es ist zwei Uhr morgens und ich habe gerade außer Atem Lukes Nummer gewählt.

Er geht sofort ran. Natürlich tut er das.

»Hallo? Roy, bist du da?«

»Ja, bin ich.«

»Warum bist du überhaupt auf? Es ist dort doch mitten in der Nacht.«

»Mir geht's gut, es ist nur die Zeitzonenverschiebung.«

»Es ist wieder passiert, nicht wahr?«, fragt Luke.

»Hm? Wovon redest du?«

»Das weißt du ganz genau. Es ist passiert, nicht wahr?«

»Kein Grund zur Sorge, alter Knabe. Ich werde jetzt wieder schlafen gehen.«

»Hast du die Fotos bei dir?«

»Sehr witzig.«

»Ich bin immer nur einen Anruf entfernt.«

»Genug mit deinem Unsinn«, sage ich. »Gute Nacht.«

»Gute Nacht. Du kannst jederzeit anrufen.«

Das war dumm, Luke wegen eines Albtraums anzurufen. Und er macht mich wütend, weil er mich besser kennt als ich mich selbst. Aber er ist der beste Bruder der Welt.

Ich lernte ihn kennen, als ich zehn Jahre alt war und auf der Kante eines Stuhls saß. Er war damals fünfzehn. Ich hasste ihn – er hatte ein festes Zuhause, eine Mutter und einen Vater, die ihn liebten. Damals wusste ich noch nicht, dass das Leben mir eine weitere Chance gab: eine liebevolle Familie.

Ich nehme ein Foto aus meiner Brieftasche. Es zeigt meine verstorbene Mutter und mich, als ich noch ein Baby war, als ihre Wärme und Zuneigung meine zerbrechliche Existenz umgaben. Das Foto ist verblasst und hat zerfledderte Ränder.

Ich begann, vor meinen Pflegefamilien wegzulaufen, bevor sie die Chance hatten, mich zum Jugendamt zurückzuschicken. Aber ich ging nie ohne dieses Foto und ein einfaches Spielzeug – mein gelbes Feuerwehrauto. Diese Gegenstände waren mein Rettungsanker. Ich hielt das Bild auch fest, wenn mich die Albträume aufweckten.

Mit der Zeit begann ich, ein neues Erinnerungsstück mit mir zu tragen – ein Foto meiner letzten Pflegefamilie. Der Familie, die mich schließlich adoptierte.

Auf dem Foto sitze ich auf einer Bank, eingequetscht zwischen meiner Mutter und meinem Vater. Ihre Arme sind um mich geschlungen. Hinter mir steht mein Bruder, seine Arme ruhen auf meinen Schultern. Es ist, als würden sie einen menschlichen Schutzschild bilden, eine vereinte Front gegen die Unsicherheiten der Welt. Als dieses Foto kurz nach der Aufnahme in meinem kleinen Rucksack auftauchte, wusste ich, dass es Luke war, der es dort hingelegt hatte.

Das aufrichtige Lächeln auf ihren Gesichtern und die Art und Weise, wie sie mich festhalten, erzählen eine Geschichte von Akzeptanz und Unterstützung. Es ist ein Moment, der in der Zeit eingefroren ist, ein Schnappschuss eines besonderen Augenblicks in meiner Jugend. Diese Menschen gaben mir ein stabiles Zuhause.

Doch trotz aller Beteuerungen wurde ich die Angst nicht los, dass alles zusammenbrechen würde, so wie es vorher passiert war. Ich war mir sicher, dass ich diese Familie verlassen und eine neue Familie kennenlernen würde. Ich glaubte nicht, dass ich ein Zuhause für immer finden würde.

Wie lächerlich ist es, dass ich dieses Foto bei mir habe? Ich bin vierunddreißig, um Himmels willen. Ich entscheide, wo mein Zuhause für immer ist, und ich brauche kein Foto, das ich mir an den Schlafanzug pinne, um nach einem Albtraum wieder zu Atem zu kommen.

Ich starre auf beide Fotos – meine Vergangenheit und meine Gegenwart. Erinnerungen an die Liebe meiner leiblichen Mutter und die Umarmung durch eine liebevolle Pflegefamilie.

Letzte Woche, als ich mich auf meine Reise nach Hawaii vorbereitete, nahm Luke diese beiden gerahmten

Fotos in meinem Wohnzimmer in die Hand und sagte: »Ich habe das Gefühl, dass es eine andere Version davon geben könnte. Mit deiner hawaiianischen Familie.«

»Nein, das bezweifle ich sehr«, erwiderte ich, wobei mein Tonfall von Irritation geprägt war. »Sie haben sich vierunddreißig Jahre lang nicht die Mühe gemacht, nach mir zu suchen. Ich habe nicht die Absicht, jemals ihr Foto zu tragen.«

»Ich denke, du solltest diese Fotos mit nach Hawaii nehmen.«

»Sei nicht albern«, antwortete ich. Aber ich nahm sie aus ihren Rahmen und packte sie trotzdem ein.

Meine Gedanken schweifen zu einem der Momente, in denen ich von zu Hause weggelaufen bin. Ich war elf Jahre alt. Ich hatte vergessen, die Fotos mitzunehmen.

Ich hockte zwischen den Bäumen und verschlungenen Wegen des Brandon Hill Park in Bristol, mein Herz raste vor Erwartung. Die Bäume umarmten mich immer. Ich kletterte auf einen, setzte mich auf einen Ast und sah mich um.

»Ich bin größer als alles!«, schrie ich. »Ich bin größer als dieses Haus! Ich bin größer als diese Stadt!«

Aber Luke hatte die unheimliche Fähigkeit, mich aufzuspüren, egal wo ich mich versteckte. Und tatsächlich, als ich durch die Äste spähte, sah ich ihn mit einem Grinsen auf mich zukommen.

»Ich habe dich wieder erwischt«, rief er, als würden wir Verstecken spielen.

Es hatte etwas seltsam Tröstliches, wie er mich jedes

Mal fand. Trotzdem beschloss ich, den Einsatz zu erhöhen. Als ich das nächste Mal weglief, steckte ich die beiden Fotos zusammen mit meinem Feuerwehrauto in meine kleine Tasche und machte mich auf den Weg zur Clifton Suspension Bridge, deren versteckte Tunnel nach mir riefen. Ich war mir sicher, dass ich den perfekten Ort gefunden hatte, einen geheimen und obskuren Ort, an dem selbst mein Pflegebruder nicht nachschauen würde.

Doch als ich mich unter der Brücke hindurchduckte, ertönte hinter mir eine vertraute Stimme. »Du kannst dich nicht vor mir verstecken!«, rief Luke, und seine Stimme war von spielerischer Entschlossenheit geprägt. Ich drehte mich mit einer Mischung aus Überraschung und Bewunderung zu ihm um.

»Es ist, als hättest du einen sechsten Sinn«, erwiderte ich halb in Ehrfurcht, halb im Scherz. »Wie schaffst du es immer, mich zu finden?«

Er grinste schelmisch. »Ich erkunde diese Stadt schon länger als du. Ich kenne jeden Winkel und jedes Versteck. Betrachte mich als deinen Reiseführer. Ich finde versteckte Orte und natürlich finde ich auch dich.«

Ich konnte nicht anders, als zu lachen. Ich fand es toll, wie er nach mir suchte und mein Verschwinden zu einem Spiel machte. In diesem Moment wurde mir klar, dass ich nicht nur davonlief, sondern auch wollte, dass mein Bruder mich jedes Mal fand.

Als die Erinnerung verblasst, sehe ich mir beide Fotos noch einmal an. Mit dem einen Teil meiner Familie bin ich durch die Geburt verbunden, mit dem anderen durch die Bande des Herzens.

Ich brauche keine neue Familie. Ich werde alles tun, was ich hier tun muss, und so bald wie möglich nach Großbritannien zurückkehren. Ich will mein Leben zurück. Vor ein paar Jahren habe ich aufgehört zu hinterfragen, warum sich mein Vater nie um mich gekümmert hat. Jetzt muss ich aufhören, mich zu fragen, warum meine Familie auf Hawaii nie nach mir gesucht hat.

»Geh schlafen, Mann!«, fordere ich und lasse meinen Kopf wieder auf das Sofa sinken.

Ich kann mich nicht dazu durchringen, in ihren Schlafzimmern zu schlafen. Das Sofa ist in Ordnung.

Kapitel Acht

Nach ein paar Stunden Schlaf wache ich mit besserer Laune auf. Es ist Freitag. Frank bereitet alles vor, und am Montag wird er mir die erforderlichen Dokumente zur Genehmigung vorlegen. Ich erteile ihm die rechtliche Befugnis, den Verkauf des Hauses voranzutreiben.

Ich erhebe mich von der Couch und erschrecke, als ich durch die Fenster das weite Blau sehe – den Himmel, das Meer. Ich öffne eines der Fenster und stelle mich daneben.

»Guten Morgen, Pazifischer Ozean.«

Es ist kurz nach acht Uhr. Fröhliche Strandbesucher schlendern am Ufer entlang und bewegen sich in beide Richtungen.

Auf meiner gestrigen Fahrt sah ich ein Schild, das für einen freitäglichen Kunsthandwerkermarkt unweit des Strandhauses warb. Es wird sicher Spaß machen, dort vorbeizuschauen. Vielleicht kennt dort sogar jemand Kimo.

Nach einer erfrischenden Dusche und einer Tasse Kaffee gehe ich dorthin. Auf dem Schild steht, dass der Markt schon seit vierzig Jahren besteht. Er liegt inmitten einer großen Grasfläche. Ich schlendere an den Ständen vorbei, zwischen denen die salzige Meeresbrise tanzt. Die Leute lächeln und sagen »Aloha«. Es gibt auch Live-Musik. Dies ist mehr als ein lokaler Kunsthandwerkermarkt – es fühlt sich an wie eine Gemeinschaft, ein Ort der Begegnung.

Eine Dame lächelt mich an. »Guten Morgen, brauchen Sie Slippa? Das sind die besten für ein Leben am Strand.« Sie verkauft bunte Sandalen und Flip-Flops.

»Nein, danke«, sage ich mit einem Lächeln. Aber als ich weitergehe, bemerke ich, dass ich die einzige Person bin, die geschlossene Schuhe trägt.

Die Flip-Flops ziehen mich zurück. Ich gehe zurück, kaufe ein blaues Paar und packe meine Turnschuhe in eine Tüte. Am Anfang fällt es mir etwas schwer, in ihnen zu laufen, aber nach ein paar Schritten habe ich mich an das Gefühl gewöhnt.

Es gibt einen Verkäufer, der Holzschnitzereien in Form von Surfbrettern und Schildkröten verkauft. Vielleicht nehme ich ein paar für Mom und Dasia, Lukes Verlobte, mit nach Hause.

Ich nehme ein Werk in die Hand, fasziniert von seiner ungewöhnlichen Form. Es ist glatt und poliert und hat zwei gebogene Teile, die mich an Flügel erinnern. Ich streiche mit den Fingern über die Oberfläche und bewundere die Handwerkskunst.

»Eh, aloha, das ist eine wunderschöne Walschwanzflosse, die Sie da in der Hand halten«, sagt der Verkäufer und erregt meine Aufmerksamkeit. »Eines der schönsten Stücke, die ich habe.«

»Eine Walschwanzflosse?«, frage ich erstaunt.

Er lacht leise. »Ja, schauen Sie noch einmal.«

Ich untersuche es erneut. »Sehr cool.«

»Mahalo.« Sein Lächeln breitet sich über sein Gesicht aus, links, rechts und in der Mitte. »Ich mache sie selbst. Ich kann alles eingravieren, was Sie wollen.«

»Gute Arbeit.« Ich untersuche die unterschiedlichen Größen.

»Haben Sie sie schon gesehen?«, fragt er.

Ich sehe ihn ausdruckslos an.

»Die Wale.«

»Äh, die Wale. Nein, keine Zeit. Ich reise in ein paar Tagen ab.«

»Gehen Sie einfach an den Strand und Sie werden sie sehen. Sie schwimmen jedes Jahr von Alaska nach Hawaii, um ihre kleinen Babys in sicherem Wasser zur Welt zu bringen.«

»Ich bin also nicht der Einzige, der von zu Hause weg ist«, sage ich mit einem Lächeln.

»Nun, Hawaii ist ihre Heimat. Sie kommen zurück nach Hause. Sie sind hier geboren. Zwischen April und Oktober schwimmen sie nach Alaska, um zu fressen und Abenteuer zu erleben.«

»Das machen sie jedes Jahr?« Ich bin fasziniert.

»Ja, jedes Jahr. Ich bin hier geboren und aufgewachsen. Wir sehen sie jedes Jahr.«

»Sind Sie schon lange auf diesem Markt?«

Er lächelt stolz. »Seit über zehn Jahren.«

»Kennen Sie einen Einheimischen namens Kimo?«

»Ich kenne viele Kimos, die hier in der Gegend aufgewachsen sind.«

»Er ist ein Freund meiner Tante und ich wollte Hallo sagen.«

»Welche Tante?«

»Okay, fangen wir noch einmal an. Ich bin Roy, der Enkel von Ben und Hina Williamson. Sie lebten unten am Strand. Kimo war der Freund meiner Mutter und meiner Tante, als sie Teenager waren.« Ich strecke meine Hand aus. »Roy Fernsby.«

Widerwillig greift er nach meiner Hand, während das warme Lächeln aus seinem Gesicht verschwindet. »Ich kenne keinen Enkel der Williamsons.«

Seine Freundlichkeit hat sich in Neugier und … Misstrauen verwandelt?

»Da bin ich ganz bei Ihnen. Ich wusste bis vor ein paar Wochen nicht, dass ich ihr Enkel bin. Aber ich sage die Wahrheit.«

»Äh.« Er legt den Kopf ein wenig schief. »Sie wussten nicht, dass Sie ihr Enkel sind. Hmm, das ist nicht gut.«

Ich nicke ein paarmal. »Ja, nicht gut. Ich hatte nie die Gelegenheit, sie kennenzulernen.«

»Lassen Sie mich nachdenken.« Er mustert mich zuerst

von oben bis unten. »Sie werden Tante Melina am Strand finden. Sie kommt jeden Abend zum Sonnenuntergang. Nicht auf dem Sand. Sie wird auf der Wiese sein. Wir haben ihr verboten, auf den sandigen Teil zu gehen.«

»Sie haben was?« Ich habe keine Ahnung, wer Tante Melina ist, aber mir gefällt nicht, was er mir da erzählt. Einer Frau verbieten, an den Strand zu gehen? In meinem Gesicht steht ein großes Fragezeichen.

»Sie hat zweimal den Boden geküsst, Mann. Sie ist wackelig auf dem Sand. Gehen und finden Sie sie im Gras am Ende des Strandes. Fragen Sie irgendjemanden und er wird sie Ihnen zeigen. Tante Melina. Manchmal steckt sie sich eine Plumeria ins Haar.«

»Ah, ich verstehe. Ich danke Ihnen.«

Ich kann es kaum erwarten, diese Tante Melina zu treffen, aber es ist erst zehn Uhr dreißig, also gehe ich nach Hause.

Meine Suche nach Kimo beginnt mit den öffentlichen Schulakten, die online verfügbar sind. Das Polaroidfoto lehnt an meiner Kaffeetasse auf dem Küchentisch: Mutter, Tante Kalani und Kimo, drei Teenager, die fröhlich und gut gelaunt aussehen. Stirnrunzelnd betrachte ich das Foto genau.

»Hier ist der Hinweis«, rufe ich aus. Tante Kalanis Körper ist leicht in Kimos Richtung geneigt. Er hat seine Arme um beide gelegt, aber sein rechter Arm ist eindeutig enger um Kalani gelegt.

»Ich habe euch, Leute.«

Sie waren mehr als nur Freunde. Er muss achtzehn oder neunzehn Jahre alt sein, und er hat Tätowierungen auf seinem rechten Arm, eine Art Muster. Er starrt in die Kamera, und sein Gesichtsausdruck scheint zu sagen: »Mein Mädchen ist *hier*.«

Ich schaue nach oben. Das Meer glitzert in einem Blauton, den ich noch nie gesehen habe. Ich trage einen kleinen Tisch aus dem Wohnzimmer in den Garten. An einem Februartag im T-Shirt draußen zu sitzen, fühlt sich surreal an.

Die hölzerne Walschwanzflosse vom örtlichen Markt steht auf dem Tisch. Am Ende habe ich nur eine gekauft. Ich weiß noch nicht, was ich damit machen werde, aber es gefällt mir, dass ich eine Walschwanzflosse besitze, die von einem einheimischen Künstler mit Haltung gefertigt wurde.

Ich suche weiter im Internet. Es gibt viele Kimos in den örtlichen Schulbüchern, aber keiner passt zu den Jahren, nach denen ich suche.

Nach ein paar weiteren Stunden und zahlreichen Tassen Kaffee finde ich endlich, wonach ich gesucht habe.

»Da bist du ja, Kimo Alanawai.«

Er ist ein Jahr älter als meine Mutter und zwei Jahre älter als Kalani. Er müsste heute Mitte fünfzig sein. Das muss er sein. Jetzt kann ich nach einem Mann mit mehr als vier Buchstaben suchen.

Wäre es nicht großartig, wenn er mir mehr über meine Mutter erzählen könnte?

*Wo bist du, Kimo? Was weißt du über diese
Schwestern? Was ist mit euch allen passiert?*

Ich gehe wieder barfuß in den Sand. Es ist, als würde
mich ein Magnet an den Strand ziehen. Es ist warm, genau
wie in den Reiseprospekten, in denen ich Fotos von
»Zehen im warmen Sand« gesehen habe. Hier ist es echt.

Ein paar Kinder bauen am Strand etwas, das wie eine
Schildkröte aussieht. Die Wellen schlagen sanft an den
Strand.

Ein Paar schlendert Hand in Hand vorbei. Sie scheinen
Ende vierzig oder Anfang fünfzig zu sein. Die Frau hat
einen leicht vertrauten Akzent – vielleicht eine Mischung
aus britisch und etwas europäisch. Er klingt eindeutig
amerikanisch. Ich kann nicht widerstehen, ihre lebhafte
Unterhaltung ein wenig zu belauschen. Ich frage mich, wo
und wie sie sich kennengelernt haben. Das macht Spaß.
Leute beobachten.

Langsam nähere ich mich dem Wasser und bereite
mich darauf vor, mich zu setzen, doch bevor ich das tun
kann, springe ich wieder auf die Füße.

»Verdammt!«

In einem erstaunlichen Schauspiel springt ein Wal aus
dem Wasser. Mit einem gewaltigen Platschen stürzt er
zurück ins Meer.

»Also das ist gegen die Schwerkraft«, sage ich
lachend, während ich mich setze.

Die Leute zeigen auf ihn, starren ihn an und
beobachten ihn. Und dann werden wir mit einem weiteren
akrobatischen Sprung und einer Drehung in der Luft

überrascht. Die Leute schnappen nach Luft, und ein kleiner Junge springt aufgeregt auf und ab und schreit: »Wal, Wal!« Einige Leute klatschen und jubeln. Ich lächle. Ein Wal macht so viele Menschen glücklich.

Ich fühle einen Sog und schließe mich der aufgeregten Menge an, und wir alle schnappen jedes Mal nach Luft, wenn die Wale aus dem Wasser kommen.

Schließlich ist es an der Zeit, Tante Melina zu suchen. Ich will präsentabel sein, also ziehe ich nach der Dusche und der Rasur mein weißes Leinenhemd an und bedanke mich im Kopf bei Dasia, weil sie darauf bestanden hat, dass ich etwas Schönes zum Anziehen einpacke. Meine zukünftige Schwägerin ist einfach unglaublich.

Das Hemd ist genau richtig geschnitten und betont meine breiten Schultern und meine Brust, ohne zu eng zu sein. Ich kremple die Ärmel bis knapp unter die Ellenbogen hoch, in der Hoffnung, einen lässigen Stil zu erreichen.

Ich werfe noch einen Blick in den Spiegel und hoffe, dass mein Charme bei Tante Melina wirkt. Die Freundinnen meiner Mutter zu Hause lieben mich.

Als ich am Strand ankomme, muss ich niemanden bitten, mir den Weg zu Tante Melina zu zeigen. Ich erkenne sie sofort – sie sitzt unter einer einzelnen Palme, an den Stamm gelehnt, mit Blick aufs Meer. Hinter ihrem linken Ohr befindet sich eine einzelne Blume.

»Hallo«, sage ich und gehe auf sie zu. Sie hält ihren Blick auf das Meer gerichtet.

»Aloha«, versuche ich, und sie dreht den Kopf. Ihr Gesichtsausdruck lässt vermuten, dass ich gerade auf ihre Sandburg getreten bin. Ihr Blick ist durchdringend. So viel zu meinem Leinenhemd-Charme.

»Sind Sie Melina? Tante Melina?«

Sie nickt.

»Darf ich mich bitte hierhersetzen?« Ich fühle mich, als stünde ich vor einem Schuldirektor und habe keine Ahnung, was ich falsch gemacht habe.

»Setz dich.« Sie zeigt auf den Boden.

Toll, offenbar ist sie die unfreundlichste Person der Stadt.

Ich fange an, mich vorzustellen, aber sie hebt die Hand und schaut wieder auf das Meer. »Nach dem Sonnenuntergang.«

So einen Sonnenuntergang habe ich noch nie gesehen. Er ist dramatisch. Die Sonnenstrahlen dringen durch eine kleine Wolke und werfen orange- und rosafarbene Schattierungen über den gesamten Himmel. Die Menschen sind über den Strand und das Gras verstreut und lassen sich von der Sonne, die das Meer berührt, faszinieren. Die Zeit, wie ich sie kenne, bleibt stehen. So muss sich *Zeitlosigkeit* anfühlen.

Kapitel Neun

Ich weiß nicht, wie lange Tante Melina und ich schon in den Sonnenuntergang starren. Das Meer hüllt die Sonne langsam in eine zarte Umarmung. Plötzlich spüre ich, dass wir von kühlerer Luft umgeben sind. Der Himmel ist immer noch farbenprächtig, aber das Licht wird immer schwächer. Ich beobachte Tante Melina, die immer noch auf den Horizont starrt, die Mundwinkel nach oben gezogen. Ich höre, wie sie langsam einatmet, und bei jedem Atemzug blinzelt sie lange.

Plötzlich dreht sie sich um und sieht mir in die Augen. »Hör zu, junger Mann! Wenn du den Sonnenuntergang oder irgendetwas wirklich Schönes in der Natur genießen willst, musst du deine Atmung in den Griff bekommen. Kein Schnaufen und Pusten wie eine große Dampflok. Du hast fast die Sonne verscheucht.« Ihr freches Grinsen ist beängstigend und liebenswert zugleich.

»Verzeihung, habe ich geschnauft und gepustet?«

»Du machst es immer noch. Schließe deine Augen. Höre den Sonnenuntergang.«

»Den Sonnenuntergang hören, okay, ich verstehe, ich werde es versuchen.« Ich schließe meine Augen, höre aber nur die Wellen. Ich muss sagen, es kommt mir ziemlich albern vor, aber ich lasse die Augen geschlossen.

»Hör auf, so viel nachzudenken. Ich kann praktisch eine Million Gedanken durch deine Augenlider sehen.«

»Ich bin ein bisschen gedankenverloren. Aber der Sonnenuntergang war fantastisch.«

»Das ist er immer noch.«

Ich öffne meine Augen. Der Himmel ist jetzt in tiefen Orange- und Rottönen gefärbt. Es wird von Minute zu Minute kühler. Ich schaue wieder zu Tante Melina. Sie atmet friedlich aus, ihr Gesicht ist ein Bild der Ruhe.

Sie muss viel älter sein als meine Mutter, meine Adoptivmutter Elizabeth, aber obwohl sie wettergegerbt wirkt, strahlt sie förmlich. Sie hat helle Haut, ihre Augen sind von tiefen Linien umrahmt und eine hölzerne Haarspange hält ihr langes graues Haar aus dem Gesicht.

»Es wird ein bisschen kühl. Zeit, nach Hause zu gehen.«

Sie steht langsam auf. Ihr scharfer Blick befiehlt mir stumm, kein Wort zu sagen.

Sie schnappt sich ihre Tasche. »Ich habe das Gefühl, dass ich dich hier sehen könnte.«

»Vielleicht«, sage ich trocken und sehe zu, wie sie sich von mir entfernt. Meine Chance, Kimo zu finden, schwindet mit Tante Melinas gleichmäßigen und langsamen Schritten.

Meine Augenlider öffnen sich, als ich Regentropfen auf die Fensterscheibe trommeln höre. Eine weitere Nacht, in der ich mich hin und her wälze.

Der Blick aus dem Fenster ist herrlich. Die Palmen wiegen sich und tanzen im starken Wind, der Ozean ist wild und ungerührt, und der würzige Duft von Salz steigt mir in die Nase, während ich die Schaumkronen beobachte, die sich über die Wasseroberfläche wälzen. Wie fluffige Pfannkuchen tauchen sie auf. Ich genieße die schöne Natur.

Ich frage mich, was Curly und seine menschliche Familie mit dem starken Arm an solchen Regentagen machen.

»Das ist ein Wetter, um drinnen zu bleiben und sich auszuruhen«, murmle ich, während ich Kaffee koche. Bis Montag habe ich nicht viel zu tun. Ich hatte gehofft, heute Abend mit Tante Melina zu sprechen, ob sie will oder nicht, aber bei dem vielen Regen wird es keinen Sonnenuntergang geben.

»Die Decke!«, schreie ich und renne in das große Schlafzimmer. Es strömt Wasser herein. Ich schiebe das Bett zur Seite und stelle einen kleinen Eimer unter den Wasserstrahl. Als der Regen aufhört, ist es sechzehn Uhr und ich habe den Eimer schon zweimal geleert.

Ich beschließe, vorsichtshalber an den Strand zu gehen, und bin überrascht, Tante Melina zu sehen. Diesmal sitzt sie auf einem Stuhl neben der Palme. Es hängen immer noch dicke Wolken am Himmel.

»Hallo«, sage ich.

»Hallo«, erwidert sie mit einem Lächeln. »Ich kann deinen Herzschlag noch aus einer Meile Entfernung hören. Vielleicht solltest du die Lautstärke ein bisschen runterdrehen.«

»Wie mache ich das?«, frage ich.

Sie holt ein kleines Strandtuch aus ihrer Tasche. »Hier, setz dich darauf. Der Boden ist noch feucht.«

»Danke«, sage ich und lasse mich neben ihr nieder.

»Atme tief ein und langsam wieder aus. Beobachte das Meer und lass deine Gedanken mit den Wellen wandern. Wasser ist in unserer Natur, in unserem Körper. Es wird ganz natürlich kommen. Erlaube deinem Herzen und deinem Geist, sich mit dem Rhythmus des Ozeans zu synchronisieren.«

Mein Herzschlag ist seit letzter Woche etwas seltsam. Die Albträume sind zurückgekehrt, und mit ihnen das Gefühl, dass ein Elefant auf meiner Brust herumtrampelt, ähnlich wie ich mich in meinen jungen Jahren fühlte. Alles begann, als ich hörte, wie die Erwachsenen in gedämpftem Ton über »den Elefanten im Raum« sprachen.

Als Kind hatte ich auch eine Vision von einem riesigen Lavastein auf meiner Brust, und in dieser Vision war mein einziger Begleiter ein unfreundlicher und mürrischer

Leguan. Der lange Schwanz und die intensiven Augen des Leguans gehen mir bis heute nicht aus dem Kopf.

Ich richte meine Aufmerksamkeit auf den Sonnenuntergang. »Heute Abend gibt es so viele Wolken«, sage ich in dem Versuch, eine Verbindung zu dem herzustellen, was für Tante Melina wichtig ist.

»Manchmal brauchen wir Wolken, um den schönsten Sonnenuntergang zu sehen.«

Minuten später nehmen die dunklen Wolken einen orangefarbenen Ton an, als die Sonne das Meer erreicht und alles um uns herum verwandelt. Es ist wirklich ein herrlicher Sonnenuntergang.

Mom, was ist mit dir und deiner wunderbaren Familie passiert? Habt ihr gemeinsam Sonnenuntergänge beobachtet?

Die Fragen lösen ein Donnern in meiner Brust aus. Es fühlt sich an, als könnte ich platzen.

»Dein Herz rast wieder«, flüstert Tante Melina.

»Tut mir leid«, murmle ich, beschämt über meinen inneren Aufruhr. Die Zufriedenheit in ihrem Gesicht ist außergewöhnlich. Sie scheint in diesem Moment ganz zu Hause zu sein, ein Teil dieses Ortes – der Palmen, des Meeres, des Himmels.

»Wie läuft deine Suche?«, fragt sie leise.

»Meine Suche?

»Oh, mein lieber Junge, du weißt nicht einmal, wonach du suchst.«

Ich seufze. Sie seufzt auch.

»Sag mir, was dich im Moment beschäftigt«, sagt sie.

Heute ist sie gesprächiger. Ich strecke meine Beine auf dem weichen Gras aus und stütze meinen Oberkörper hinten mit den Händen ab. »Ich dachte, ich hätte das Puzzle meines Lebens zusammengesetzt.« Mein Tonfall ist schwer von Verbitterung. »Aber in letzter Zeit wurde alles, was ich für geklärt hielt, auf den Kopf gestellt.«

Ihr Blick fällt auf mich.

»Ich glaube, ich habe mich nicht einmal vorgestellt. Ich bin Roy. Ich komme aus England.«

»Dies ist eine kleine Stadt, Roy. Jeder weiß, wer du bist.« Sie lächelt warmherzig. Aus irgendeinem Grund gefällt es mir, dass sie weiß, wer ich bin.

»Warum bist du aus England?«, fragt sie.

Okay, ich schätze, Tante Melina bestimmt hier das Gespräch. »Hmm, ich nehme an, weil ich dort geboren wurde. Meine Wurzeln sind dort.«

»Meine Familie kommt aus vielen verschiedenen Orten. Verschiedene Wurzeln.«

»Verschiedene Orte, was? Ich dachte, Wurzeln sollten an einem Ort sein, aber der Ort, an den man gehört, kann auch woanders sein.«

»Warum solltest du dich auf einen Ort beschränken? Du hast bereits einige Wurzeln hier, bei dieser Palme.«

Ich lache. »Nein, diese Palme hält mich für eine Plage.«

»Hast du die Palme gefragt, oder ist das deine Vermutung?«, fragt sie mit einem breiten Grinsen.

»Nun, ich habe natürlich nicht gefragt.« Dieses

Gespräch wird langsam albern. »Kannten Sie meine Großeltern?«

»Dies ist eine kleine Stadt, Roy. Jeder kannte deine Großeltern.« Etwas im Meer erregt ihre Aufmerksamkeit. »Das sind eine Mutter und ein Baby.« Sie zeigt auf zwei Wale, die Wolken von Feuchtigkeit in die Luft blasen, und ich frage mich, wann die Zeit kommen wird, von meiner Mutter und ihrem kleinen Sohn zu hören.

Ich werfe einen kurzen Blick auf sie. Ihr Haar ist zu einer kunstvollen Hochsteckfrisur gebunden und mit einer einzelnen Plumeria-Blüte hinter ihrem linken Ohr geschmückt. Sie trägt ein langes, farbenfrohes Kleid, und über ihren Schultern liegt ein Schal.

»Hast du irgendwelche hawaiianischen Wörter gelernt?«, fragt sie.

»Nein, das habe ich nicht. Ich bin erst vor ein paar Tagen angekommen, und ich habe nicht vor, lange zu bleiben.«

»Es ist höflich, ein paar Worte über den Ort zu lernen, den man besucht, unabhängig von der Dauer des Aufenthalts.«

»Sicher«, sage ich respektvoll und atme tief ein.

»Und du hast hawaiianisches Blut in dir«, fährt sie fort. »Wenn du auch nur ein paar Worte unserer Sprache lernst, wirst du die Traditionen, die unsere Inseln so besonders machen, noch besser verstehen und schätzen lernen. Und wer weiß, vielleicht findest du sogar eine Verbindung zu deinen Wurzeln, wie du es nie für möglich gehalten hättest.«

Verdammte Scheiße. Schon wieder diese Wurzeln. Es ist nicht so, als hätte ich eine Wahl gehabt.

»Ich kenne *Aloha*«, sage ich und bereue es sofort.

Sie blinzelt langsam, und ich kann fast das Klicken ihrer Augenlider hören.

»Tut mir leid, ja, ich hätte ein wenig Hawaiianisch lernen sollen, aber ich hatte keine Gelegenheit dazu. Die Reise war sehr kurzfristig.«

»Was hast du mit dem Grundstück und dem Haus vor?«

»Ich habe vor, es so schnell wie möglich zu verkaufen.«

»Wozu die Eile?«

»Ich möchte zu meinem Leben und meinen Reiseplänen zurückkehren«, sage ich. Ich bin jetzt angespannt.

»Deine Großeltern waren mit ihrem Haus, dem Land und ihren Vorfahren verbunden«, sagt sie und blickt auf den Ozean. Die Farben des Sonnenuntergangs breiten sich auf den Wolken aus und bilden eine orangefarbene Leinwand über uns. »Auch wenn dein Großvater Ben kein Hawaiianer war, hat er die Kultur deiner Großmutter sehr respektiert. Ihr Haus war ihnen heilig. Die Liebesgeschichte von Hina und Ben hat uns alle berührt, und ihr Zuhause war viel mehr als nur ein Stück Erde oder ein Haus. Sie hatten viele Generationen von Familienangehörigen auf diesem Land, das loszuwerden du nicht erwarten kannst.«

Meine Familie. Generationen von meiner Familie.

Ich werde nicht darauf eingehen, dass das Leben mir diese Wurzeln nicht von Anfang an gegeben hat oder dass ich mich als Kind wie ein Blatt fühlte, das bei Herbststürmen umhergeweht wird. Tante Melina spricht hier von vielen Generationen, aber leider hatte ich keinen Anteil an dieser Geschichte.

Sie sieht mich an, als hätte sie gerade meine Gedanken gelesen, dann ändert sie ihre Haltung und dreht sich zu mir um. »Manche Menschen kommen in dieses Leben mit einer tiefen Verbundenheit zu ihrer Herkunft und einem Gefühl dafür, wo ihr Zuhause ist, und merken dann, dass sie dort nicht hingehören. Andere suchen jahrelang nach diesem Gefühl, bis sie unerwartet den richtigen Ort oder die richtige Person finden.«

Sie legt den Kopf leicht schief und hebt die Augenbrauen.

»Letztlich bedeuten *Wurzeln* und *Zugehörigkeit* für jeden Menschen etwas anderes, und sie können sich im Laufe eines Lebens sogar verändern. Aber jeder schreibt eine einzigartige Geschichte, egal ob er mit einem starken Fundament beginnt oder ob er ein abgebrochener Ast, eine winzige Knospe oder ein einzelnes Pflänzchen ist. Wir haben immer die Wahl, unsere eigene Geschichte zu schreiben.«

Ich nicke ihr zu.

»Hina und ich sind zusammen alt geworden. Aber wenn wir lachten, wurden wir jünger. Sie saß dort, wo du jetzt sitzt, zu meiner Rechten, schaute auf das Meer oder den Sonnenuntergang und wartete bis zu ihrem letzten Tag auf ihre Familie. Ihre Familie war irgendwo auf der anderen Seite des Ozeans. Sie wusste, dass sie dort drüben waren, und hier sitzt du, wo sie gern saß.«

Ich schließe meine Augen und lausche den Wellen. Ich bemerke fast nicht, als Tante Melina aufsteht, um zu gehen.

»Darf ich eine Frage stellen, bitte?«

»Morgen, mein Kind«, antwortet sie und geht langsam von mir weg.

Kapitel Zehn

Während ich durch den Garten gehe, betrachte ich meine Umgebung und erschaudere ein wenig, als die Abendbrise mein Gesicht streift.

Ich denke daran, was Frank mir über meine Großeltern erzählt hat. Hina, eine junge Frau aus Hawaii, verliebte sich in einen jungen Soldaten, der in Oʻahu diente. Zunächst war ihre Familie gegen die Beziehung, aber ihre Liebe gewann schließlich die Herzen aller. Sie hat das Land von ihren Großeltern geerbt. Das Land unter meinen Füßen, die Erde, die ich berühre. Diesen Boden, diesen Schmutz. Den Geruch, der in der Luft liegt.

Ich betrachte das Haus und seine Umgebung mit Bewunderung, aber auch mit einem schweren Gefühl im Bauch. Die Sonne ist vor einer Stunde im Meer versunken, und der Himmel ist tiefrosa.

Ich gehe zurück zum Haus – diesem Haus, das sie in

den Sechzigern gebaut haben. »Hallo«, flüstere ich und streichle die Tür. Bevor ich eintrete, ziehe ich meine Flip-Flops aus. Dann leere ich den Eimer im Hauptschlafzimmer und sehe in den anderen Schlafzimmern nach.

Im dritten Schlafzimmer liegt eine rosa Bettdecke. Daneben steht ein alter hölzerner Nachttisch mit einer Schublade und einem Messinggriff, der mich einlädt, ihn zu öffnen. Als ich das tue, offenbart sich eine Welt, die in der Zeit eingefroren ist.

Ein verwittertes Buch. Ein paar Fotos von meiner Mutter. Vorsichtig hebe ich das Buch hoch: *Der kleine Prinz.*

Leilani steht auf der ersten Seite geschrieben. Mit einem tiefen Atemzug blättere ich ein paar abgenutzte Seiten um.

»Das ist also dein Zimmer, Mom«, sage ich laut und berühre den rosa Stoff. Und das Zimmer gegenüber muss das von Tante Kalani sein.

Während ich das Buch in der Hand halte, fühle ich mich meiner Mutter so nah wie seit Jahren nicht mehr. Ich kenne jetzt ihr Lieblingsbuch. Na ja, vielleicht eines ihrer Lieblingsbücher, und damit kann ich leben.

»Mom«, sage ich und setze mich auf die Kante ihres Bettes.

Als ich am Sonntagmorgen die Augen öffne, quälen mich starke Kopfschmerzen an den Schläfen. Ich habe nur ein paar Stunden geschlafen, bedingt durch den Jetlag und das Lesen von *Der kleine Prinz*, während ich mir vorstellte, wie Mom es liest.

Es fühlt sich an, als würde sich ein Draht um meinen Kopf ziehen, der mich zusammenzucken lässt. Ich kann praktisch meinen eigenen Puls in meinen Ohren pochen hören, und der Schmerz macht es mir schwer, mich zu konzentrieren.

Ich reibe mir sanft die Schläfen.

Zweifel und Ungewissheit beherrschen meinen Geist. Ich weiß, dass der Verkauf der Immobilie der richtige Weg ist. Ich habe meine Pläne, um die Welt zu reisen. Ich habe meine Familie in Großbritannien. Ich wusste nicht, dass ich Wurzeln auf Hawaii habe, niemand kann von mir erwarten, dass ich jetzt alles ändere.

Auch wenn ich das Gefühl habe, dass ich neue Beziehungen zu meiner Mutter und ihrer Familie aufbaue, muss ich mein Herz beiseiteschieben und meinem Kopf die Führung überlassen.

Was ist das für ein Schmerz?

Nach ein paar Schmerztabletten und einigen Stunden Dösen auf der Couch wache ich auf und fühle mich viel besser. Es ist ein sonniger Nachmittag.

Ich spüre ein Augenpaar, das mich beobachtet. »Hey, Miezekatze, wie geht es dir?«

Sie läuft weg.

»Mir geht's auch gut. Danke der Nachfrage. Ich

glaube, es reicht mit Ausruhen und dem Nachholen von Schlaf. Es ist Zeit, sich nützlich zu machen. Was denkst du?«

Draußen hole ich die klapprige Leiter von hinten. Die Katze erscheint auf der Veranda und ich rufe ihr zu, sie solle Abstand halten. Sie kommt näher an die Leiter heran.

»Du bist schon ein komischer Kauz«, sage ich lachend. »Aber ich mag dich so, wie du bist.«

Die Nachmittagssonne brennt mir auf den Rücken, als ich hinaufsteige, um das undichte Dach zu überprüfen. Während ich hochsteige, kribbelt meine Haut, als würde sie von hundert winzigen Trommelstöcken geschlagen. Die Leiter ist alt und abgenutzt, aber ich habe vor ein paar Tagen jede Sprosse überprüft. Alle sind stabil und warten darauf, dass ich sie benutze.

Aber heute fühlt sie sich anders an. Eher wackelig. Als Kind bin ich gern auf Bäume, Leitern und Zäune geklettert. Ich weiß, ob sich etwas stabil anfühlt oder nicht. Aber ich schiebe meine Bedenken beiseite und beschließe, dass es sicher genug ist, um schnell zu versuchen, das Leck zu stopfen.

Ich positioniere mich vorsichtig neben dem Dach. Mit dem Werkzeug in der Hand beginne ich, die beschädigte Stelle zu untersuchen und die Quelle des Lecks ausfindig zu machen.

Ich flicke gern Dinge, und in meinem Café gibt es immer etwas zu reparieren.

Einfach. Bis es das nicht mehr ist.

Die Leiter unter mir wackelt leicht.

Ein plötzliches Krachen hallt durch die Luft. Bevor ich reagieren kann, gibt die Leiter nach und bricht unter meinem Gewicht zusammen. Ich stürze auf den Boden, ohne Zeit zu haben, mich auf den Aufprall vorzubereiten.

Die Welt dreht sich, als ich auf die harte Erde pralle. Schmerzen durchströmen meinen Körper. Einen Moment lang liege ich da, orientierungslos und unter Schock. Langsam versuche ich, den Schaden zu begutachten und bewege vorsichtig meine Gliedmaßen, um sicherzustellen, dass nichts gebrochen ist.

Als der Schmerz stärker wird, kommt mir die Erkenntnis. Mein rechter Arm pocht. Frustration macht sich breit. Es ist, als würde sich das Haus selbst gegen meine Versuche wehren, den Schaden zu beheben.

Es gibt keine Möglichkeit, mein Telefon zu erreichen, um den Notruf zu wählen. Dann sehe ich meine Nachbarin am Fenster, aber sie weicht zurück, wie immer. Oh, dieser Ort ist ein einziges Durcheinander. Deine Nachbarin hilft dir nicht einmal, wenn du mit Schmerzen auf dem Boden liegst.

Ehe ich mich versehe, sind die Sanitäter da. Sie beurteilen schnell meinen Zustand und bereiten mich mit sanfter Präzision für den Transport ins Krankenhaus vor.

»Wer hat Sie gerufen?«, frage ich einen Sanitäter.

»Ich weiß es nicht. Vielleicht hat Sie ein Strandspaziergänger fallen sehen.«

»Okay.« Meine Stimme ist kaum hörbar.

Die Dinge sind alles andere als in Ordnung.

In der Notaufnahme untersucht ein Arzt meinen Arm

gründlich und ordnet eine Röntgenaufnahme an, um das Ausmaß der Verletzung zu beurteilen. Einige Stunden später verlasse ich das Krankenhaus in einem Taxi mit einer Schiene für den rechten Arm. Glücklicherweise ist er weder gebrochen noch angeknackst, aber die Schiene ist erforderlich, um den Arm ruhigzustellen und die schwere Verstauchung zu stützen.

Ich erinnere mich daran, dass ich in drei Tagen abreisen werde.

Zurück im Strandhaus schnappe ich mir einen Stuhl am Esstisch und lasse mich darauf nieder, während ich darüber nachdenke, wer genau an diesem Platz gesessen haben könnte. Ich stelle mir meine Großeltern am Kopfende des Tisches vor. Während ich auf die Tischplatte starre und mich ein wenig einsam fühle, kriecht ein plötzlicher, intensiver Schmerz in meine Schultern und wandert dann hinab in meine Brust.

Ich glaubte, dass ich meine unglückliche Kindheit hinter mir gelassen hätte. Aber ein tiefer Schmerz, den ich seit Jahren nicht mehr gespürt habe, ist zurückgekehrt. Ist das derselbe Schmerz, den ich in meiner Jugend empfunden habe? Kann Schmerz über Jahre hinweg schlummern?

Es klingt, als wären meine Großeltern wirklich gute Menschen gewesen. Ich bin sicher, dass ich sie geliebt hätte, wenn ich die Chance dazu gehabt hätte. Aber meine Mutter hat meinem Vater nie etwas über sie erzählt. Und warum?

Und ist meine Tante noch am Leben, wie meine

Großmutter glaubte? Wenn ja, gehört das Haus wirklich mir, und ist es meine Entscheidung, es zu verkaufen? Wo ist sie? Sie hat mich nie aufgesucht. Warum eigentlich?

Die Fragen häufen sich, und ich überlege, ob ich die Antworten überhaupt wissen will.

Und ob ich das will, denke ich und bin überrascht über meinen Eifer. Es überrascht mich noch mehr, dass mich der Gedanke an meine Großmutter eher mit Wärme als mit Traurigkeit oder Wut erfüllt.

Es ist in Ordnung, dass ich sie mag, auch wenn ich sie erst vor ein paar Wochen kennengelernt habe.

Ich versuche, mein irgendwie schlechtes Gewissen zu beruhigen, indem ich darüber nachdenke, wie ich einen Großteil der Einnahmen aus dem Verkauf des Hauses an Wohltätigkeitsorganisationen spenden werde, die Pflegekinder unterstützen. Mit dem Rest kann ich meine Mutter verwöhnen und etwas an Luke und Dasia geben.

Aber was ist, wenn meine Tante noch am Leben ist?

Ich gehe in die Küche und öffne mit meiner linken Hand eine Dose Bier. Langsam …

Kapitel Elf

Ich bin aufgestanden, stehe auf der Veranda und bewundere den Himmel, der sich in den zartesten Lavendel- und Rosatönen zeigt. Die Sonne, die hinter den Bergen aufgeht, berührt bereits alles, was ihr im Weg steht. Es ist sechs Uhr dreißig.

Es ist ein Montag, an dem ich es ruhig angehen lasse. Mein Arm wird bestimmen, wie ich den Tag verbringe, denn das Training meines linken Arms für meine täglichen Aufgaben dauert länger als erwartet. Frank hat seinen Besuch abgesagt. Er musste sich um wichtige Familienangelegenheiten kümmern. Ich hoffe, er kommt morgen, da ich am Mittwoch abreise.

Nachdem ich geduscht und gefrühstückt habe, gehe ich in das Schlafzimmer mit der grünen Tagesdecke. Dieses Haus ist wie eine streng geheime Fundgrube. Auf einem kleinen Nachttisch liegt ein Tagebuch mit einem rostigen Schloss. Ist es falsch, das Tagebuch einer Teenagerin aufzubrechen und zu lesen, wenn sie nicht mehr da ist und ich verzweifelt nach Antworten suche? Der verblichene blaue Einband ist von den Abnutzungserscheinungen der Jahrzehnte gezeichnet.

»Tut mir leid«, sage ich laut und breche mit einem großen Stein das Schloss auf, wobei ich mich bei jedem Schlag schuldig fühle, bis es sich öffnet und auseinanderfällt. Auf der ersten Seite steht ein Name. *Es ist von Kalani!*

Wie ich vermutet hatte, gehörte dieses Zimmer Tante Kalani.

Vorsichtig blättere ich zur nächsten Seite und lasse mich draußen am Tisch nieder. Da ist es – das Gekritzel meiner Tante von vor vielen Jahrzehnten. Die Tinte ist verblasst, aber die Worte sind noch lesbar.

»Liebes Tagebuch«, so beginnt es.

Beim Lesen fühle ich mich in die Zeit versetzt, als meine Tante ein junges Mädchen voller Träume war. Als sie anfängt, über ihren Schwarm Kimo zu schreiben, rufe ich: »Aha, da ist er!«

Sie erzählt von dem bemerkenswerten Zufall, dass sich ihr Weg mit dem dieses Jungen an einem völlig unerwarteten Ort kreuzte – einem Open-Air-Konzert, einer Versammlung zur Unterstützung der Gemeinschaft.

Dann ihre erste Verabredung. Ich kann mir das Lächeln nicht verkneifen, als ich lese, wie er ihr Herz erobert hat. *Kimo weiß wirklich, wie man einem Mädchen eine schöne Zeit bereitet.* Ein Liebesbrief, der ihr am Strand überreicht wird, ein Überraschungspicknick, ein Bad in einem

erfrischenden Wasserfall, Sterne beobachten, nachdem sich
meine Tante heimlich aus ihrem Zimmer geschlichen
hat …

»Wow, wow, wow.« Ich lasse das Tagebuch auf den
Tisch fallen, als würde es mir die Fingerspitzen
verbrennen. *Liebe Tante, das ist ein bisschen zu freizügig,
um es in Tagebuchseiten zu schreiben, Schloss hin
oder her!*

Ich lasse das Tagebuch auf dem Tisch liegen und
nehme etwas Katzenfutter für die Katze heraus, wobei
meine Wangen immer noch glühend heiß sind. Ich tue
alles, um nicht über den Text nachzudenken, den ich
gerade gelesen habe.

Ich lasse mich in den Stuhl draußen zurücksinken und
blättere schnell durch die Seiten, in der Hoffnung, mehr
über Kimo zu erfahren. Aber nein, nur weitere detaillierte
Seiten über diese Nacht. Es begann am Strand, an ihrer
Lieblingsecke, unter einem Baum. Als alle am Strand
waren und sich den Sonnenuntergang ansahen, schlichen
sie sich in genau dieses Haus, in ihr Schlafzimmer.

Ich blättere die Seiten immer schneller um. In ihrem
letzten Eintrag kommt sie endlich von dieser Nacht weg.

*Ich bin wütend, ich muss es Kimo sagen.
Ich habe sie gehört. Der Mann sagte Dinge,
dass Daddy so viel verlieren würde. Und
dass er seiner Familie eine bessere Zukunft
geben sollte. Daddy sagte ihm, er solle*

verschwinden und er würde unser Haus nicht verkaufen. Er schrie: »Hier gibt es nichts zu verkaufen! Lass meine Ohana in Ruhe.« Aber ich weiß, dass er traurig ist. Beim Essen war er still. Ich hasse es, ihn so zu sehen.

Der Mann sagte, er würde die Dokumente verwenden und das würde unsere Ohana noch mehr verletzen. Was sind das für Dokumente? Ich bin wütend, ich muss etwas tun, um Daddy zu helfen.

Ich habe es Leilani erzählt, aber sie sagte, Daddy würde sich darum kümmern, er würde nicht zulassen, dass jemand unsere Mutter verärgert, und er würde nicht zulassen, dass jemand ihre Vorfahren missachtet. Aber ich sehe, dass er traurig ist und sich Sorgen macht. Ich werde mit Kimo reden, er wird Daddy helfen und uns beschützen. Wir sind füreinander bestimmt, dieses Glück. Immerhin bin ich seit gestern sein Mädchen. Und er ist mein Mann.

Mein Großvater wurde also bedroht.
Wo bist du, Kimo? Hast du sie beschützt?

Während ich am Strand entlang spaziere, gleitet der Sand zwischen meinen Zehen hindurch. Der Ozean erstreckt sich bis in den letzten Winkel meines Blickfelds. Seine Weite spiegelt die Leere wider, die ich in mir spüre. Meine Gedanken wandern zu meiner Mutter.

Mom, ich kann nicht glauben, dass ich an deinem Strand spazieren gehe. Du musst hier deine ersten Schritte gemacht haben.

Ich werde langsamer und beobachte, wie mein Fuß den Sand formt und einen Fußabdruck hinterlässt.

Du musst deine Schwester Kalani hier, an diesem Strand, gejagt haben. Oder Kalani hat dich gejagt.

Fang mich!

Ich beginne zu laufen. Doch kurz darauf setze ich mich, als mein Arm zu pochen beginnt.

»Okay, meine Güte, es ist nur eine Verstauchung«, sage ich an meinen Arm gewandt.

Am Strand sind ein paar Leute verstreut. Eine junge Frau zu meiner Rechten scheint ganz in ihr Buch vertieft zu sein. Meine Brust zieht sich zusammen, und der Atem bleibt mir im Hals stecken, als mich eine Flut von Gefühlen überkommt. Wie ist das überhaupt möglich?

Sie liest *Der kleine Prinz*.

Kapitel Zwölf

Ich bin immer noch erschüttert von der Frau, die *Der kleine Prinz* gelesen hat. Es ist allerdings eines der meistgelesenen Bücher der Welt, also ist es möglich, dass es nur ein Zufall war. Eindeutig.

Ein Klopfen an der Tür unterbricht meine Einsamkeit. Ich laufe schnell hin, da ich eine Ablenkung brauche. Ich öffne die Tür und sehe Tante Melina mit einem mitfühlenden Lächeln und einem kleinen, kunstvoll geschnitzten Holzkästchen in der Hand.

»Guten Morgen«, sagt sie. »Ich bin gekommen, um zu sehen, wie es dir geht. Ich habe gehört, dass du dich am Arm verletzt hast.«

»Das weiß ich zu schätzen, danke. Kommen Sie herein. Was darf ich Ihnen anbieten?«

»Du bist so ein britischer Gentleman. Nichts. Aber ich habe etwas für dich. Es ist ein besonderes Geschenk, um dich zu beschützen.«

Sie zieht ihre Schuhe aus, tritt ein, setzt sich in den Sessel und sieht sich im Zimmer um. Ein bittersüßes Lächeln umspielt ihre Lippen.

Neugierde erfüllt mich. Sie hält auch eine Mango in der Hand, eine sehr große.

»Was denn? Und ist das eine Mango?«

»Ja, magst du Mangos?«

»Ich mag sie schon, aber sie sind nicht meine Lieblingsfrucht.«

»Bis zu dieser hier.« Sie reicht mir die Mango.

Ich atme den süßen Duft ein und lasse meine Finger über die glatte Haut gleiten.

»Sie ist von dem Baum in meinem Garten. Hinas Lieblingsbaum. Er ist sehr groß. Du solltest kommen und selbst welche pflücken.« Dann schaut sie auf meinen Arm. »Sobald es deinem Arm besser geht.«

Ich betrachte die Mango, als wäre sie ein Kunstwerk. Sie ist leuchtend gelb mit einem Hauch von Rot auf der Schale. Ein Meisterwerk.

»Ist jetzt überhaupt Mango-Saison?«, frage ich.

»Manche Bäume sind nicht an die Jahreszeiten gebunden. Sie tragen dreimal im Jahr Früchte.«

Dann geht sie zum Sofa und bedeutet mir, mich neben sie zu setzen, indem sie auf den Sitz klopft. Ich setze mich zu ihr. Sie öffnet das Kästchen und enthüllt einen Miniatur-Schildkrötenanhänger aus grünem Stein, der an einer schwarzen Lederschnur hängt.

»Das ist eine Honu, eine grüne Meeresschildkröte«, sagt sie.

Fasziniert beuge ich mich vor und nehme die Kette in die Hand. Das schwarze Leder ist abgenutzt.

»Ich glaube, Sie werden mir mehr erzählen«, verkünde ich.

Ihr Blick wird distanziert, als würde sie in Erinnerungen schwelgen. Ich schließe mich diesem Moment an. Ich fühle mich in meine frühe Kindheit in London zurückversetzt, weit weg von den Küsten von Hawaii. Trotz der Entfernung fühlt sich die Erinnerung so lebendig an, als hätte sie sich in mein Gehirn eingebrannt.

Ich stehe auf einem Stuhl und blicke auf die belebten Straßen von London. Dann sitze ich auf meinem kleinen Bett. Da ist eine Babydecke. Ist das eine grüne Schildkröte am Rande der Decke?

Ich kehre in die Gegenwart zurück, mein Herz rast vor Verwirrung und Faszination. Was für eine lebhafte Erinnerung!

»Das ist ein Aumakua, der Beschützer deiner Familie. Diese Halskette gehörte deiner Großmutter. Sie hat sie von ihrer Großmutter geerbt.«

»Ich nehme an, der Aumakua der Familie hat meinen Sturz von der Leiter nicht verhindert«, scherze ich. »Vielleicht hat er das Grundstück mit Oma verlassen.«

Mit trauriger Miene legt sie mir sanft eine Hand auf die Schulter.

»Oh, mein liebes Kind, du bist verbittert und traurig. Aumakua verlässt uns nie, und das wirst du eines Tages erkennen.«

Die Zeit gleitet wieder einmal, diesmal zu meinem

zehnjährigen Ich. Ich sitze auf der Kante eines Stuhls und lerne meine neue Pflegefamilie kennen. Wieder einmal fühlt sich alles fremd an, von den Möbeln bis zu den Gesichtern der Menschen um mich herum. Ich umklammere die einzige Konstante in meinem Leben: mein gelbes Feuerwehrauto.

»Wie lange wirst du bleiben, Roy?«, fragte mich meine neue Pflegemutter.

Ich war überrascht, dass sie mich das gefragt hatte. Normalerweise durfte ich das nicht entscheiden.

»Ich weiß nicht«, sagte ich mit leiser Stimme. »Solange ihr mich bleiben lasst.«

»Du bist ein komischer Junge. Es ist nicht meine Aufgabe zu sagen, wie lange du bleibst.«

»Hm?«, murmle ich, als ich Tante Melinas Stimme höre.

»Roy?«

»Oh, das tut mir leid. Ich habe nur an mein Zuhause gedacht. Mein Zuhause in Großbritannien.« Ich versuche, ihrem Blick auszuweichen. »Heimat, Familie, Zugehörigkeit – das ist im Moment alles ungewiss.« Ich schenke ihr ein schwaches Lächeln und schaue ihr in die tiefblauen Augen.

»Hast du jemand Besonderen in deinem Leben?«

Ich schüttle den Kopf.

»Das ist eine Überraschung, ein freundlicher und gut aussehender junger Mann wie du. Wie kommt das?«

Ich zucke mit den Schultern und wechsle das Thema,

dann stehe ich auf und gehe zum Tisch. »Ich nehme an, Sie haben oft an diesem Tisch gesessen?«, frage ich.

Sie nickt. »Öfter als du dir vorstellen kannst.«

»Können Sie mir sagen, wer wo saß? Hatten sie bestimmte Stühle?«

Ein strahlendes Lächeln breitet sich auf ihrem Gesicht aus, als sie sich dem Tisch nähert. Während sie sitzt, legt sie ihre Hand sanft auf meine, wobei ihre Handfläche eine wohlige Wärme ausstrahlt. Die Adern unter der Haut ähneln kleinen, gewundenen Flüssen.

»Du sitzt auf dem Stuhl deiner Großmutter.«

»Ich mag diesen Platz. Er ist in der Nähe der Küche und ich kann den Rest des Hauses sehen.« Meine Sicht verschwimmt, als ich die Tränen zurückblinzle.

Ihr Griff um meine Hand wird fester. »Du bist Ohana«, sagt sie mit fester und entschlossener Stimme. »Ohana bedeutet Familie auf Hawaiianisch, einschließlich enger Freunde und Menschen, die einem wichtig sind. Du bist ein Teil dieses Landes und seiner Familie. Es liegt auch in deiner DNA, deine Ohana zu beschützen, ob du es willst oder nicht.«

Mit einem leichten Nicken finde ich meine Stimme. »Das gefällt mir.«

Irgendwo tief in meiner Brust spüre ich ein schwaches Gefühl von Stolz, eine subtile Anerkennung der Verbindung zu meiner Ohana.

Für einen Sekundenbruchteil fühle ich Familie. Ich erinnere mich daran, was Frank gesagt hat – »da family.«

Mit einem resignierten Seufzer sage ich: »Ich werde meinen Aufenthalt verlängern. Sie hatten völlig recht. Es gibt keinen Grund, etwas zu überstürzen. Dieser Arm muss sowieso noch ein wenig heilen. Ich werde einen geeigneten Käufer finden, der das Grundstück und das Haus respektvoll behandeln wird. Das verspreche ich Ihnen.«

Ein strahlendes Lächeln erhellt ihr Gesicht.

»Aber«, fahre ich fort, »ich habe eine Frage, die ich stellen muss.«

»Das weiß ich. Komm bei Sonnenuntergang zu mir und stell mir so viele Fragen, wie du willst.«

Sobald sie weg ist, mache ich mir nicht einmal die Mühe, auf die Uhr zu schauen, bevor ich meine Mutter per Video anrufe. Sie antwortet sofort, klingt aber schläfrig.

»Hallo, mein Sohn.«

»Habe ich dich geweckt? Tut mir leid.«

»Nein, hier ist es erst einundzwanzig Uhr. Noch nicht im Bett. Wie geht's dir?«

»Mir geht es gut.« Ich verstecke meinen rechten Arm und halte das Telefon nah an mein Gesicht. »Mom, ich habe eine Frage. Ich habe eine verschwommene Erinnerung an eine Babydecke. Vielleicht ist sie mit mir angekommen. Kannst du dich daran erinnern?«

Sie denkt kurz nach und streicht sich eine Strähne ihres aschblonden Haares hinters Ohr. »Ja, ich glaube, es gab eine Decke, aber ich glaube nicht, dass wir sie behalten haben.«

»Ich verstehe, okay.«

»Du bist traurig. Warum?«

»Mach dir keine Sorgen. Ich dachte, ich erinnere mich an etwas aus diesem Haus, vielleicht etwas, das meine Großmutter für mich gestrickt hat, irgendeine physische Verbindung zu diesem Ort? Aber das ist schon in Ordnung.«

»Es tut mir leid, mein Sohn.«

»Weißt du zufällig, ob ein Honu auf der Decke war?«

»Ein was?«

»Eine grüne Schildkröte.«

Sie legt die Stirn in Falten und zieht die Augenbrauen zusammen. »Jetzt, da du es erwähnst, ich glaube schon.«

»Ja«, rufe ich aus. Ich hatte also tatsächlich eine Decke mit einer Schildkröte darauf. Aber meine Freude verfliegt schnell, als ich merke, dass sie nicht aus diesem Haus stammen kann. Meine Großmutter wusste nicht einmal von mir. Meine Mutter muss sie in London gestrickt haben.

Nach unserem Gespräch denke ich an meine Mutter, Elizabeth. Sie kann mich immer lesen und meine Traurigkeit direkt durchschauen. Ich erinnere mich, wie ich mit schlechten Zeugnissen von der Schule zurückkam oder wie ich hörte, wie Kinder über mich und meine Vergangenheit spekulierten.

Meine Scham äußerte sich meist als Wut auf meine Mutter. Ich schrie: »Siehst du, ich bin nicht gut genug. Das wirst du auch noch merken.« Ich war traurig und schämte mich, und ich wollte, dass sie wütend auf mich war. Ihre Wut wäre der Beweis dafür, dass ich schlecht war, dass ich nicht gut genug für sie war.

Ich flüchtete in mein Zimmer, wälzte mich und

schrumpfte zu einem winzigen Ball auf der Rückseite meines Bettes zusammen. Ich passte einfach nicht in die normale Welt meiner neuen Familie, also wollte ich kleiner und kleiner sein.

Doch jedes Mal kam sie ins Zimmer und setzte sich mit einem Buch in der Hand auf den Stuhl neben meinem Bett. Sie las mir vor oder erzählte mir Geschichten über ihre Familie oder ihre Schule. Jedes Mal wurde es leichter, den Kopf zu heben und ihrer Stimme zu lauschen. Sie war die beste Pflegemutter. Nein, sie ist die beste Mutter aller Zeiten – und wird es immer sein.

Wer braucht schon eine physische Verbindung zu diesem Haus? Ich nicht.

Kapitel Dreizehn

Mit der Tasse Kaffee in der Hand nehme ich einen weiteren Bissen von der Mango, die Tante Melina mir mitgebracht hat. Ich summe anerkennend und schließe die Augen, während ich ihren süßen Geschmack genieße. Keine andere Mango wird jemals so gut schmecken wie diese. Sie ist schnell zu meiner Lieblingsfrucht geworden.

Ich denke an *Pages and Beans*. Zu Beginn der Woche ist besonders viel los – die Pendler gönnen sich spezielle Kaffees, um den Montagsblues zu vertreiben. Und ich sitze hier im Februar draußen und beobachte das Meer und die Strandspaziergänger. Ich muss mein Reisebüro im Vereinigten Königreich anrufen, um meine Termine für die Weltreise zu verschieben, damit ich noch eine Woche hierbleiben kann. Eine weitere Woche.

»Hi.«

Ich schaue von meinem Telefon auf. Es ist die

ballwerfende Frau, Curlys menschliche Familie. Sie steht an dem kleinen Tor zwischen dem Sand und dem Garten. Curly scheint sich zu freuen, mich zu sehen, denn er wedelt wie wild mit dem Schwanz.

»Na, hallo.« Ich erhebe mich von meinem Stuhl und gehe auf sie zu.

»Oh, was ist denn passiert?«, fragt sie, als sie meinen verletzten Arm bemerkt.

»Ich habe mir eine andere Verletzung zugelegt, um den Schmerz durch den Ball zu übernehmen«, sage ich lachend. Mein Gesicht kribbelt, als ich mich an den Vorfall erinnere, aber ich finde die Ballwerferin faszinierend.

»Das tut mir leid.« Sie neigt ihren Kopf mit entschuldigender Miene, während ich Curly streichle.

»Keine Sorge. Das hier war ein Unfall.«

»Hoffentlich nichts Ernstes.«

»Nein, aber jeder Tag auf dieser Insel ist wunderbar ereignisreich.«

»Ja, es ist ein außergewöhnlicher Ort. Störe ich?«

»Nein, kommen Sie ruhig her. Ist der Garten in Ordnung? Ich kann noch einen Stuhl holen. Ich habe gerade Kaffee gebrüht. Möchten Sie welchen?«

»Ich hätte gern eine Tasse. Schwarz, bitte.«

»Tut mir leid, ich habe kein Leckerli für diesen Kerl.«

»Ich habe welche, keine Sorge.«

Während sie Curly am Tisch platziert, hole ich schnell einen Stuhl, bringe die Kaffeekanne herüber und schenke ihr eine Tasse ein.

»Hier, bitte.« Ich stelle die Tasse Kaffee vor ihr ab.

»Danke«, sagt sie. »Das ist ein sehr großer Garten, von Weitem sieht er gar nicht so groß aus.«

Sie nimmt einen Schluck. Verdammt, sie ist hypnotisierend. Ich befehle mir, sie nicht länger anzustarren.

»Oh, der ist ausgezeichnet«, bemerkt sie.

»Hmm, ich will hoffen, dass ich die Sache mit dem Kaffeekochen drauf habe.« Ich beobachte ihren Gesichtsausdruck, als sie einen weiteren Schluck nimmt. »Ich besitze ein Café in London.«

Sie strahlt und sagt: »Das ist großartig. Wir brauchen mehr Cafés hier in der Gegend.«

»Dann könnte ich mir überlegen, hier draußen ein *Pages and Beans Café* zu eröffnen.«

»*Pages and Beans Café* – wie bezaubernd.«

»Ich bin stolz darauf. Aber wie haben Sie den Ball so schnell geworfen? Ich bin neugierig.« Ich bin auf viele Dinge neugierig, wenn es um diese Frau geht.

»Okay, Zeit für ein Geständnis. Ich war früher professionelle Softballspielerin.« Sie zuckt mit den Schultern und schenkt mir ein schüchternes Lächeln.

»Wirklich? Dann war das wohl mein Glückstag.«

Sie hebt die Hände zur Kapitulation und schüttelt den Kopf. Ich bemerke die sanften Kurven ihrer Wangen, ihr karamellbraunes Haar, das sie zu einer lässigen Strandfrisur zurückgebunden hat, ihre gebräunte Haut, ihre lockere Sommerkleidung –Shorts und ein Tanktop. Aber was mir am meisten auffällt, ist ihr bezauberndes Lächeln.

»Was führt Sie an dieses schöne Fleckchen Erde?«, fragt sie.

Ich schaue zurück zum Haus. »Eine Familienangelegenheit.« Ein plötzlicher Windhauch lässt mich ein wenig frösteln.

»In den Wintermonaten ist das Wetter hier etwas dramatischer, aber meistens sind die Tage warm.« Sie nimmt ein leichtes Oberteil, das um ihre Taille hängt, zieht es an und schließt den Reißverschluss. »Ich nehme an, Ihnen gehört das Haus?«

»Ja, aber hoffentlich nicht mehr lange.«

»Oh, Sie verkaufen. Ich kenne eine tolle Person, die Ihnen helfen kann.«

»Mein Anwalt wird sich darum kümmern.«

»Es kann nicht schaden, direkt mit Immobilienmaklern zu sprechen. Sie können sie sogar heute Nachmittag treffen, wenn Sie möchten. Ich habe gehört, dass es eine gute Zeit zum Verkaufen ist.«

»Sicher«, sage ich. »Warum nicht.«

Ich streichle Curly, als er sich meinen Beinen nähert, und frage: »Wie sieht es mit Ihnen aus? Leben Sie hier?«

»Ja, das tue ich.« Sie lächelt. »Haben Sie schon zu Mittag gegessen?«

»Ist es schon Zeit fürs Mittagessen? Wow, nein, habe ich nicht.«

»Ich kann uns zu einem Imbisswagen fahren. Ich nehme an, mit Ihrem verletzten Arm fahren Sie nicht viel herum. Wie wäre es mit einer Poke-Bowl? Wir können sie hierher zurückbringen.«

Ihr Vorschlag überrascht mich, aber warum nicht? Sie ist eine wunderbare Ablenkung von allem, was vor sich geht.

»Ja, das wäre toll. Danke.«

»Okay, lassen Sie uns gehen.« Sie steht auf.

»Soll ich Sie weiterhin Curlys menschliche Familie nennen oder soll ich Sie die professionelle Softballspielerin nennen?

»Amy reicht.«

Jeder Bissen meines köstlichen Mittagessens – gewürfelter Thunfisch, mariniert in einer geschmackvollen Mischung aus Sojasauce, Sesamöl und anderen Gewürzen – ist ein Genuss. Der Thunfisch wird auf einem Bett aus gedämpftem Reis serviert.

Amy und ich vertiefen uns an dem kleinen Tisch in unsere Schüsseln. Ich bin fasziniert von der Leichtigkeit ihres Lachens und dem Rauschen der Wellen im Hintergrund.

»Als ich vor sieben Jahren hierherzog, wurde ich zur offiziellen Poke-Esserin«, verkündet sie.

Wir lachen so viel, und die Unterhaltung mit Amy ist mühelos. Die Zeit vergeht wie im Flug, während wir die Gesellschaft des anderen genießen. Es ist das erste Mal, dass ich mir wünsche, die Zeit würde langsamer vergehen, seit ich vor fast einer Woche angekommen bin.

»Das Leben hier ist für die Einheimischen nicht nur

tropisch«, sagt sie, als wir fertig sind. »Es kann auch ziemlich anstrengend sein.«

»Wie das?«, frage ich.

»Das hebe ich mir für ein anderes Mal auf. Ich habe um fünfzehn Uhr dreißig einen Termin. Aber lass mich vorher noch meine Freundin anrufen, die Immobilienmaklerin.«

Ich esse den letzten Bissen meiner Poke-Bowl, während sie anruft und ein Treffen mit ihrer Freundin für den nächsten Morgen vereinbart.

»Sie sagt mir immer, dass es am besten ist, nicht zu viele Mittelsmänner zu haben. Es ist besser, direkt mit ihr zu kommunizieren. Ich weiß, dass sie dir beim Verkaufen helfen wird.«

»Danke für den Rat«, sage ich mit einem Lächeln.

Sie sieht mir eine lange Sekunde lang in die Augen. »Ich muss gehen.«

»Oh, sicher.« Ich schiebe meinen Stuhl zurück und erhebe mich. »Ich bin nicht lange hier, aber ich würde mich gern für das Mittagessen revanchieren.«

»Natürlich«, sagt sie. »Gib mir dein Telefon und ich speichere meine Nummer ein.«

Wir stehen auf, und sie geht zu meiner Seite des Tisches. Ich biete ihr mein Handy an, aber als sie danach greift, entgleitet es mir und fällt auf den Boden. Wir gehen beide auf die Knie und unsere Hände streifen ineinander. Ihr Atem ist warm auf meinem Gesicht.

Unsere Lippen treffen sich. Die Strömungen zwischen

uns sind stark, der Moment ist so geladen mit Verlangen, dass ich nicht erkennen kann, wer den Kuss initiiert hat.

Die Chemie ist unbestreitbar.

Ich ziehe mich zuerst zurück. »Ich entschuldige mich aufrichtig«, stottere ich und stehe auf, während ich nach meinem Handy greife. »Ich weiß nicht, was über mich gekommen ist.« Ich halte ihre Hand, um ihr aufzuhelfen, und plappere weiter. »Ich hatte wirklich nicht die Absicht, dass das passiert. Es tut mir aufrichtig leid.« Ich reiche ihr mein Handy.

Mit einem tiefen, bewussten Atemzug drückt sie ihre schlanken Finger auf das kleine Tastenfeld und tippt ihre Nummer ein. Währenddessen wünschte ich, ich könnte die Luft sein, die sie gerade eingeatmet hat.

»Bitte schön.« Nachdem sie mir ein kleines Lächeln geschenkt hat, geht sie zum Tor. »Es war schön, dich kennenzulernen. Komm schon, Curly, lass uns gehen. Hier lang.«

Meine Liste der Gründe, den Verkauf voranzutreiben, wird von Minute zu Minute länger.

Ich habe gerade eine Fremde geküsst. Höre ich mein eigenes Herz klopfen?

Mein Herz hat gelernt, sich abzuschirmen. Wenn ich niemanden hereinlasse, muss ich nicht befürchten, verlassen zu werden.

Mein Vater ließ mich bei meiner Stiefmutter.

Meine Stiefmutter konnte meinen Anblick nicht ertragen.

Mehrere Pflegefamilien nahmen mich auf, und meine Anwesenheit verärgerte einige.

Mein Vater willigte ein, mich aufzugeben und gab mich mit einer winzigen Unterschrift zur Adoption frei.

Wegen meines Vaters habe ich beschlossen, nie Kinder zu haben, denn der Apfel fällt nicht weit vom Stamm. Obwohl ich nicht er bin, ist er ein Teil von mir.

Ich war achtundzwanzig, als ich meiner Freundin, mit der ich seit vier Jahren zusammen war, einen Heiratsantrag machte. Ich habe starke Beine – ich fahre viel Rad. Aber als ich vor ihr auf ein Knie ging, zitterten meine Beine. Auch meine Hände zitterten, meine Schultern waren angespannt. Die Worte wollten kaum herauskommen.

»Willst du mich heiraten, damit ich jede Sekunde meines Lebens damit verbringen kann, dich zum Lächeln zu bringen?«

Ihr Gesichtsausdruck hätte ein Hinweis sein sollen, aber ich nahm ihr Schweigen und ihre hochgezogenen Augenbrauen als ein Ja. Bis sie anfing zu weinen, und zwar keine Freudentränen.

»Es tut mir wirklich leid, Roy. Aber ich kann das nicht durchziehen.«

»Was meinst du?«

»Ich will ein Kind.«

»Aber ich dachte, keiner von uns will welche.«

»Ich habe meine Meinung geändert. Es tut mir leid. Ich liebe dich, Roy.«

Und ein weiterer Mensch verließ mein Leben nur

wenige Augenblicke, nachdem er »Ich liebe dich, Roy« gesagt hatte.

Mein Herz zerbrach. Es tat körperlich weh. So sehr, wie es wehgetan hatte, als ich mit sechs Jahren verlassen worden war.

Seitdem habe ich niemanden mehr an mich herangelassen.

Ich denke an Amy. Sie ist so schön, wie eine Meeresgöttin, mit glitzernden Augen und einem bezaubernden Lächeln – ganz zu schweigen von den süßen Grübchen! Und das war ein verdammt guter Kuss.

Was habe ich getan?

Kapitel Vierzehn

»**S**o etwas habe ich noch nie gemacht, Kätzchen. Das war nicht cool, weißt du.« Die Katze versteckt sich nicht mehr vor mir, aber sie hält immer noch Abstand und starrt mich von der Küche aus an.

»Und ehrlich gesagt, kann ich mir nicht einmal sicher sein, dass ich den Kuss initiiert habe.« Die Katze schleicht sich näher an das Sofa heran.

»Unsere Lippen haben sich berührt. Es passierte einfach.«

Sie miaut. Ich schwöre, sie versteht mich.

»So etwas tue ich nicht. Ich bin ein Gentleman.«

Miau.

Ich knie mich hin, aber sie bewegt sich nicht. »Ich glaube, wir kommen uns näher, nicht wahr, Kätzchen?«

Es klopft an der Tür, und das Tier flieht. Als ich sie öffne, bin ich überrascht, die Frau zu sehen, die ich im

Fenster nebenan bemerkt habe. Sie ist in Begleitung eines Mannes.

»Hallo«, sage ich, ohne den Türknauf loszulassen.

»Hallo, wir sind Ihre Nachbarn, die Johnsons. Ich bin Phil, das ist Claire, meine Frau.« Seine Stimme ist unnötig laut. »Wir dachten, wir stellen uns mal vor.« Er legt seine linke Hand auf die Schulter seiner Frau und streckt seine rechte Hand aus. Er ist über eins achtzig groß und hat einen dicken Bauch.

»Danke, wie nett von Ihnen. Ich bin Roy.«

Er zieht seine Hand zurück, als er die schwarze Schiene an meinem Arm bemerkt. »Oh, das tut mir leid. Ist alles in Ordnung?«

»Ja, ein dummer Unfall. In ein paar Tagen ist das wieder in Ordnung.«

»Hier ist ein Bananenbrot«, sagt Claire mit sanfter Stimme.

Ihr Haar ist auffallend, mit langen Strähnen vorn und kürzeren Strähnen hinten, die ihr in schönen aschblonden und grauen Locken um das Gesicht fallen und einen Kontrast zu ihrer leicht gebräunten Haut bilden.

»Oh, Bananenbrot, danke.«

»Claire macht das beste Bananenbrot auf der Insel«, erklärt Phil.

Claire bleibt stoisch, als sei ihr Name gar nicht erwähnt worden.

Faszinierende Dynamik, denke ich. Sie stehen nicht einmal nahe beieinander und Claire weicht der Hand ihres Mannes aus, als sie mir das Bananenbrot reicht.

»Sollen wir uns draußen hinsetzen? Ich fürchte, das Haus ist nicht in einem guten Zustand, um Gäste zu empfangen.«

»Es wird nicht lange dauern, aber das können wir machen«, sagt Phil mit seiner tiefen Stimme, die noch lauter ist als nötig.

Ich stelle das Bananenbrot auf den Tisch in der Küche. Doch als ich nach draußen gehen will, sehe ich die Katze springen, dieses verspielte kleine Fellknäuel. Sie landet genau auf der Stelle, wo das frisch gebackene Bananenbrot liegt. Der Tisch wackelt, und im Handumdrehen bricht das Chaos aus.

Der Behälter fällt auf den Boden und das Bananenbrot ist hinüber. Die Katze macht sich schnell aus dem Staub.

Als ich das Chaos betrachte, schüttle ich den Kopf.

»Ich werde morgen wohl kein Bananenbrot zu meinem Kaffee essen«, verkünde ich, als ich zu ihnen auf die Veranda komme.

»Ich backe Ihnen noch eins«, sagt Claire.

»Wir müssen etwas gegen diese streunenden Katzen unternehmen«, sagt Phil, dessen Stimme jetzt noch lauter ist. »Die sind eine Plage. Sie sollten sie nicht hereinlassen.«

»Sie war schon hier, als ich ankam, also hat sie eigentlich mich reingelassen. Nicht andersherum.«

Keiner von ihnen sagt etwas. Wir lassen uns um den Tisch im Garten nieder.

Phil fragt: »Wie lange bleiben Sie hier?«

»Nicht lange«, antworte ich und bemerke Phils Lächeln.

»Das ist nicht unser Hauptwohnsitz, also sind wir nicht immer hier. Aber Ihre Großeltern waren großartige Nachbarn. Wir haben sie geliebt.«

Also lügt er.

»Was sind Ihre Pläne?«, fragt er.

Ich schaue zu Claire, die auf das Strandhaus starrt, als wäre sie nicht bei uns.

Mit einem Seufzer sage ich: »Ich bin mir noch nicht sicher.« Ich werde ihm nicht die Genugtuung des Wissens geben, dass ich verkaufen werde.

»Sagen Sie uns Bescheid, wenn Sie Hilfe brauchen.«

»Danke, das werde ich«, antworte ich trocken.

Er stützt sich mit den Ellbogen auf den Tisch und lehnt sich leicht vor. »Roy, Sie sollen wissen, dass ich ein offenes Buch und ein guter Nachbar bin. Wenn Sie jemals einen Verkauf in Betracht ziehen, würde ich mich gern mit Ihnen unterhalten. Es würde auch Ihren Großeltern viel bedeuten, wenn Sie zuerst mit uns sprechen würden.«

Ich schaue kurz zu Claire, die den Blick von mir abwendet. Ich nicke, und sie verabschieden sich. Ich sitze noch eine Weile draußen und denke über alles nach.

Ich möchte das Haus verkaufen. Phil will es kaufen. Aber ich würde es lieber nicht an ihn verkaufen. Wahrscheinlich würde er es abreißen und ein weiteres riesiges Monstrum bauen.

»Was ist los, Mann?«, murmle ich vor mich hin.

Die Katze kommt unter der Veranda hervor.

»Lass uns unser Gespräch fortsetzen, Miezekatze. Gab es einen Grund, warum du dich auf das Bananenbrot gestürzt hast?«

Miau.

Sie tritt einen Schritt näher.

»Du magst sie nicht, oder?«

Sie sagt nichts.

»Sollen wir dir einen Namen geben?«

Miau.

»Du bist so ein süßes Ding. Sollen wir dich Cutie nennen?«

Kein Ton von ihr.

»Hmm, ich verstehe. Wie wäre es mit Ginger?«

Ich warte immer noch auf eine Antwort. Ich denke einen Moment lang nach.

»Wie wäre es mit Cheddar? Ich weiß, dass du Cheddar-Käse magst.«

Miau.

Sie kommt ein paar Schritte näher und streift mein Bein.

»Oje, vielen Dank dafür, Kleines. Okay, du bist Cheddar.«

Ich schwöre, sie versteht mich. Sie schaut auf und geht um meine Beine herum. Ihr weiches Fell streicht über meine Haut und ihr Schwanz folgt anmutig ihren Bewegungen, wobei er mein Bein gelegentlich wie ein sanftes Flüstern streift. Es ist, als wolle sie sagen: »Ich bin hier, ich höre zu, und ich bin bei dir.«

Sie setzt sich und rollt sich neben meinen Füßen

zusammen.

»Ich muss mich mit Tante Melina treffen, Cheddar, aber ich komme zurück und du kannst mir deine Geschichte erzählen – warum du im Haus meiner Großeltern bist. Okay?«

Ich mache mich auf den Weg zum Strand, bin aber enttäuscht, dass Tante Melina nicht da ist.

Kapitel Fünfzehn

Am Morgen trifft Amys Freundin Chelsea ein.

»Amy hat mir erzählt, dass Sie auf einen schnellen Verkauf aus sind.«

»Ja«, antworte ich.

»Sie haben Glück, ich habe tatsächlich einen potenziellen Käufer«, sagt sie und zeigt ihre extrem weißen Zähne. Ihr langes, blondes Haar hat sie zu einem Pferdeschwanz hochgesteckt, und zu meiner Überraschung trägt sie ein formelles graues Kleid, Make-up und sogar Absätze. Im Vergleich zu den meisten anderen Einheimischen sieht sie sehr schick aus.

Ich frage mich, ob Amy ihr von unserem Kuss erzählt hat.

Bin ich in der Highschool, oder was? Hör auf damit.

Sie besichtigt das Haus und macht sich Notizen. Als sie sich auf den Weg zurück zur Tür macht, um zu gehen, sagt sie: »Ich habe gehört, Sie kehren bald nach Großbritannien zurück.«

»Ich habe meinen Aufenthalt verlängert.«

»Das ist großartig«, erwidert sie und schüttelt meine Hand etwas länger als nötig. »Sagen Sie mir Bescheid, wenn Sie Lust auf einen Drink haben«, fügt sie kokett hinzu.

Ich antworte mit einem Lächeln und danke ihr.

Heute Morgen rief mich jemand aus Franks Büro an und teilte mir mit, dass er nicht zu unserem Treffen kommen kann, also habe ich den Rest des Tages frei.

Es ist fast vierundzwanzig Stunden her, dass Amy und ich uns geküsst haben, nicht dass ich mitzählen würde oder so, und ich habe sie am Strand gesucht, aber heute Morgen nicht gesehen. Vielleicht ist es besser so.

Ich ändere meine Meinung sofort, als ich ihre anmutige Gestalt aus dem Meer auftauchen sehe. Mit jedem Schritt, den sie auf ihr Strandtuch zugeht, scheint die Zeit langsamer zu werden.

Du musst Dinge auf deinem Telefon überprüfen! Ich bemühe mich, beschäftigt zu wirken.

Ich wette, dass sie sich mir nach dem, was ich getan habe, nicht nähern wird. Nun, technisch gesehen, war es nicht nur ich.

Sie hebt den Kopf, und unsere Blicke treffen sich. Die Sekunden dehnen sich. Ein Lächeln umspielt ihre Lippen, und ich erwidere es. Sie trägt Shorts und ein Strandtop, das ihre feuchten Schultern entblößt. Ich bin bereit, alle meine selbst auferlegten Regeln zu brechen und jede Sekunde meiner verbleibenden Zeit hier mit dieser Frau zu verbringen. Sieben Tage.

Sie dreht sich um. »Kommt mal her, ihr zwei.« Sie winkt mit ihrem Arm.

Der Abstand zwischen uns verringert sich, als sie auf mich zugeht. Was hat sie gemeint, *ihr zwei*?

Die Wellen schlagen gegen das Ufer, und dann höre ich ein Bellen und eine Kinderstimme.

»Warte auf mich, Curly.« Curly erscheint und sprintet auf mich zu. Ein kleiner Junge jagt ihn, und Amy folgt ihm dicht auf den Fersen.

Der Junge bleibt bei dem kleinen Tor stehen.

»Aloha, ich bin Sean.«

»Sehr nett, dich kennenzulernen, junger Mann. Ich bin Roy.«

»Du sprichst britisch.« Das gewellte dunkelblonde Haar fällt ihm in die Stirn, und seine Augen funkeln schelmisch. Auf seiner Nase befinden sich ein paar niedliche Sommersprossen.

Ich sehe Amy an. Ist sie seine Tante? Oder sein Kindermädchen?

»Das ist mein Sohn.« Sie lächelt schüchtern.

Ich bewahre eine gefasste Fassade, um meine Überraschung zu verbergen. Sie hat nie erwähnt, dass sie einen Sohn hat. Gestern beim Mittagessen erzählte sie mir, dass sie aus New York weggezogen ist, ihre Karriere hinter sich gelassen und sich ein Inselleben aufgebaut hat. Sie ist jetzt Freitaucherin und Schnorchel-Guide und liebt es, Menschen an magische Orte im Wasser zu bringen. Sie erzählte sogar von ihrer ehrenamtlichen Tätigkeit für ein Bildungsprojekt.

Nein, sie hat kein Kind erwähnt. Ich bin mir allerdings nicht sicher, ob es Regeln dafür gibt, wer welche Themen zu welchem Zeitpunkt ansprechen sollte, wenn man sich gerade erst kennengelernt hat.

»Meine Mutter hat gesagt, dass du aus London kommst.«

»Ja, das stimmt.«

»Ich liebe London. Was machst du in London?«

»Ich habe ein Café. Es heißt *Pages and Beans Café*. Du warst also schon in London?«

»Noch nicht, aber ich werde dorthin reisen. Du hast ein Café? Das ist klasse! Wer ist jetzt dort?«

Klasse? Lustiges Kind.

»Mein Bruder leitet es für ein paar Monate für mich. Ich wollte eigentlich auf Reisen gehen, aber ich bin hier gelandet.«

Beantworte einfach die Fragen, Roy.

»Ist das nicht eine Reise? Nach Hawaii zu kommen?«

»Ich denke schon. Aber es ist eine andere Art des Reisens, als ich erwartet habe.«

»Was hast du hier gesehen? Auf Hawaii?«

Der Junge ist Feuer und Flamme. Amy sagt ihm, er solle langsamer machen und nicht so viele Fragen stellen.

»Ich plane, zuerst nach New York zu reisen«, sagt Sean. »Ich werde meine Großeltern besuchen und dann nach London gehen. Ich war noch ein Baby, als ich New York verlassen habe. Ich bin zum Teil irisch.«

Ich sehe Amy an, die mit den Schultern zuckt. »Komm schon, Sean, lassen wir Roy in Ruhe.«

»Nein, nein!« Ich öffne das kleine Tor zwischen dem Sand und dem Gras. »Komm und setz dich zu mir. Ich habe alle möglichen Getränke. Orangensaft, vielleicht?«

»Können wir, Mom? Er spricht britisch.«

»Also gut. Aber nur eine Weile.«

Wir versammeln uns um den Tisch im Garten.

»Ich war kurz im Wasser, während Sean und Curly sich damit vergnügt haben, herumzulaufen.«

»Das kann ich sehen«, sage ich.

Das kann ich sehen! Ich schimpfe in Gedanken mit mir selbst.

»Ich bringe dir gleich Orangensaft.« Ich eile in die Küche. Als ich auf das Haus zugehe, durchschneidet ein durchdringendes Fauchen die Stille. Ich drehe meinen Kopf in Richtung des Geräusches und sehe Curly durch den Garten rennen.

Dann sehe ich Cheddar, die auf dem Zaun neben dem Haus thront und sich überlegen gibt. Ihr Fell steht zu Berge und bildet eine einschüchternde Silhouette vor dem strahlend blauen Himmel. Ihre grünen Augen glitzern ärgerlich und besitzergreifend und fordern Curly heraus, es weiter zu treiben.

Die Luft knistert vor Spannung, als sich Curlys verzweifeltes Bellen mit Cheddars kehligem Knurren vermischt. Plötzlich brechen sie in einen chaotischen Wirbelwind aus Bewegung und Farbe aus.

»Hey, hey, hey!«, rufe ich. Einen Moment lang bin ich nicht sicher, wer wen verfolgt.

Curly flitzt durch das Gras, seine Krallen bohren sich in die Erde und er versucht verzweifelt, Cheddar in die Schranken zu weisen, aber Cheddar springt wieder auf den Zaun und nimmt eine Kriegerposition ein.

Amy hebt Curly vom Boden auf, und dann gehen sie und Sean zum Strand, um den Hund zu beruhigen. In der Zwischenzeit sieht Cheddar mich an, ihre Augen leuchten mit feuriger Entschlossenheit. Sie springt vom Zaun und macht selbstbewusste Schritte ins Haus. Eine stumme Botschaft liegt in der Luft: Dieses Land und dieses Haus sollten für immer geschützt, gehegt und gepflegt werden.

Sobald Curly sich beruhigt hat und Cheddar im Haus ist, setzen wir uns zu dritt mit je einem Glas Orangensaft an den Tisch.

»Ich entschuldige mich im Namen von Cheddar«, sage ich. »Sie muss lernen, nicht hinter den Gästen herzulaufen.«

»Kann ich dir ein Geheimnis verraten?«, fragt Sean, während Amy einen Anruf entgegennimmt.

»Sicher.«

»Ich plane eine geheime Geburtstagsparty für meine Mutter. Er ist in ein paar Monaten. Ich kaufe ihr eine Torte mit den Zahlen drei und sieben darauf. Willst du mitkommen?«

»Danke für die Einladung. Ich werde kommen, falls ich zufällig in der Stadt bin.«

Was habe ich gerade gesagt? *Falls ich zufällig in der*

Stadt bin! Ja, ich habe meinen Flug verschoben, aber ihr Geburtstag ist noch Monate entfernt. Weiß ich denn nicht, dass ich nicht in der Stadt sein werde?

»Okay«, sagt er und richtet seine Aufmerksamkeit auf Curly.

Ich beobachte Sean und denke an die Zeit, als ich meine erste Pflegefamilie verließ. Ich war jünger als Sean. Die lächelnde Frau, die im Auto neben mir saß, sagte mir: »Es ist nicht deine Schuld. Sie hatten Probleme. Auch Erwachsene haben manchmal Probleme. Es hat nichts mit dir zu tun, dass sie sich so oft gestritten haben.«

Aber ich war mir sicher, dass es an mir lag. Die Leute wurden wütend, wenn ich in der Nähe war, wie meine Stiefmutter.

Meine nächste Pflegestelle war bei einer alleinstehenden Frau. Ich mochte sie. Sie war die erste Person, die mich nach meinen Gedanken zu erwachsenen Dingen fragte.

»Was sollten wir am Wochenende unternehmen?« oder »Was möchtest du heute zu Abend essen?«

»Keine Ahnung«, antwortete ich anfangs oft. Ich dachte, es sei ein Test oder so etwas. Ich war es nicht gewohnt, dass Erwachsene mich nach meiner Meinung fragten. Aber sie hörte nicht auf.

Nach ein paar Monaten dachte ich, dass ihr Haus vielleicht für immer mein Zuhause sein würde. Ich würde eine liebevolle und lustige Pflegemutter haben.

Aber das ist nicht geschehen.

Sie lernte jemanden kennen. Am Anfang war er sehr

nett. Er zog bei uns ein, aber ich mochte sie nicht teilen. Also machte ich ihm das Leben schwer. Aber wir hatten viel Spaß, wir drei. Ich fing an, ihn zu mögen.

Dann schubste er mich eines Tages in der Küche. Er entschuldigte sich und sagte, es sei ein Versehen gewesen und ich solle es niemandem erzählen. Das tat ich nicht. Dann passierte es noch ein paarmal.

Ein anderes Mal flüsterte er mir ins Ohr: »Ich wünschte, du wärst nicht hier.«

Eines Tages schlug er mich, und ich trat ihn. Oder vielleicht war es auch andersherum. Sie erwarteten ein Baby, er war entlassen worden und trank den ganzen Tag.

»Du weißt, wenn unser Baby kommt, wird sie keine Zeit für dich haben«, sagte er.

Okay, vielleicht habe ich ihn zuerst getreten, aber er hat mich so hart geschlagen, dass ich gegen den Küchenschrank fiel. Mein Gesicht war aufgeplatzt und meine Schulter ausgekugelt. Ich erzählte es niemandem. Ich erzählte dem Arzt, ich sei gestürzt. Aber das Krankenhausteam meldete den Vorfall dem Jugendamt.

Meiner Pflegemutter liefen die Tränen über das Gesicht, als der Mann und die Frau mich wegbrachten – schon wieder. Ich weinte erst, als ich auf dem Rücksitz des Autos saß. Auf meinem Schoß hielt ich eine kleine schwarze Mülltüte mit meinen Habseligkeiten, darunter mein Spielzeug-Feuerwehrauto.

Kapitel Sechzehn

Nachdem Curly, Sean und Amy gegangen sind, habe ich das Gefühl, dass eine Nachmittagsdusche angebracht ist. Das Geräusch der Wassertropfen lässt mich an die Tropfen auf Amys Schultern denken, als sie vorhin aus dem Meer gekommen ist.

Sie hat also ein Kind.

Bevor ich zum Sonnenuntergang an den Strand gehe, betrachte ich mich im Spiegel – ich habe einen coolen Beach-Town-Look. Heute Morgen habe ich ein paar Inselsachen gekauft. In der Nähe gibt es ein Einkaufszentrum mit Geschäften, die zwischen sich wiegenden Palmen liegen. Sehr cool.

Ich hoffe, dass Tante Melina unter dem Baum sein wird. Meine nackten Füße spüren erst die Kühle des Grases und der Erde, dann die Wärme des Sandes. Wenn es an der Zeit ist, Hawaii zu verlassen, werde ich diese Empfindungen vermissen.

Als ich Tante Melina entdecke, lächle ich erleichtert und gehe selbstbewusst auf sie zu, halte aber einen Moment inne, um dem Meer zu lauschen.

»Aloha.« Ich mache es mir neben ihr auf dem Boden bequem.

»Aloha«, antwortet sie mit einem kleinen Lächeln. Sie lehnt sich zurück an die Palme.

»Ich habe meinen Aufenthalt um eine weitere Woche verlängert«, stoße ich hervor.

Ihr Lächeln wird breiter. »Ich habe nie daran gezweifelt, dass du es tun würdest. Du bist ihr Enkelsohn.«

»Was meinen Sie?«

»Das ist etwas, das du entdecken wirst. Ich kann nicht versuchen, es dir zu sagen. Deine Großmutter war eine besondere Seele.«

Ein weiteres Rätsel, das zu den Bergen von Geheimnissen hinzukommt, Tante Melina?

Sie zeigt auf den Sonnenuntergang, und wir sehen zu, wie die Sonne den Ozean berührt, ins Meer gleitet und die Farben im Wasser und am Himmel verteilt. Als ich aufstehe, um mir die Beine zu vertreten, wende ich meinen Blick vom Meer ab und bewundere die leuchtenden Farben der Abenddämmerung auf dem Berg, der sich in der Mitte der Insel erhebt.

Die Leute am Strand gehen, sobald die Sonne unter dem Horizont verschwindet. Dann gibt es nur noch Tante Melina und mich.

»Ich muss jemanden namens Kimo finden.«

»Kimo?« Ihr überraschter Tonfall zeigt mir, dass ich auf dem richtigen Weg bin.

»Ja.«

»Warum Kimo?«

»Sie kennen Kimo also?«

»Es ist eine kleine Stadt, Roy. Natürlich kenne ich Kimo. Ich kenne sogar ein paar Kimos, aber ich glaube, ich weiß, welchen Kimo du suchst.«

Ich erkläre ihr, dass Kimo der Freund meiner Tante Kalani war und dass sie in ihrem Tagebuch über ihn geschrieben hat. Ich lasse die intimen Details weg, erzähle ihr aber, wie Tante Kalani versucht hat, ihrem Vater zu helfen, und dass sie vorhatte, mit Kimo darüber zu sprechen.

»Kimo könnte etwas wissen, das mir hilft herauszufinden, was in der Vergangenheit passiert ist«, sage ich. »Es wäre schön, mit jemandem zu sprechen, der meiner Mutter nahestand.«

Tante Melina hört aufmerksam zu, aber ihr Gesicht ist von Traurigkeit gezeichnet. »Okay, ich werde Kimo fragen, aber du wirst seinen Wunsch respektieren, wenn er nicht mit dir reden will.«

Ich nicke. Sicherlich gibt es keinen Grund, warum er das nicht möchte.

Zufrieden mit meinen Kimo-Fortschritten gehe ich nach Hause zum Abendessen. Ich erhitze Olivenöl in einer Pfanne und werfe Gemüse hinein. Die Farben leuchten auf, während das Gemüse in der heißen Pfanne brutzelt. Meine linke Hand arbeitet fleißig, und mein verletzter rechter Arm fühlt sich schon viel besser an.

Ich denke daran, wie gern ich für andere koche. Meine Mutter lebt immer noch in Bristol, aber sie verbringt jetzt mehr Zeit in London, da Luke und ich beide dort sind. Es gibt nichts Schöneres, als meiner eng verbundenen Familie dabei zuzusehen, wie sie eine von mir mit Liebe zubereitete Mahlzeit genießt.

Dasia ist vor Kurzem in unser Leben getreten und hat sich schnell einen Platz an unserem Esstisch erobert. Mein Bruder wurde sofort in ihren Bann gezogen, und sie verliebte sich in ihn, ohne es selbst zu merken.

Luke und ich lernten sie am selben Tag in meinem Café kennen. Um ehrlich zu sein, war ich auch ein wenig in sie verknallt. Aber mit der Zeit habe ich bemerkt, wie sie meinen Bruder ansah. Mein Bruder, der sich immer um unsere Mutter und mich gekümmert hat, ist jetzt überglücklich.

Ich nehme mir vor, den Abend damit zu verbringen, mich auf meine Familie in Großbritannien zu konzentrieren, anstatt der nachzutrauern, die ich auf Hawaii hatte. Ich rufe Mom per Video an. Ich weiß, dass sie eine Frühaufsteherin ist.

»Hey, Mom.«

»Hallo, mein Sohn«, antwortet sie außer Atem. »Ich war gerade dabei, die Pflanzen und Blumen zu gießen und hörte das Telefon klingeln.«

»Dein Innengarten sieht immer schön aus.«

Sie kichert, und ihre Stimme ist das beruhigendste und angenehmste Geräusch der Welt. »Wie geht es dir da drüben? Ich bin froh, dass du deinen Aufenthalt verlängert hast.«

»Du vermisst mich also nicht?«

»Ich vermisse dich so sehr, aber du weißt, was ich meine.«

»Ich weiß. Ich werde jetzt weiter zu Abend essen«, sage ich. »Ich wollte nur Hallo sagen. Ich hab dich lieb, Mom.«

»Ich hab dich lieb, mein Sohn.«

Ich decke den Tisch für eine Person und erinnere mich an die Zeit, als ich meine Mutter zum ersten Mal »Ich hab dich lieb, mein Sohn« in mein Ohr flüstern hörte. Ich war elf Jahre alt. Ich geriet in Panik, aber bevor ich weglaufen konnte, hielt sie mich so fest, dass ich ihr Herz in der Brust schlagen hörte und spürte, wie die Tränen über ihre Wangen liefen. Ich blieb in ihrer Umarmung.

Ich kann es kaum erwarten, in einer Woche in das Flugzeug zu steigen und sie zu sehen.

Doch eine beunruhigende, quälende Frage schleicht sich in meinen Kopf und verdunkelt den Weg, den ich für gut beleuchtet hielt.

Was ist mit meiner Familie hier passiert?

Mein Telefon summt. Es ist Tante Melina.

Kimo wird im Aloha Brew Café auf dich warten, sei um acht Uhr dort.

Kapitel Siebzehn

Ich sitze im Café und es ist noch nicht einmal sieben Uhr dreißig. Es gibt keine Bedienung, man bestellt und setzt sich dann an einen Tisch draußen, dirckt an der South Nalu Street. Die Leute stehen Schlange, um ihre Getränke zu bekommen. Ich spüre, wie mein Herz rast, aber ich weiß nicht, warum ich so aufgeregt bin.

Ich sehe einen Mann auf mich zukommen. Es ist ein großer Kerl mit breiten Schultern. Er trägt ein ärmelloses Hemd, das die Tätowierungen auf seinen Armen offenbart. Ich erkenne die dreieckigen Motive sowie einige andere Formen von den Fotos.

Ich erhebe mich und strecke meine Hand aus. »Sie sind auch früh dran.«

Er nickt und nimmt meine Hand.

»Danke, dass Sie sich mit mir treffen. Ich bin Roy. Was kann ich Ihnen bestellen?«

»Nichts, danke.« Er setzt sich hin.

»Ich hoffe, Sie können mir helfen, mehr über meine Familie herauszufinden.«

»Was wollen Sie wissen?«, fragt er und verschränkt die Arme.

Okay, das wird kein einfaches Gespräch werden.

Ich komme direkt zur Sache. »Ich glaube, Sie waren mit meiner Tante Kalani zusammen, und ich weiß, dass sie ihrem Vater helfen wollte und Sie um Hilfe gebeten hat. Aber ich weiß nicht, was danach passiert ist. Nur, dass sowohl meine Mutter als auch meine Tante die Insel verlassen haben.«

Er schaut auf die Straße und beobachtet die Leute. »Woher wissen Sie das alles?«

Ich ignoriere seine Frage. »Wissen Sie, was mit Kalani passiert ist?«

Er sieht mich an. »Das wird nichts Gutes bringen. Lassen Sie es gut sein.«

Ich nippe an meinem Kaffee und atme tief durch. »Haben Sie Kalani geholfen? Das ist alles, was ich wissen will.«

»Sie sollten die Vergangenheit dort lassen, wo sie hingehört«, sagt Kimo mit einem Stirnrunzeln.

Ich erinnere mich an mein Versprechen gegenüber Tante Melina, seinen Wunsch zu respektieren. Aber ich habe noch eine letzte, sanfte Bitte.

»Ich verstehe. Aber diese Vergangenheit ist zu meiner Gegenwart geworden. Ich habe eine Familie entdeckt, von der ich nie wusste, dass ich sie habe – Tanten und

Großeltern. Sie sind heute meine Realität. Ich kannte sie in meiner Vergangenheit nicht.«

Seine Augen werden schmal, und drei horizontale Linien erscheinen auf seiner Stirn. Ich lausche dem Schweigen zwischen uns, während ich ihn mit meiner Miene anflehe, mehr zu sagen.

»Wohnen Sie im Strandhaus?«, fragt er, als er aufsteht, und in mir flackert ein Funken Hoffnung auf.

»Ja, dort wohne ich.«

Aber er sagt kein weiteres Wort. Schweren Herzens beobachte ich, wie er weggeht und in der Ferne verschwindet.

Nun, das hat nichts gebracht, und ich habe ihn wohl verärgert.

Niedergeschlagen sitze ich noch ein wenig länger im Café. Ein freundliches Gesicht würde meinen Tag besser machen. Ein umwerfendes Lächeln wäre ein Bonus. Ich gehe das Risiko ein und schreibe Amy eine SMS.

> Ich bin im Aloha Brew Café. Möchtest du einen Kaffee mit mir trinken?

> Klar, ich habe Sean gerade an der Schule abgesetzt. Ich werde in ein paar Minuten da sein.

Meine Stimmung verbessert sich, als ich sie zwischen den kurzen Palmen neben diesem niedlichen Café hindurchkommen sehe.

»Hallo, Sonnenschein«, sagt sie.

»Sonnenschein?«

»Ja, das passt zu dir.«

»Ein enger Freund nennt mich auch so.«

Sie setzt sich und sieht mich an, ihre grünen Augen sind wie Smaragdbecken, die mich einsaugen. Ich ertappe mich dabei, wie ich zurückstarre.

»Was?«, fragt sie.

»Nichts«, erwidere ich. »Du hast also einen Sohn.«
Sie nickt.

»Er ist ein Charmeur.«

»Das ist er ganz sicher«, sagt sie mit einem durchdringenden Blick. »Ich würde dich heute gern über die Insel führen. Hast du Zeit?«

»Du hast Glück. Ich sollte eigentlich heute nach Hause fliegen, aber da ich meine Abreise auf nächste Woche verschoben habe, ist mein Kalender völlig frei.« Ich erhebe mich und reiche ihr meinen linken Arm, damit sie sich daran festhalten kann. »Führ mich herum, das würde mir gefallen.«

Sie lacht. »Toll.«

»Äh … es ist nur so, dass ich am Nachmittag einen Arzttermin habe, um meinen Arm untersuchen zu lassen.«

»Das ist in Ordnung, ich setze dich dort ab, bevor ich Sean abhole.«

Wir steigen in ihr Auto und fahren über die atemberaubenden Straßen der Insel. Die bezaubernde Frau an meiner Seite zieht mich in ihren Bann. Mit ihren Händen am Lenkrad navigiert sie mit einer intimen Kenntnis jedes Zentimeters dieser Straßen. Ihre

Begeisterung und ihre tiefe Verbundenheit mit der Insel scheinen allem Leben einzuhauchen.

»Ich nehme dich heute zu einem Strand im Norden mit.« Sie behält ihre Aufmerksamkeit auf der Straße. Auf der Fahrt nach Norden kommen wir durch eine entzückende Stadt, die direkt den Swinging Sixties entsprungen zu sein scheint. Hier herrscht eine unkonventionelle Atmosphäre, mit schrulligen Boutiquen und gemütlichen Cafés in den engen Gassen. Es sieht so aus, als hätte die Zeit beschlossen, eine kleine Verschnaufpause einzulegen, und meine Sorgen schmelzen dahin.

Sie parkt an einem Strand.

»Mach dich bereit. Es wird etwas Außergewöhnliches passieren.«

»Schon geschehen«, sage ich und werfe ihr einen Blick zu.

Als wir uns der Küste nähern, fällt mir die Kinnlade vor Staunen herunter. Weicher, goldener Sand erstreckt sich über scheinbar kilometerlange Strecken. Windsurfer nutzen den starken Wind, und Amys Haar flattert über ihr Gesicht.

»Wir werden bald die berühmten Bewohner dieses fantastischen Ortes sehen«, sagt sie. Das Funkeln in ihren Augen gleicht dem von Sean.

Dann sehe ich, was sie meint. Ich bin fasziniert – Schildkröten am Strand.

Ganz in der Nähe sonnt sich eine Schildkröte mit geschlossenen Augen im Sand. Sie ist mindestens einen

Meter lang, und ihr grüner Panzer trägt ein Mosaik aus Mustern, die in der Sonne schimmern.

Sie lächelt. »Meeresschildkröten. Die Honu. Die majestätischen Meeresbewohner.«

Die Zeit bleibt stehen. Wir stehen da. Ich bewundere sie.

Die Schildkröte öffnet ihre Augen, tief und weise, und sieht mich kurz an. Es fühlt sich an, als würden wir eine geheime Verbindung über die Arten hinweg teilen.

»Sean ist ein Fürsprecher der Honu an diesem Strand. Er hat die wichtige Aufgabe, die Menschen daran zu erinnern, sich den Schildkröten nicht zu nähern.«

»Es überrascht mich nicht, dass er sich für die Schildkröten einsetzt«, sage ich, erstaunt über die schiere Pracht der Szene. Während ich die prächtigen Kreaturen beobachte, berühre ich mit der Hand unwillkürlich die kleine Schildkrötenkette, die ich trage.

Wir gehen durch den weichen Sand und hinterlassen Fußspuren. Dann, wie von einer unsichtbaren Kraft gezogen, bleibe ich stehen und schaue sie an, was sie dazu veranlasst, neben mir stehen zu bleiben. Unsere Blicke treffen sich. Zwischen uns herrscht ein stilles Verständnis, und dann, wie von einem unwiderstehlichen Magneten angezogen, treffen sich unsere Lippen zu einem sanften Kuss voller Sehnsucht und Hingabe. Ihr Haar fällt auf mein Gesicht, und ich lasse es dort verweilen. Ihre Lippen schmecken wie Honig direkt aus der Honigwabe – wild und süß.

Als wir uns schließlich voneinander lösen, sehen wir

uns wieder in die Augen, um den Moment stumm anzuerkennen. Wir wenden uns dem Wasser zu, und eine Schildkröte, die die Sonne genießt, öffnet ihre Augen und schließt sich unserem Moment an. Wir stehen still und baden in der Wärme des Strandes.

Ein weiterer gestohlener Kuss hat sich in mein Gedächtnis eingebrannt.

Mit der linken Hand ergreife ich ihre rechte und verankere uns miteinander. Es ist, als hätte sich die Natur verschworen, einen Moment reinen Glücks zu schaffen. Was ist nur los mit mir? Habe ich diesen Kuss initiiert? Das glaube ich nicht. Vielleicht sollte ich aufhören, mir Fragen zu stellen und mich einfach darauf einlassen.

Genieße diese surreale Erfahrung, diesen Moment.

Wir gehen weiter, und als wir das Ende der Bucht erreichen, setzen wir uns auf den Sand, die Hände noch immer ineinander verschränkt, und halten Abstand zu einer Gruppe von Schildkröten. Ihre Panzer, verwittert und weise, glänzen.

Es gibt ein großes Platschen – ein Wal! Dieser Ort ist überwältigend magisch.

Amy betrachtet unsere Hände und hält meine noch fester. Sie schmiegt ihren Kopf in meine Halsbeuge.

Mein Herz setzt ein paar Schläge aus, und ich spüre, dass ihr Herz dasselbe tut. Ich kann nicht sagen, ob ihr oder mein Herz schneller schlägt.

Auf der Rückfahrt reden wir nicht viel, und als Amy mich beim Arzt absetzt, will ich sie gar nicht mehr gehen lassen.

Komm schon, Mann, du hast die Frau gerade kennengelernt, denke ich, als sie wegfährt. *Sie hat ein Kind. Und ich reise bald ab. Sie weiß das. Ich weiß das.*

Ich atme tief durch, aber meine Gedanken bewegen sich im Sprinttempo weiter, während ich die Klinik betrete.

Der Arzt ist mit meinen Fortschritten zufrieden, meinem Arm geht es besser.

Ich spaziere zurück zum Haus, aber gerade als ich durch das Tor gehen will, halte ich inne. Ich höre Geräusche von drinnen. Ist jemand eingebrochen? Ein Einbrecher? An einem Nachmittag unter der Woche? In Nalu Town?

Die Tür steht einen Spalt offen. Mein Herz klopft. Ich gehe einen Schritt näher. Jeder Muskel in meinem Körper spannt sich an. Ich höre zwei Stimmen und ein seltsames klirrendes Geräusch, das von den Wänden widerhallt. Ich verdränge die Angst, die mir die Kehle hinaufkriecht, und sprinte die Treppe hinauf auf die Veranda, während ich die Eindringlinge anschreie und sie auffordere, sich zu zeigen.

Als ich ins Haus eile, verliere ich auf dem glatten Boden den Halt, kann mich aber an der Tür festhalten, bevor ich mit dem Gesicht voran hinfalle.

Mein Blick trifft auf das überraschte Gesicht von Kimo, der neben Handtüchern und einem Eimer auf dem Boden kniet.

»Was ist hier los?«, frage ich.

Kimo ist die letzte Person, die ich hier erwartet hätte, schon gar nicht mit Handtüchern und einem Eimer. Drüben an der Spüle ist jemand mit Arbeiten an der Wasserleitung beschäftigt.

»Vor einer Stunde kam ich hierher, um mit Ihnen zu sprechen, aber dann sah ich die Wasserlache, die unter der Tür hervorkam. Gut, dass Sie den Schlüssel in der Kiste gelassen haben, an seinem geheimen Platz. Sonst hätte ich die Tür aufbrechen müssen, um die Überschwemmung zu stoppen.«

Ich sehe mich um. Der ganze Boden ist nass. »Aber als ich heute Morgen ging, war alles in Ordnung!«

»Es ist ein altes Haus.« Er drückt Wasser aus einem Handtuch in den Eimer, sodass es spritzt.

Wasser. Überall.

»Hallo«, sagt der Mann, der die Rohre überprüft.

»Ich habe meinen Klempnerfreund Tom angerufen.«

»Hier, unter dem Waschbecken, ist ein Rohr geplatzt«, sagt Tom.

Die Küche und das Wohnzimmer haben sich in einen trüben Sumpf verwandelt. Ich atme irritiert aus.

»Schaffen wir zuerst das Wasser raus«, sagt Kimo. »Nehmen Sie einen Eimer. Schnell.«

Ehe ich mich versehe, trage ich die Eimer mit meinem linken Arm, während Kimo sie füllt.

»Das kommt hier oft vor«, erklärt er. »Diese Häuser haben alte Leitungen.«

Nach ein paar Minuten wischt sich Tom die Hände an einem Lappen ab und dreht sich zu uns um. Seine Stirn ist gerunzelt und in seiner Stimme liegt ein Hauch von Unglauben, als er spricht. »Das war kein zufälliger Rohrbruch, Kimo. Die Wasserleitung wurde absichtlich durchgeschnitten.«

Ein Schauer läuft mir über den Rücken. *Absichtlich durchgeschnitten?* Jemand hat das Haus sabotiert? Mich sabotiert? Fragen überfluten meinen Geist, aber ich ringe nach Worten. »Wa… Was meinen Sie mit absichtlich?«

Der Klempner seufzt; sein Blick ist grimmig. »Sehen Sie diese sauberen, präzisen Schnitte hier?« Er zeigt darauf. »So etwas passiert nicht zufällig. Jemand wollte, dass dieses Rohr platzt und das Haus überflutet. Vandalismus.«

Vandalismus? Der Gedanke macht mich wütend. Ich balle meine Fäuste und versuche, mir einen Reim auf das Ganze zu machen.

»Was? Ich meine, was?«, schreie ich und frage dann panisch: »Wo ist Cheddar? Haben Sie eine Katze gesehen?«

»Ja, in einem der Schlafzimmer ist eine Katze«, antwortet Kimo.

Ich atme tief durch und versuche, mich zu beruhigen. »Können Sie es reparieren?«, frage ich Tom. »Können Sie den Schaden reparieren?«

Er nickt beschwichtigend. »Ja, ich kann das gebrochene Rohr reparieren und das Ausmaß des Schadens beurteilen. Es wird einige Zeit dauern, aber ich werde mein Bestes tun, um alles wieder in Ordnung zu bringen.

Aber Sie sollten das der Polizei melden. Das Revier ist nicht weit von hier.«

»Wird gemacht«, sage ich.

Ich bemerke, dass Kimo still ist. Seine zusammengezogenen Augenbrauen bilden eine scharfe, grimmige Linie.

»Was meinen Sie?«, frage ich ihn.

»Erst das Wasser raus, dann reden wir.«

»Okay.«

Nach einer Stunde geht Tom und wir arbeiten mit Handtüchern, auch wenn das mit nur einem funktionierenden Arm schwierig ist.

»Tom wird morgen früh ein paar Heizgeräte besorgen. Das sollte den Trocknungsprozess beschleunigen.«

»Danke, Kimo«, sage ich dankbar. Mittlerweile sind wir zum Du übergegangen.

»Es ist okay«, entgegnet Kimo. »Wir reden, aber lass uns erst etwas essen gehen.«

Ich nicke.

Wir reden. Diese zwei einfachen Worte treffen mich wie ein Vorschlaghammer. Werde ich endlich die Antworten bekommen, nach denen ich gesucht habe?

Kapitel Achtzehn

Kimo ruft seine Frau an, um ihr mitzuteilen, dass er zum Abendessen nicht zu Hause sein wird.

»Lass uns zu dem Imbisswagen meiner Freundin fahren. Sie hat gutes Essen.«

Während wir die Hauptstraße entlangfahren, beobachte ich die Menschen. Einige kommen gerade von einem Tag am Strand zurück, andere sehen aus, als würden sie gerade ihren Feierabend beginnen. Ein Einbruch und die böswillige Beschädigung eines Hauses scheinen nicht in diese entspannte Umgebung zu passen.

Kimo starrt geradeaus.

»Ich bin völlig ratlos«, sage ich, werfe einen Blick auf ihn und versuche, seinen Gesichtsausdruck zu lesen. Seine Stirn ist gerunzelt, und er wirkt müde. Seine Lippen bilden eine schmale Linie, und er hält das Lenkrad fest umklammert. Er hat diesen unverwechselbaren Blick, der sagt, dass etwas nicht stimmt.

»Hast du eine Idee?«, fragt er.

Ich schüttle den Kopf

Die Johnsons? Das ist es, was ich einige Sekunden lang denke, aber das kann nicht sein. Man backt doch kein Bananenbrot für seinen Nachbarn und verwüstet dann dessen Wasserleitungen. Schade, dass ich das Brot nicht probieren konnte, bevor Cheddar es in Krümel verwandelt hat.

Wir bestellen beim Imbisswagen und nehmen unsere Mahlzeiten mit ins Haus, um sie mit ein paar Bier zu genießen. Ich fühle mich hundertprozentig besser, nachdem ich einen Bissen des köstlichen Essens genommen habe. Wir sitzen draußen, da das Haus noch ziemlich nass ist.

Kimo grinst ein wenig, als er sein Essen betrachtet: Reisnudeln mit saftigen Garnelen, knackigen Sojasprossen und zerstoßenen Erdnüssen. Ich schätze Menschen, die Freude an ihrem Essen haben. Ich habe mich für das gleiche Gericht entschieden.

Mit dem Blick auf seinen Teller sagt er: »Es wird in ein paar Tagen trocken sein, aber du musst vielleicht unter dem Bodenbelag nachsehen.«

Ich genieße die Explosion von salzig und süß in jedem Bissen. »Deine Freundin ist unglaublich. Das ist ein kulinarisches Meisterwerk.«

Während er die leckere Mahlzeit verspeist, nickt er stolz.

»Ich werde mir nicht allzu viele Gedanken über die Böden machen«, sage ich. »Ich werde das Haus sowieso verkaufen. Ich bin sicher, dass die neuen Besitzer dieses Haus abreißen werden, um ein neues zu bauen.« Ich bin überrascht, dass meine Worte bitter klingen.

Kimo ist ruhig, aber ich spüre Traurigkeit. Er starrt auf das Haus. »Dein Land, dein Haus. Mach, was du willst«, sagt er, aber in seinem Tonfall schwingt Irritation mit. Warum erwähnen alle zuerst das Grundstück, wenn sie über dieses Haus sprechen?

Er legt seine Gabel ab. »Was heute passiert ist, macht mir große Sorgen. Es ist, als würde man in der Zeit zurückgehen. Ein Gefühl von Déjà-vu. Meistens versuche ich, die Vergangenheit ruhen zu lassen, aber wie gesagt, was heute passiert ist, macht mir große Sorgen.«

»Was meinst du mit Déjà-vu?«

Er lehnt sich zurück, und ich hoffe, endlich zu erfahren, was vor fünfunddreißig Jahren mit meiner Mutter und meiner Tante geschah.

»Deine Tante hat mich gebeten, ihrem Vater zu helfen. Sie und ich waren schon seit einiger Zeit zusammen. Sie hat mein Herz erobert wie keine andere. Sie war wie ein Wasserfall. Kühn. Ich war verliebt. Sie war auch feurig. Ich sagte ihr immer, sie sei mein eigener Wasserfall und Vulkan.« Er schaut ein paar Sekunden lang weg. »Kalanis Haar ahmte die Wellen nach. Sie waren fließend wie der Ozean.« Er starrt mich an. »Deine Mutter und deine Tante sahen sich nicht ähnlich.«

»Ja. Ich schätze, ich habe den dunkleren mediterranen Teint meines Vaters geerbt.«

»Versteh mich nicht falsch, ich will nicht respektlos gegenüber meiner Frau sein. Ich liebe sie sehr. Aber Kalani war meine erste Liebe, weißt du, und ich war ein junger Mann. Und ich habe mir nie verziehen, dass ich mich nicht um sie kümmern konnte. Und um ihre Familie.« Er blinzelt die Tränen zurück und schaut weg.

Ich schweige, während Kimo sich einen Moment Zeit nimmt, schenke ihm aber meine ganze Aufmerksamkeit.

Er verschränkt die Arme und zieht den Ärmel seines T-Shirts hoch. »Das ist sie«, sagt er und zeigt auf eine Tätowierung. »Siehst du, sie ist immer bei mir. Sie war so glücklich, als ich es ihr gezeigt habe. Ich habe es in der Mitte meines Familientattoos platziert.«

Ich betrachte den kleinen Wasserfall, der in mehrere Dreiecke eingebettet ist. Der Wasserfall beginnt an der Kante eines Dreiecks und fließt in Kurven nach unten. Ich kann fast die Bewegung des herabstürzenden Wassers sehen.

Ich denke an das Tagebuch meiner Tante, beschließe aber, Kimo gegenüber nichts davon zu erwähnen. Kein Grund, alte Wunden wieder aufzureißen.

»Dein Großvater Ben bekam Ärger mit einflussreichen Leuten, die dieses Land kaufen wollten. Sie planten ein großes Resort-Hotel und hatten bereits eine Menge Land von den Nachbarn gekauft. Dieses Land war das letzte Puzzlestück für die Bauherren, um ihre Baugenehmigung zu erhalten. Anscheinend hatten sie einige Dokumente gegen deinen Großvater in der Hand.« Er nimmt einen Schluck von seinem Bier. »Deine Tante hat gehört, dass ein Anwalt, der RLC vertritt, deinen Großvater bedroht hat.«

»Was ist RLC?«

»Wir nannten sie die Ruthless Land Corporation. Das ist ein großes Konglomerat. Sie sind jetzt untergegangen, der Anwalt war viele Jahre im Gefängnis. Er hatte eine lange Liste von Straftaten – Fälschung von Dokumenten, illegaler Erwerb von Grundstücken, Einschüchterung und Bedrohung von Grundstückseigentümern, damit sie verkaufen. Ich habe seinen Fall genau verfolgt.«

»Und mein Großvater war einer dieser bedrohten Grundstückseigentümer.«

Kimos Brustkorb hebt und senkt sich. »Ja, der Anwalt ist hier aufgetaucht. Kalani war zu Hause, aber ihr Vater hat nicht bemerkt, dass sie sie von ihrem Zimmer aus mithören konnte. Dein Großvater sagte dem Anwalt, er solle nie wieder zu ihm kommen, und er war danach sehr traurig. Er saß in der Küche, mit dem Kopf in den Händen.«

»Was hat ihn so beunruhigt?«, frage ich mit einer Welle der Frustration angesichts seiner Situation.

»Ja, ich weiß noch, wie verzweifelt Kalani war, als sie mir erzählte, was der Anwalt zu deinem Großvater sagte. Er sagte: ›Ihre Angehörigen, die Army, die Presse und die Gemeinde, die Ihnen so am Herzen liegt, werden alle Kopien dieser Papiere von mir erhalten. Dann wird jeder wissen, wer Sie sind.‹ Sie war am Boden zerstört.«

»Was hat der Anwalt gemeint? Was waren das für Papiere?«

»Ich weiß es nicht. Aber für mich war es nicht wichtig. Wichtig war nur, dass sie sehr traurig war und ihrem Vater helfen wollte. Sie hat ihm nie gesagt, dass sie gehört hat, wie sie sich gestritten haben. Sie hat ihn angebetet.«

»Du hast es also nie herausgefunden.«

»Nein, habe ich nicht. Sie wurde immer wütend, wenn ich sie fragte.«

»Vielleicht hat er in der Vergangenheit etwas getan, auf das er nicht stolz war.«

»Nein, ich kannte Ben. Das muss etwas Größeres gewesen sein.«

Großartig, genau das, was ich brauche – noch mehr Rätsel, die es zu lösen gilt, und noch mehr Wahrheiten über das Leiden, das meine Vorfahren vor langer Zeit ertragen mussten. Mein Nacken fühlt sich verspannt an, also versuche ich, ihn zu lockern, indem ich meinen Kopf nach rechts und links bewege.

Kimo schaut weg. »Ich war jung und mutig und wollte mein Mädchen und ihre Familie schützen. Also habe ich zugestimmt, ihr zu helfen. Sie hätte sowieso etwas getan, mit oder ohne mich. Das ist Kalani.« Kimo schließt seine kastanienbraunen Augen. »Wir hatten vor, den Anwalt zu bedrohen, damit er die Dokumente, die er gegen deinen Großvater hatte, herausgibt. Aber es ging schief, und deine Tante musste weglaufen.«

»Den Anwalt bedrohen? Womit?«

»Ja.« Er zögert. »Ich denke immer noch, dass nichts

Gutes dabei herauskommt, die Details zu kennen. Ich bin nicht stolz auf das, was wir getan haben. Vielleicht ist es das Beste, wenn du die Vergangenheit ruhen lässt.«

Ich winde mich in meinem Sitz. »Kimo, wie ich schon sagte, für mich ist es nicht die Vergangenheit. Bis vor ein paar Tagen dachte ich, meine Mutter hätte keine familiären Bindungen. Dies ist mein Versuch zu verstehen, wer meine Mutter war. Das bist du mir und meiner Mutter schuldig. Auch Kalani.«

»Okay, ich erzähle es dir, aber ich bin nicht stolz darauf.«

»Ich werde nicht urteilen, versprochen.«

Der Kontrast zwischen meinem stürmischen Inneren und meinem ruhigen Äußeren ist extrem. Aber ich drücke den Sturm nieder.

»Wir mussten uns einen Plan ausdenken, um den Anwalt zu zwingen, uns alles zu geben, was er gegen deinen Großvater hatte. Wir mussten ihn einschüchtern, aber wir wussten, dass es nicht einfach sein würde, denn er war ein harter Brocken. Ihm mit Gewalt zu drohen, hätte nicht ausgereicht.« Kimo erhebt sich von seinem Stuhl. »Lass uns einen Spaziergang am Strand machen.«

»Was, jetzt? Aber du wirst es mir doch erzählen, oder?«, frage ich, besorgt, dass er seine Meinung ändern könnte.

Er zieht seine Sandalen an. »Ja, das werde ich. Hetz mich nicht, Mann.«

»Tut mir leid, okay.«

Wir gehen los.

Kimo seufzt. »Wir haben den Plan an diesem Strand gemacht«, sagt er, und sein Tonfall ist voller Schmerz. »Sie hat den Plan gemacht. Wir haben beschlossen, ihm sein Kind zu nehmen.«

»Ihr habt was?« Ich bleibe stehen.

»Ich sagte doch, ich bin nicht stolz darauf.« Auch er bleibt stehen. Seine Schultern sind zusammengesackt. »Ich habe es mein ganzes Leben lang bereut.«

»Keine weiteren Fragen«, sage ich und hebe beide Handflächen.

»Setzen wir uns hierhin.«

Wir lassen uns auf dem Sand nieder.

Kimo fährt fort, aber er flüstert jetzt fast.

»Es gab ein leeres Zuckerrohrlager, in dem ich zeitweise gearbeitet hatte. Die Firma war ausgezogen, aber ich hatte noch den Schlüssel. Es war perfekt. Unbenutzt, mitten auf einem Feld, wo es darauf wartete, abgerissen zu werden.« In den Falten seiner Stirn liegt Verzweiflung, während seine Stimme bricht. »Ich habe versucht, es ihr auszureden, das habe ich wirklich. Aber es war sinnlos.« Er fährt fort. »Deine Tante holte das Kind des Anwalts eines Tages von der Schule ab und sagte ihm, dass sein Vater sie darum gebeten hatte. Er war glücklich, mit ihr zu gehen. Eh, wir wollten den Keiki nicht erschrecken. Wir hatten Spielzeug für ihn zum Spielen und sogar ein paar Malasadas zum Essen dabei. Er war acht Jahre alt.«

»Keiki?«

»Ein kleines Kind.« Er taucht seine Hand in den Sand und lässt die Körner zwischen seinen Fingern hindurchrieseln. »Sie war entschlossen. Sie sagte: ›Ich werde das tun, und ich brauche deine Hilfe nicht.‹ Aber ich konnte sie nicht allein gehen lassen – sie war mein Mädchen, und ich musste sie beschützen.« Er reißt seine zusammengekniffenen Augen weit auf. »Der Junge war ganz aufgeregt, mit ihr zusammen zu sein, weißt du. Sie sagte ihm, es sei ein kleines Abenteuer. Ein Spiel. Sie sprach so sanft mit dem Kind. Sie sagte: ›Kannst du hier allein bleiben, bis wir zurückkommen? Zeig uns, dass du mutig bist.‹ Sie war so ruhig.« Er schüttelt den Kopf, und als er wieder spricht, zittert seine Stimme. »Wir haben ihn in einem der Büros im Lagerhaus gelassen.« Er umklammert sich mit beiden Armen.

Kimos Gesicht ist ein Bild der Reue – traurige Augen, die Lippen zu einer festen Linie zusammengepresst. Sein Schmerz ist deutlich zu sehen. Sein Seufzer mischt sich mit dem Plätschern des Meeres.

»Sollen wir eine Pause machen?«, frage ich, als er sichtlich zittert.

»Nein, nein. Jetzt oder nie. Lass mich ausreden.« Er hält inne. »Wir gingen zu einer Telefonzelle in der Nähe. Sie rief an. Ich erinnere mich noch an ihre zitternde Stimme. Sie sagte dem Anwalt, er solle ihren Vater in Ruhe lassen, er solle ihr alle Unterlagen geben, wenn er seinen Sohn wiedersehen wolle.«

Kimo schaut auf den Ozean, während er fortfährt. »Sie hörte eine Weile zu, dann fing sie an zu schluchzen und verlor ihre ganze Ruhe.«

»Warum? Was hat der Anwalt gesagt?«

»Er drohte damit, ihren Vater zu ruinieren, wegen dem, was sie getan hatte. Mit dieser Reaktion hatten wir nicht gerechnet. Entweder hat er geblufft oder er wusste, dass Kalani seinem Sohn nichts antun würde. Aber er reagierte sicher nicht wie ein Vater, der gerade erfahren hat, dass sein Sohn entführt wurde.« Er richtet seinen Blick auf den Sand. »Ihr Schluchzen war wie ein Schlag in die Magengrube. Ich geriet in Panik. Ich musste ihr versprechen, dass ich im Hintergrund bleibe. Der Anwalt wusste nicht, dass ich da war. Uns war nicht klar, dass wir es mit einer unterirdischen Landmafia zu tun hatten – ihnen Angst zu machen war unmöglich.«

Ich schüttle den Kopf und blicke auf das Meer. »Die Landmafia«, murmle ich.

»Ja, die Landmafia. Zwangsräumungen, Bestechung, Landraub, Geldwäsche. Alles Mögliche. Ich habe es dir schon gesagt. Ich habe das Gerichtsverfahren gegen sie Jahre später verfolgt.«

Kimo streckt seine Beine im Sand aus und stützt sich mit den Händen auf dem Boden ab. »Oh Mann, es war dumm. Sie ist sofort ausgeflippt, als sie aufgelegt hat. Sie schrie: ›Er wird meinen Daddy zerstören. Aber er sagte, wenn ich ihm verrate, wo sein Sohn ist, tut er es vielleicht nicht.‹« Schnell wischt er sich die Tränen weg. »Sie rief den Anwalt sofort zurück und sagte ihm, wo er sein Kind finden würde. Er sagte ihr, sie solle verschwinden, wenn sie nicht will, dass ihren Angehörigen etwas zustößt.«

Ich stütze mit beiden Händen meinen Kopf, damit er nicht noch schwerer wird.

»Sie bestand darauf, dass wir zum Lagerhaus zurückfahren. Ich wusste nicht, was ich tun sollte. Sie wollte dem Jungen sagen, dass sein Vater ihn abholen würde.«

»Und der Junge war allein in einem Lagerhaus.«

»Ich habe dir doch gesagt, wie dumm es war, oder? Aber er war in einem komfortablen Raum, wir haben ihm Essen dagelassen, und er war nur fünfzehn bis zwanzig Minuten allein.«

»Okay«, murmle ich, obwohl ich das Gefühl habe, dass in mir ein Vulkan ausbricht. Ein achtjähriges Kind, das in einem Lagerhaus allein gelassen wird. Das ist nicht in Ordnung.

»Als wir vor dem Lagerhaus parkten, sahen wir aus der Ferne ein schnell fahrendes Auto auf uns zukommen. Der Anwalt kam, um sein Kind zu holen. Ich sagte Kalani, dass wir gehen sollten, aber bevor ich losfahren konnte, sprintete Kalani in das Lagerhaus, um dem Kind Bescheid zu sagen und sich zu vergewissern, dass es ihm gut ging. Ich stieg aus meinem Wagen aus und rannte ihr hinterher.«

Das unerbittliche Rauschen der Wellen ist wie ein turbulenter Soundtrack zu Kimos Geschichte.

Fast flüsternd, den Blick auf den Sand gerichtet, erzählt er weiter: »Ich erinnere mich noch an ihren Schrei, der jede Faser meines Herzens durchdrang. ›Ist er okay? Ihm geht es doch gut, oder?‹, sagte sie immer wieder.«

»Was ist passiert?«, frage ich, während mein Herz in Stücke zerspringt. »Was ist mit dem Kind passiert?« Ich schlucke schwer, nachdem ich die Worte herausgepresst habe.

»Er lag auf dem Boden. Da war Blut an seinem Kopf.« Kimo hat Mühe, seine Gefühle unter Kontrolle zu halten.

»Was in aller Welt habt ihr getan?«, rufe ich und springe aus dem Sand auf.

»Wir haben nichts getan – ich sagte doch, wir haben ihn so gefunden«, antwortet er, und seine Stimme wird lauter. Und wütend. »Also habe ich mir Kalani geschnappt und sie aus dem Lagerhaus gezogen.« Kimo stützt den Kopf in seine Hände. »Wir stiegen in meinen Truck und fuhren in einer Wolke aus Staub und Rauch davon.«

Seine Worte treffen mich wie eine Flutwelle des Schocks. Ich frage: »Was ist mit dem Kind passiert, Mann?« Meine Stimme bricht.

Kapitel Neunzehn

Alle meine Glieder sind angespannt. Kimo ist still.

»Sagst du mir, was mit dem Kind passiert ist?«, schreie ich.

»Es ging ihm gut!«, schreit er zurück. »Setz dich einfach hin und lass mich dir den Rest erzählen.«

»Es ging ihm gut …«

Langsam spüre ich, wie Luft in meine Lunge dringt. Ich lasse mich zurück in den Sand fallen.

Kimos Stimme ist brüchig und schwer vor Schmerz. »Aber wir wussten nicht, dass es dem Kind gut ging. Lange Zeit dachten wir, er sei tot. Das hat unser Leben in Stücke gerissen.« Jedes Wort ist wie ein Splitter der emotionalen Trümmer, die er mit sich herumträgt.

Wir setzen uns an den Tisch in der Küche – Kimo an das eine Ende und ich an das andere. Er brauchte etwas Zeit allein, um sich zu sammeln, bevor er weitermachen konnte. Er war lange Zeit im Bad. Seine dunklen Augenlider haben einen roten Schimmer.

»Wir hatten schreckliche Angst«, fährt er fort. »Also liefen wir zuerst weg und versteckten uns. Dann habe ich ihr geholfen, die Insel zu verlassen. Vor dreißig Jahren war es noch nicht so wie heute. Nicht viele Leute sind geflogen. Aber ich hatte einen Cousin an der Ostküste, und er half mir, ihr zuerst ein Ticket nach New York zu besorgen. Dort blieb sie ein paar Wochen, dann stieg sie auf ein Schiff, das nach Irland fuhr.«

»Aber was ist mit dem Kind?«, frage ich ungeduldig.

»Ich sagte doch, dass es dem Kind gut geht«, schnauzt er. »Jedenfalls arbeitete mein Cousin auf den Schiffen, und er war zufällig auf demselben, das sie nahm. Die Reise dauerte ein paar Wochen. Wir wollten uns ein Jahr später in Irland treffen.«

Während ich der traurigen Geschichte zuhöre, legt sich ein Gewicht auf meine Brust, wie ein riesiger Stahlanker von dem Schiff, auf dem sie einst fuhr.

Kimo fährt fort. »Ich habe mich auch versteckt, weil ich nicht wusste, ob der Anwalt wusste, dass ich auch dort gewesen war. Ich sagte meiner Familie, dass ich einem Freund auf einer Nachbarinsel helfen müsse, und kehrte erst zurück, als ich wusste, dass Kalani Irland erreicht hatte. Wegen meiner Abwesenheit verlor ich meinen Job. Aber als ich zurückkam, fand ich heraus, dass der Junge nicht tot war. Er hatte Diabetes. Als er so viele Malasadas aß, stieg sein Blutzuckerspiegel schnell an. Als sein Blutzuckerspiegel sank, wurde ihm schwindelig, er fiel hin und schlug mit dem Gesicht gegen etwas. Ich weiß nicht genau, was, aber dort waren Tische und Bänke. Als er im Krankenhaus die Augen öffnete, fragte er, wo die nette Malasada-Dame sei. Das hat mir meine Cousine erzählt, die Krankenschwester im Krankenhaus war.«

»Unglaublich. Also wusste Kalani das nicht.«

»Nein. Ich habe Kalani in Irland gesucht, aber ich kam erst zwei Jahre später dorthin. Ich konnte es nicht früher schaffen. Ich habe am Treffpunkt auf sie gewartet, aber sie ist nie aufgetaucht.« Er schaut auf den Tisch hinunter.

»Wo sollte sie dich treffen?«

»In einer kleinen Kirche in einem Dorf in der Nähe des Hafens von Cork.«

»Wie konnte sie es sich leisten, in Irland neu anzufangen? Wie konntest du es dir auch leisten, dorthin zu kommen?«

»Ich bin nur ein paar Jahre älter als sie, aber ich habe schon mit fünfzehn Jahren gearbeitet. Ich habe mir auch Geld von Freunden geliehen. Mein Cousin erzählte mir, dass Kalani ihre Halskette verkauft hatte, was mich sehr traurig machte. Ich habe mein ganzes Erspartes verwendet, um diese Kette zu kaufen. Es war mein erstes und letztes Geschenk für sie.«

»Was ist mit dem Anwalt? Dem Vater des Kindes? Was ist mit ihm passiert?«

»Er hat mich eine Zeit lang belästigt. Er wusste nicht,

dass ich an jenem Tag bei deiner Tante war, aber er wusste, dass ich mit ihr zusammen war, also hat er mich ins Visier genommen. Er sagte mir, dass Kalani niemals zurückkehren sollte. Er hat auch deine Mutter und deine Großeltern weiter belästigt.«

Ich stehe auf und laufe herum. Es fühlt sich an, als hätte ich wieder diesen massiven Lavastein auf mir. »Ich weiß nicht, was ich sagen soll.« Ich seufze.

»Es kann nichts gesagt werden.«

»Was ist mit meiner Mutter, Kimo?«

»Ich weiß nicht, sie ging ein paar Monate nach Kalani. Ich habe Kalani versprochen, ihre Familie zu beschützen und ihnen nichts zu sagen, aber ich musste deiner Großmutter sagen, wo Kalani war – sie wollte mich nicht in Ruhe lassen, bis ich es tat. Ich habe ihr alles gesagt. Deine Mutter war bei ihr. Sie waren beide sehr verärgert, dass ich Kalani geholfen hatte, ohne es ihnen zu sagen. Und sie waren zu Recht verärgert, weißt du. Ich war so verliebt in Kalani, dass ich dachte, ich würde sie und ihre Familie beschützen.«

»Ich verstehe«, sage ich, obwohl ich mir nicht sicher bin, ob ich es verstehe.

»Ich war bereit, Ben zu sagen, was los war, aber Leilani sagte mir, es sei besser, mich von ihrer Familie fernzuhalten, weil ich ihnen schon genug Schaden zugefügt hätte. Der Anwalt behauptete, er wisse, wohin Kalani gegangen sei, und drohte deiner Familie immer wieder, dass sie für ihre Taten bezahlen würde, aber ob er tatsächlich wusste, dass sie in Irland war, ist ein Rätsel. Er hat einfach nicht locker gelassen. Er war unerbittlich. Ein böser Mensch. Eines Tages tauchte er sogar bei meiner Arbeit auf und sorgte dafür, dass ich gefeuert wurde. Danach habe ich die Insel verlassen.«

»Wirklich?«

»Ja, ich kam mehr als zehn Jahre später zurück. Zu diesem Zeitpunkt war ich mit Jenn verlobt. Meine Frau stammt von einer benachbarten Insel. Ich habe mich von Ben und Hina ferngehalten.«

»Meine Mutter hat also die Insel verlassen, um ihre Schwester in Irland zu finden?«

»Ja. Aber keine von ihnen kam zurück.«

Wir sitzen in Stille da. Ich atme tief ein und spüre, wie sich meine Kehle um meinen Adamsapfel zusammenzieht.

»Kennst du irgendwelche Freunde meiner Mutter?«, frage ich.

Kimo denkt ein paar Sekunden lang nach. »Ja, sie hatte eine Freundin, der sie sehr nahestand. Zuletzt habe ich gehört, dass sie nach Big Island gezogen ist. Ich glaube, sie hatte dort eine Buchhandlung. Ich kann mich nicht an ihren Namen erinnern, aber er fällt mir schon ein.«

Seine Schultern sind wieder zusammengesackt, und sein Brustkorb hebt und senkt sich ungleichmäßig. »Ich sollte gehen.«

Ich nicke. An der Tür schlüpft er in seine Sandalen und sagt: »Deine Mutter und deine Tante waren meine Ohana, und ich habe dabei versagt, mich um sie zu kümmern.«

Ich seufze. »Du hast es versucht.«

Er sieht mich einen Moment lang an. »Du kommst bald zu mir nach Hause zum Essen.«

»Ich reise nächste Woche ab, aber danke für die Einladung.«

»Ich lasse dich wissen, an welchem Tag du kommen sollst.«

Ich stehe an der Tür. Tausend Fragen gehen mir durch den Kopf und der schwere Lavastein drückt auf meine Brust.

Es ist drei Uhr morgens.

Morgen werde ich auf eines der Schlafzimmer ausweichen müssen. Die Couch ist nicht breit genug, um mich hin und her zu wälzen.

Ich denke an meine Tante. Eine schlechte Entscheidung, ein Fehlurteil, und ihr ganzes Leben ist zusammengebrochen. Ich überlege, was mein Großvater nicht preisgeben wollte, was der Anwalt gegen ihn hatte.

Ich trete auf die Veranda, atme tief ein und rieche die salzige Meeresluft.

Im Schein des Mondes gehe ich zum Ufer und stelle mich auf einen der Lavasteine, die am Strand verstreut liegen.

Meine Brust fühlt sich heiß an. Meine Füße versinken in den Wellen. Mit jedem Schritt, den ich mache, steigt das Wasser höher, bis es mir bis zu den Knien reicht. Dann setze ich mich hin und lasse die Wellen gegen meine Brust schlagen.

»Nimm es weg, bitte«, flüstere ich. »Nimm den Lavastein von meiner Brust.«

Ich bin mir nicht sicher, wie lange ich im Wasser sitze. Allmählich entspannt sich meine Atmung und meine Brust fühlt sich leichter an.

Kapitel Zwanzig

Ich mache es mir in meinem Sitz im Flugzeug bequem, während mein Verstand rast. Seit Kimos Enthüllungen habe ich das Bedürfnis, diesen Anwalt zu sehen, der meinen Großvater bedroht und meine Mutter und Tante zur Flucht veranlasst hat.

Ich habe mich noch einmal mit Chelsea, der Immobilienmaklerin, und mit Frank getroffen. Es gibt einen Barkäufer, falls ich verkaufen will, aber der Käufer möchte anonym bleiben. Es wurde ein Treuhandfonds eingerichtet, um die Identität der Person zu verbergen.

»Hollywood-Stars besitzen hier Häuser«, sagte mir Chelsea, »es ist also ziemlich normal, anonym zu bleiben.«

Aber ich möchte wissen, wer dieser Käufer ist. Warum mich das interessiert, weiß ich nicht.

In den letzten Tagen habe ich überlegt, ob ich diesen Anwalt anrufen oder besuchen soll. Es war dumm von Kimo und meiner Tante, sein Kind zu entführen – das hat niemand verdient. Aber alles andere, was ich über ihn weiß, macht deutlich, dass er kein anständiger Mensch war.

Es war nicht schwer, seine Adresse ausfindig zu machen, da der Datenschutz hier weniger streng gehandhabt wird als zu Hause. Ich habe gestern im Pflegeheim angerufen, und die Empfangsdame hat mich mit ihm verbunden.

Seine Stimme klang belegt, als er abnahm. »Hallo.«

»Hallo, Mr. Devereux. Entschuldigen Sie, dass ich Sie belästige. Ich bin auf der Suche nach ein paar Details über meine Familie und ich habe gehört, dass Sie mir vielleicht helfen können.«

»Ihre Familie, sagten Sie?«, krächzte er, seine Stimme rau wie Schmirgelpapier.

»Ben und Hina Williamson.«

Die Leitung wurde so still, dass ich dachte, die Verbindung sei unterbrochen worden. Aber dann hörte ich ein schwaches Atmen.

»Kann ich persönlich mit Ihnen sprechen?«, fragte ich. »Ich werde nicht viel von Ihrer Zeit beanspruchen.«

»Morgen«, krächzte er.

»Morgen ist Sonntag«, erwiderte ich, aber er hatte bereits aufgelegt.

Ein merkwürdiger Mann. Ich schüttelte den Kopf und buchte schnell meinen Flug.

Der Flug nach O'ahu dauert nur eine halbe Stunde – man kann also an einem Tag hin- und zurückfliegen.

Ich weiß immer noch nicht, was mir dieser Besuch bringen wird, aber ich hoffe, dass Carter Devereux etwas Licht in die Sache bringen wird, die er meinem Großvater vorhielt.

Während das Flugzeug höher steigt, schaue ich aus dem kleinen Fenster und sehe die Küstenlinien der Insel und den Ozean darunter. Es ist unglaublich, dass alle Inseln von Hawaii auf dem Grund dieses Ozeans als Teil einer vulkanischen Bergkette miteinander verbunden sind.

Sowohl Aufregung als auch Nervosität lasten schwer auf meiner Brust. Was geschah mit meiner Familie vor fünfunddreißig Jahren? Wird Carter Devereux mir mehr erzählen?

Nach der Landung verlasse ich das Flugzeug und mache mich auf den Weg durch den geschäftigen Flughafen, um ein Taxi zu nehmen.

Meine Wirbelsäule kribbelt unangenehm, als sich das Taxi der Pflegeeinrichtung nähert, in der Mr. Devereux lebt. Es ist ein einstöckiges Gebäude mit großen Fenstern.

Ich bleibe in der großen Eingangshalle stehen. *Ich hätte einfach darauf bestehen sollen, dass er mit mir am Telefon spricht. Es ist okay, meine Meinung zu ändern. Das ist keine gute Idee. Dreh um. Es ist in Ordnung.*

Ich zwinge mich, weiter in das Gebäude zu gehen.

»Aloha, ich bin hier, um Mr. Carter Devereux zu sehen.«

Die Empfangsdame sieht mich an, als hätte ich soeben

angekündigt, die Königin von England bei ihrer Mahlzeit zu stören.

Sie hebt die Augenbrauen. »Mr. Devereux« ist alles, was sie sagt, aber ihre Neugier erfordert keinen ganzen Satz oder ein Fragezeichen.

»Ja.« Ich verlagere unbehaglich das Gewicht und lehne mich ein wenig auf den Empfangstresen. *Dreh dich um und verlasse das Gebäude*, fleht mein Verstand. »Er hat zugestimmt, sich mit mir zu treffen. Ich habe gestern angerufen.« Ich lächle und versuche, meine Nervosität zu verbergen.

Sie schaut auf die Topfpflanze in meiner Hand. »Es ist nur, hmm, er hat nicht oft Besuch. Selten. Ich meine, so gut wie nie.« Sie hält sich die Hand vor den Mund und fügt hinzu: »Tut mir leid, das hätte ich nicht sagen sollen.«

»Es ist okay.« Ich lache. Ihre Wangen werden rosig. »Also, kann ich ihn sehen?«

»Lieber Sie als ich.« Diesmal hält sie sich mit beiden Händen den Mund zu. Es ist komisch. »Es tut mir leid, ich weiß nicht, was in mich gefahren ist. Füllen Sie das bitte aus.« Sie händigt mir ein Besucherformular aus und sagt: »Ich bereite Ihren Besucherausweis vor. Kann ich bitte Ihren Ausweis sehen?«

Ich gebe ihr meinen Pass.

»Das ist ein weiter Weg.« Sie hebt ihre rechte Augenbraue und mustert meinen britischen Pass.

»Ja, ein bisschen zu weit.«

Ich fülle weiter das Besucherformular aus.

Frage 5: Sind Sie ein Familienmitglied, ein Freund oder Ähnliches?

Ich bin nicht einmal *Ähnliches* für ihn, aber ich kreuze es dennoch an.

»Folgen Sie dem Flur geradeaus, biegen Sie am Ende rechts ab, dort ist er in Zimmer dreizehn.«

»Dreizehn. Sicher, danke.« Ich klemme mir den Ausweis an mein T-Shirt und schlendere den Flur entlang, wobei ich die Bewohner anlächle, die ich sehe.

Ich komme bei Nummer dreizehn an. »Natürlich ist er in Zimmer dreizehn.« Ich gluckse, atme tief durch und klopfe an die große weiße Tür.

»Herein«, höre ich eine leise Stimme sagen.

Als ich die Tür öffne, sehe ich einen gebrechlichen und abgemagerten alten Mann, der in den weißen Laken seines Bettes fast unsichtbar ist. Die Adern in seinen Händen sind dick und blau. Mit leicht gekrümmten Fingern winkt er mich näher an sein Bett heran. Der Geruch von Urin liegt in der Luft.

»Hallo, Sir.« Ich stelle die Topfpflanze auf seinen kleinen Tisch am Fenster. »Ist das hier in Ordnung?«

Er nickt.

Sein Zimmer ist kahl und enthält nur sein Bett, einen Tisch mit einem Stuhl.

»Ich nehme den Stuhl«, sage ich, da ich ihn nicht überragen will.

»Nicht nötig«, sagt er. »Ihr Besuch wird nicht lange dauern.« Er blickt auf und sieht mir in die Augen. Dann murmelt er: »Ich hätte in einer Million Jahren nicht erwartet, ein anderes Mitglied der Williamson-Familie zu sehen.«

Ich winde mich unbehaglich. »Ich bin Roy Fernsby. Bis vor ein paar Wochen wusste ich nichts von meiner Williamson-Familie. Ich bin der Sohn von Leilani.«

»Leilani. Ich erinnere mich natürlich an Ihre Mutter.«

Sehe ich da ein Grinsen auf seinem faltigen Gesicht?

Er fährt fort. »Ihre Mutter war eine eigensinnige Schönheit.«

Ich verdränge das Unbehagen, das sich in meiner Brust ausbreitet. »Was meinen Sie?«

»Dazu kommen wir wohl später.«

Ich bereue, hergekommen zu sein. Aber ich mache weiter. »Okay, ich habe ein paar Fragen, und ich hatte gehofft, Sie könnten mir helfen.« Obwohl mein Ton höflich bleibt, schleicht sich Verärgerung in meine Stimme.

»Aber sicher.« Seine Lippen verziehen sich zu einem halben Lächeln und seine Augen verengen sich leicht.

»Ich bin auf der Suche nach meiner Tante, Kalani.«

»Machen Sie sich nicht die Mühe, hier zu suchen. Ich habe geschworen, ihre Lieben zu ruinieren und sie ins Gefängnis zu bringen, wenn sie jemals zurückkommt. Sie weinte wie ein kleines Kätzchen.«

Mein Magen verknotet sich, während ich versuche, meine Wut zu zügeln.

»Sie haben also mit ihr gesprochen, nachdem sie gegangen war.«

»Nein, aber ich habe regelmäßig Nachrichten

geschickt. Ich weiß, dass sie sie bekommen hat. Ich hatte gute Beziehungen in Irland.«

Er wusste also wirklich, dass sie in Irland war. Ich atme ein paarmal tief durch, um das saure Gefühl in meinem Bauch zu lindern.

»Haben Sie noch eine Frage?«

»Warum haben Sie meinen Großvater schikaniert? Was hatten Sie gegen ihn in der Hand?«

»Wissen Sie, Ihre Mutter hätte das alles stoppen können. Ich habe versprochen, ihre Familie und ihre Freunde in Ruhe zu lassen, wenn sie mit mir durchbrennt. Aber nein, das wollte sie nicht. Ich habe Ihnen gesagt, dass sie eigensinnig war. Sie hätte mein Angebot annehmen sollen.«

Meine Hände formen sich zu schmerzhaften Fäusten, während ich in sein erbärmliches Gesicht blicke. Ich werde ihm nicht das Vergnügen gönnen, zu sehen, dass er einer weiteren Seele Schmerz zugefügt hat. Als Kind lernte ich, meine Gefühle zu verbergen. Darin bin ich gut.

»Geben Sie mir bitte ein Glas Wasser?«, fragt er.

Ich schenke ihm ein Glas aus dem Krug auf dem Tisch ein und reiche es ihm. Seine Hand ist alt und knorrig, die Haut gesprenkelt und faltig. Seine Nägel sind gelb und rissig.

»Sie kam in mein Büro und wollte mehr über ihre Schwester wissen und herausfinden, was ich gegen ihren Vater hatte.« Er lächelt ein wenig. »Sie war die schönste Frau auf der Insel, also bot ich ihr einen Deal an – ich würde die Insel und meine Frau verlassen, wenn sie mit mir durchbrennen würde. Und ich würde ihre Familie in Ruhe lassen.«

Ich atme tief durch und meine Nasenflügel blähen sich auf, während ich wieder die Fäuste balle. Die Atmosphäre ist von einer gewissen Schwere geprägt.

Seine Lippen verziehen sich zu einem zufriedenen Grinsen. Eine deutliche Erinnerung an seine abscheuliche Natur. Ich sehe ein paar Speichelflecken an seinem Mundwinkel.

»Ich wusste nicht, dass ein Mädchen so hart ohrfeigen kann. Der brennende Schmerz ist mir bis heute geblieben.«

Dieser Mann ist gestört. Er hat meinen Respekt nicht verdient.

Er mustert mich von oben bis unten. »Klingt, als hätte sie ein gutes Leben gehabt.«

»Ja.« Ich kann nur diese eine Silbe aussprechen, bevor ich mich zum Gehen wende. Ich werde mit ihm kein Wort mehr über meine Mutter sprechen.

Es ist schwer zu verstehen, wie jemand Freude daran empfinden kann, einem anderen Schmerz zuzufügen, und keine Reue für sein Handeln empfindet. Es scheint, als wolle er mich auch verletzen. Hatte er eine schwierige Kindheit, oder ist etwas anderes passiert, dass er so wurde? Wie dem auch sei, mein Mitgefühl ist begrenzt. Wir alle haben die Möglichkeit, selbst zu entscheiden, wie wir unser Leben gestalten.

»Ihre Großmutter hat es mir zur Hölle gemacht«, sagt er, als ich die Tür erreiche. »Sie und ihre Freunde. Ich habe ihr alle Dokumente übergeben, die ich gegen Ihren

Großvater hatte. Und ich bin sicher, dass sie eine Rolle bei meiner Inhaftierung gespielt hat, auch wenn ich es nicht beweisen kann.«

Ich drehe mich um, wobei ich innerlich über meine Großmutter juble.

»Ich hätte mein Leben für eine Familie wie die Ihre gegeben«, gibt er verbittert zu. »Sie würden alles tun, um ihre Lieben zu schützen.«

Ich schweige einen Moment lang, verblüfft von der Offenbarung dieser zutiefst verstörten und wütenden Person. »Haben Sie nicht einen Sohn?«, frage ich.

»Es ist zwei Jahrzehnte her, dass ich seine Stimme gehört habe. Er weigert sich, mit mir zu sprechen.« Er kneift verärgert die Augen zusammen. »Sind Sie jetzt zufrieden? Lassen Sie mich in Ruhe!« Er rollt sich auf die Seite und wendet sich von mir ab.

Tante Kalani mag einen Fehler gemacht haben, aber die Handlungen dieses Mannes waren kein Versehen – er hat sich bewusst dafür entschieden.

Welche Informationen enthalten diese Dokumente?

Gott sei Dank für diese Ohrfeige, Mutter. Er erinnert sich noch!

Kapitel Einundzwanzig

An solche Montage könnte ich mich gewöhnen. Ich sitze hier im Garten und betrachte die Strandspaziergänger, während ich meinen Arm in langsamen Kreisen bewege. Nach meinem gestrigen Ausflug nach O'ahu brauche ich das: das sanfte Rauschen des Ozeans, das Blau, die sich wiegenden Palmen.

Dann sehe ich, wie Amy und Curly von ihrem Stand-up-Paddleboard absteigen. Mein Morgen ist gerade noch schöner geworden. Ich hoffe, sie werden vorbeikommen. Mich überkommt die Sehnsucht, bei ihr zu sein. Ich habe sie seit unserem Tag mit den Schildkröten nicht mehr gesehen.

Könnte das die Art von Urlaubsromantik sein, von der die Leute schwärmen? Hatte ich das im Hinterkopf, als ich meinen Flug zum zweiten Mal umbuchen ließ?

Noch zwei Wochen. Ich kann meine Weltreise um zwei weitere Wochen verschieben.

Ich fahre mir mit der Hand durchs Haar, während sie auf das Haus zugeht. *Verhalte dich einfach natürlich. Bleib cool ...*

Ich greife nach dem Griff des kleinen Tores. »Ich bin mir nicht sicher, warum dieses Tor überhaupt hier ist«, sage ich. »Sogar Sean kann darübersteigen.«

Sie lacht. »Ich weiß.«

»Brauchst du Hilfe?«, biete ich an und deute auf ihr Board.

»Nein, danke. Dieses Board und ich sind jetzt wie eins.«

Ich kann mir nicht verkneifen zu sagen: »Was für ein Glückspilz.«

Curly geht auf das Haus zu und bleibt vor der Tür stehen.

»Er will seine Freundin sehen«, sage ich lachend.

»Was gibt es denn Neues?«, fragt sie. Sehe ich ein Funkeln in ihren Augen?

»Ich habe meinen Flug noch einmal verschoben. Eigentlich sollte ich am Mittwoch abreisen, aber ich bleibe noch ein bisschen länger.«

»Wie lange?«, fragt sie.

Ich hatte gehofft, sie würde fragen. Ich lächle. »Noch zwei Wochen.«

»Deine eine Woche hier hat sich auf vier Wochen verlängert.«

»Ja«, sage ich und trete auf sie zu. »Zählt da jemand die Tage?«

Unsere Blicke treffen sich. War es das, was sie hören

wollte? Dass ich länger bleibe? Ich sehe ein winziges Lächeln auf ihren Lippen. Hätte ich geblinzelt, hätte ich es verpasst.

Sie schaut auf ihr Board. »Wir hatten gerade eine tolle Paddeltour auf dem Meer. Du solltest das nächste Mal mitkommen.«

Oh ja, Meer, Wasser, wunderschön und so weiter. Ich kann nicht genug davon bekommen – aus der Ferne. Ich kann nicht schwimmen. Das ist eine Quelle der Verlegenheit für mich. Meine leibliche Familie konnte mir kaum etwas zu essen geben, geschweige denn mich zu einem Schwimmkurs anmelden, und da ich von einer Pflegefamilie zur nächsten zog, hatte ich keine Chance, es zu lernen.

Sie sieht mich an und lächelt. Oh Mann, dieses Lächeln. Eine Meeresgöttin.

»Du bist rücksichtsvoll«, sage ich.

»Also, es gibt da etwas, zu dem ich dich einladen wollte. Du musst nicht kommen. Vielleicht ist es sowieso besser, nicht zu kommen, aber er wird sich sehr freuen, wenn du kommst.«

Ich runzle ein wenig die Stirn. Wovon spricht sie?

»Sean hat einen Schwimmwettbewerb, und er hat darauf bestanden, dass ich es dir sage.«

»Oh! Ich werde da sein. Ein Schwimmwettbewerb – ich bin beeindruckt.«

»Es ist nur ein Übungswettbewerb.«

»Trotzdem. Ich werde da sein.« Ich freue mich, dass er mich eingeladen hat, aber ich sollte meine Begeisterung zügeln. *Komm ihm nicht zu nahe. Du wirst nicht mehr lange da sein.*

Ich versuche, meine Zweifel und Ängste in eine hintere Ecke meines Kopfes zu verdrängen.

»Kaffee?«

Sie nickt.

Ich schenke ihr eine Tasse ein und wir setzen uns nebeneinander an den Tisch im Garten. Sie blickt nach unten und begegnet dann schüchtern meinem Blick.

Instinktiv neige ich ihr Kinn nach oben und gebe ihr einen kleinen Kuss. Sie sieht mich an und presst dann ihre Lippen auf meine. Ihr Geschmack vermischt sich mit der Salzigkeit des Meeres zu einer berauschenden Mischung, die mich nach mehr verlangen lässt. Wir stehen auf und pressen unsere Körper aneinander, wobei die Feuchtigkeit ihres Badeanzugs unter der Strandkleidung zu einem stillen Versprechen wird. Der Stoff schmiegt sich an sie und enthüllt die Form ihres durchtrainierten Körpers. Meine Hände erkunden ihre Haut.

Hand in Hand betreten wir das Haus, während unsere Körper vor Verlangen vibrieren. Wir bewegen uns mit anmutiger Dringlichkeit.

Ich ziehe sie in das große Schlafzimmer, unsere Lippen aufeinandergepresst. Die Luft ist aufgeladen mit der Elektrizität unserer Verbindung. Ich helfe ihr, sich ihrer durchnässten Kleidung zu entledigen, wobei sie eine Spur von Tropfen auf dem Boden hinterlässt. Sie hilft mir, mein T-Shirt auszuziehen.

Ein leises Gemurmel der Lust entweicht unseren

Lippen. Unsere Hände erforschen die Haut des anderen und ziehen unsichtbare Bahnen darüber.

Es werden keine Worte gesprochen, als könnte jeder Laut diesen Moment, der uns geschenkt wurde, zerstören. Die Welt um uns herum verblasst. Die Empfindungen werden zu einer eigenen Sprache, jede Berührung, jeder Kuss, jeder Atemzug.

Ich ziehe mich zurück und schaue ihr in die Augen, fragend, neugierig, forschend. Sie antwortet, indem sie die Lücke zwischen unseren Körpern schließt.

Wenige Augenblicke später verlieren wir uns ineinander. Unsere Körper bewegen sich wie eins. Das Wissen, dass unsere gemeinsame Zeit begrenzt ist, steigert nur die Intensität unserer Umarmung.

Unsere gemeinsame Leidenschaft wird intensiver, und wir kommen beide zum Höhepunkt.

Atemlos, unsere feuchten Körper umschlungen, klammern wir uns aneinander.

Ich weiß, dass sich unsere Wege unweigerlich trennen werden. So schwer es auch zu akzeptieren ist, dies ist eine kurzlebige Lust.

Eine kurzlebige Verbindung.

Kapitel Zweiundzwanzig

Der Freitagabend naht. Seit Montag schlafe ich in dem größeren Schlafzimmer, nachdem ich vom Sofa umgezogen bin. Meine Güte, ich habe mir in diesem Zimmer eine ganz schöne Erinnerung geschaffen.

Doch nach einem himmlischen Montag stürzte meine Woche plötzlich ins Chaos. Ich schreite im Wohnzimmer des Hauses umher.

Es begann mit Problemen mit den Stromleitungen. Es war unmöglich zu wissen, wann das Licht oder die Steckdosen funktionierten, und ich machte mir Sorgen, dass ein Elektrobrand ausbrechen könnte. Ich wandte mich an einen Notdienst und ließ einige Reparaturen durchführen, aber der Strom fiel einfach wieder aus. Ich war mitten in der Zubereitung des Abendessens. Und der Elektriker scheint meine Anrufe zu ignorieren.

Am Mittwoch erhielt ich eine Benachrichtigung von

der Stadtverwaltung. Offenbar hält sich das Haus nicht an die überarbeiteten Sicherheitsvorschriften für den Strand. Ich habe Frank sofort angerufen, damit er sich der Sache annimmt.

Und gestern erzählte mir Kimo, er könne Termiten hören. Er erklärte mir, dass diese holzbohrenden Lebewesen in den Sockel eines Gebäudes eindringen und dessen strukturelle Stabilität gefährden können.

Und dann waren da noch die Probleme mit den Wasserleitungen letzte Woche. Es häufen sich zu viele Zufälle.

»Okay, niemand würde absichtlich Termiten in dieses Haus einschleusen«, sage ich zu mir selbst und lache.

Ich weiß nicht, warum ich mir so viele Gedanken über diese Probleme mache. Ich zweifle nicht daran, dass der neue Eigentümer dieses Haus abreißen und ein neues bauen wird. Trotzdem habe ich ein Unternehmen für Termitenbekämpfung kontaktiert.

Es ist, als würde mir Oma ins Ohr flüstern: »Kümmere dich um mein Haus.«

Was genau ist hier los?

Chelsea rief mich gestern an, um mir mitzuteilen, dass der Käufer sein Angebot erhöht hat. Sie schlug vor, schnell zu verkaufen, da der Markt für Verkäufer nicht mehr so günstig sein könnte. Aber ich möchte all diese Probleme vor dem Verkauf klären.

Ein Schritt nach dem anderen. Essen. *Bestell dir was.* Licht. *Kerzen benutzen.*

Während die Probleme angegangen werden, hoffe ich,

mehr über Kalani und meine Mutter herauszufinden. Außerdem würde ich gern mehr Zeit mit Amy, Curly, Sean und Cheddar verbringen.

Es überrascht mich, dass Amy jetzt auf meiner »Bleib noch ein bisschen länger«-Liste steht. Früher stand sie auf der »Schnell weg«-Liste, aber ich genieße diese unerwartete Wendung der Ereignisse. Das ist es wohl, was die Leute meinen, wenn sie sagen, dass Reisen das Herz und den Geist befreit. *Kein Witz.* Mir gehen ständig Erinnerungen an unsere gemeinsame Zeit durch den Kopf, wie wir uns geküsst und berührt haben.

Als mein Essen kommt, eine weitere Poke-Bowl, setze ich mich auf die Veranda und genieße den Sonnenuntergang – in Shorts und T-Shirt im Februar.

Als die Nacht hereinbricht, nehme ich eine Bewegung wahr und schaue nach links. Das große Haus nebenan ragt hoch über den Strand.

Ich blinzle. Was war das?

Ich dachte, ich hätte eine Gestalt im Fenster gesehen, aber jetzt scheint das Haus völlig dunkel zu sein.

Seltsame Menschen.

Kapitel Dreiundzwanzig

Am Samstag treffe ich im Freibad ein und bin gespannt auf meinen kleinen Kumpel. Trotzdem läuft mir die Nervosität wie ein kleiner Wasserfall den Rücken hinunter. Ich weiß, dass er weiß, dass ich nur vorübergehend hier bin und dass ich Hawaii bald wieder verlassen werde. Ich bin nur ein Besucher auf der Durchreise durch sein Leben.

Mit einem tiefen Atemzug beruhige ich meine Nerven und hoffe, dass diese flüchtige Freude die Sorgen überwiegen kann. Für den Moment werde ich den Tag einfach genießen. Ich gehe auf die Menschenmenge zu und genieße die Wärme der sanften tropischen Brise.

Lachen und Geplapper erfüllen die Luft. Kinder und Eltern schwirren aufgeregt umher, ihre Blicke auf das Schwimmbecken gerichtet, wo junge Schwimmer sich darauf vorbereiten, ihr Talent zu zeigen.

Ich sehe Amy mit einer Gruppe von Leuten. Sie sieht mich auch und winkt mich herüber.

»Hey, Leute, das ist Roy.«

Einer nach dem anderen stellen sich ihre Freunde vor. Sie sind ein freundlicher Haufen.

»Aloha, ich bin Susan«, sagt eine Frau mit sonnengebräunter Haut und kurzem, blondem Haar. Sie schüttelt meine Hand, und ihre Berührung verweilt. Ihr Daumen umkreist sanft meine Haut. »Wo hast du dieses hübsche Gesicht versteckt, Amy?«

Amy berührt subtil meinen Arm, und ich löse mich diskret aus Susans Griff.

»Susan und ich sind beide Schnorchel-Guides«, sagt Amy.

»Schön, dich kennenzulernen, Susan«, antworte ich und gehe einen kleinen Schritt auf Amy zu. Hinter meinem Schritt steckt eine Botschaft: Solange ich auf dieser Insel bin, gibt es niemand anderen für mich.

»Du hast es geschafft!«, ruft Sean, als er mit einem anderen Jungen in seinem Alter auf uns zu sprintet.

»Natürlich. Ich würde es um nichts in der Welt verpassen wollen.«

»Das ist Liam, mein Freund«, sagt Sean und deutet auf den Jungen neben ihm.

»Hallo, Liam. Ich bin Roy.«

Nachdem ich Sean umarmt und ihm Glück gewünscht habe, geht er entschlossen zu seiner Bahn.

»Wie kommt es, dass keiner von uns eine Umarmung bekommen hat?«, beschwert sich Susan.

Wir lachen alle.

Eine andere Freundin sagt: »Du wirst bald sein bester Freund sein.«

Ich richte meinen Blick auf Sean. Er steht am Rande des Pools, sein kleiner Körper strahlt Zuversicht aus. Er sieht mich einen Moment lang an. Ich zeige ihm einen Daumen nach oben. Die Vorfreude wächst. Das Rennen wird gleich beginnen.

Das Startsignal ertönt, und die Menge bricht mit einem lauten Jubel in eine Symphonie der Ermutigung aus. Ich kann meine Aufregung nicht zügeln.

»Komm schon, Junge! Zeig ihnen, was du drauf hast!«

Susan bemerkt: »Ich könnte dir den ganzen Tag lang mit deinem britischen Akzent zuhören.«

Auf ihre Worte folgt ein Chor von Gelächter, und ich lache auch, aber mein Blick wandert zu Amy, die Sean anfeuert und nicht einmal in meine Richtung schaut.

Während des Rennens beobachte ich voller Ehrfurcht, wie er mühelos durch das Wasser gleitet. Jeder Schlag und Tritt bringen ihn näher an die Ziellinie.

Mir ist klar, dass es bei diesem Wettbewerb nicht um den Sieg geht, sondern um die Anstrengung, das Engagement und die reine Freude an der Teilnahme. Aber ich will auch, dass mein Kumpel gut abschneidet, also rufe ich und meine Worte mischen sich mit dem kollektiven Jubel der Menge. Ich klatsche, feuere ihn an und wünsche mir, ich könnte auch schwimmen.

Bei Seans letzter Bahn steigt die Aufregung. Die Menge wird immer lauter, und es liegt Spannung in der

Luft. Mit einem letzten, energiegeladenen Schwung erreicht er die Wand, triumphierend und atemlos.

Mit einem strahlenden Lächeln taucht er aus dem Wasser auf.

Als der Jubel abebbt, drehe ich mich um und sehe Amy, die Tränen in den Augen hat. »Danke, dass du gekommen bist«, sagt sie. »Er war so aufgeregt, als ich ihm sagte, dass du kommen würdest.«

Ein grinsender Sean rennt auf uns zu, und sein Lachen erfüllt meine Brust wie ein fröhlicher Wasserfall.

Amy und ich sitzen auf ihrem Balkon auf einem Doppelsitzer, Seite an Seite. Sean schläft.

»Ich bin normalerweise nicht …« Sie räuspert sich. »Ich meine, danke fürs Kommen. Er war sehr glücklich.«

»Nun, er hat darauf bestanden, dass ich an der After-Party teilnehme. Versteh mich also bitte nicht falsch, aber ich bin hier sein Gast. Ich werde bald wieder gehen.«

Sie lacht. »Danke, dass du es mir leicht machst.«

»Keine Sorge. Ich werde bald gehen.«

»Du brauchst dich nicht zu beeilen.« Sie rutscht auf ihrem Sitz hin und her. »Susan hat dich sehr gemocht.«

»Nun, ich bin nur an einem der örtlichen Schnorchel-Guides interessiert.« Ich lege meine Hand sanft auf ihren Arm. Sie grinst, ihr Lächeln ist so süß wie Nektar.

»Wie bist du zum Freitauchen gekommen?«

»Es geschah schrittweise. Ich konnte meinen

Firmenjob hier auf Hawaii nicht ausüben, also suchte ich nach anderen Möglichkeiten und wurde lizenzierter Schnorchel-Guide sowie Freitaucherin. Das ist jetzt fast sieben Jahre her.«

»Wie trainiert man, um Freitaucher zu werden?«

»Es beginnt mit Yoga und Meditation.«

»Wirklich? Das hätte ich nie gedacht.«

Sie nickt. »Viele Menschen wissen das nicht. Aber das Geheimnis ist, ruhig und entspannt zu sein. Mein Herzschlag sinkt beim Tauchen so stark, dass ich mich wie ein Teil des Ozeans fühle. Das ist der ruhigste Zustand, den mein Körper, mein Geist und meine Seele je erreichen können.«

»Wow. Das klingt fast unmöglich.«

»Ist es nicht.« Sie wird lebhafter, da das Thema eindeutig eine ihrer Leidenschaften ist. »Denk an unsere Verbindung zum Wasser. Wir beginnen in Flüssigkeit, im Bauch unserer Mutter. Der menschliche Körper besteht zu etwa sechzig Prozent aus Wasser, und unser Planet besteht zu etwa siebzig Prozent aus Wasser. Unsere Beziehung zum Wasser ist in unserer DNA verankert. Das ist ganz natürlich.«

Ich bin wirklich fasziniert, obwohl ich in kniehohem Wasser schreckliche Angst habe. Wir kommen aus zwei völlig verschiedenen Welten.

Als meine Adoptivmutter mich für den Schwimmunterricht anmeldete, war ich bereits dreizehn Jahre alt. In der ersten Stunde war ich der älteste Teilnehmer, und leider habe ich nicht mehr weitergemacht.

Bei einem unserer Strandausflüge stießen mich Kinder von einem Steg ins Wasser.

Ich erinnere mich noch gut an den Schrecken, den ich verspürte, als ich ins Wasser fiel. Das Meer ist an der Küste von Devon bekanntermaßen kalt. Gerade rechtzeitig erschien noch jemand, um mir zu helfen. Damals erreichte meine Angst vor dem Schwimmen ihren Höhepunkt.

Ich kann vielleicht nicht schwimmen, aber ich kann eine verdammt leckere Mahlzeit zaubern.

»Würdest du gern einmal mit Sean zum Abendessen kommen? Ich würde gern für euch kochen.« Ich bin überrascht, dass ich frage. Die Küche im Strandhaus ist alles andere als ideal, um ein Gourmetessen zuzubereiten. Und wir sollten wirklich nicht mehr Zeit miteinander verbringen.

»Versteh mich nicht falsch, aber ich halte das für keine gute Idee.« Sie legt den Kopf schief und sieht verdammt süß aus.

»Ich weiß.« Ich nicke.

Ich denke, es ist das Beste, wenn Sean und ich nicht zusammen sind. Amy scheint das auch so zu sehen. Es ist nicht gut für ihn, sich zu sehr zu binden. Oder für mich. Aber wie halte ich meinen Abstand zu Amy?

»Es ist schwer, mich von dir fernzuhalten«, bemerke ich und widerstehe dem Drang, sie in meine Arme zu ziehen.

»Ich weiß.«

»Ich gehe jetzt besser«, sage ich und versuche, den Kloß in meinem Hals hinunterzuschlucken.

Kapitel Vierundzwanzig

Es ist Sonntagabend, und Kimo und ich sitzen auf der Veranda seines Hauses.

»Das Abendessen war köstlich«, sage ich.

»Jenn ist eine fantastische Köchin«, sagt er.

»Das ist sie, und eure Kinder scheinen großartig zu sein.«

Kimos Augen glänzen. »Ja, sie sind großartige Kinder. Kai sollte dich zum Angeln mitnehmen. Sein Freund hat ein Boot, und an den meisten Wochenenden fahren sie raus. Mein Junge ist ein ausgezeichneter Angler. Ich habe ihn schon mitgenommen, als er noch so klein war.« Er bewegt seine Hand so, dass sie knapp über dem Gras schwebt. »Und Pua scheint ihren britischen Freund gefunden zu haben.« Er gluckst. »Du hast es gut gemacht, geduldig ihre tausenden von Fragen zu beantworten. Für ein siebzehnjähriges Mädchen weiß sie ganz sicher, was sie will, und das Leben in London gehört dazu.«

»Ich werde so lange über London reden, wie sie will«, sage ich lächelnd.

Kimo lehnt sich zurück, ein warmes Lächeln erhellt sein Gesicht. Sein Kinn hebt sich mit einem Anflug von Stolz. Dann runzelt er leicht die Stirn. »Aber ich mache mir Sorgen um Kai. Er ist zweiundzwanzig und hat Probleme, seinen Weg zu finden. Er hat sein Studium abgebrochen und hangelt sich seitdem von Job zu Job. Das ist eine echte Herausforderung für ihn – und auch für mich.«

»Ich verstehe deine Besorgnis vollkommen. Weißt du, er erinnert mich an mich selbst. Ich habe auf dem College Betriebswirtschaftslehre studiert und dann eine Karriere in diesem Bereich eingeschlagen, weil ich dachte, es sei der richtige Weg. Aber tief im Inneren hatte ich immer das Gefühl, dass irgendetwas nicht stimmte.«

»Was ist also passiert?«

»Nun, ich habe eine Weile gebraucht, um mir darüber klar zu werden. Ich wusste nicht, wo ich wirklich hingehörte. Ich spürte eine Sehnsucht nach etwas, das mich mehr erfüllt. Ich wollte nicht für ›den Mann‹ arbeiten«, sage ich lachend. »Schließlich half ich einem Freund, der ein Restaurant aufbaute, und stellte fest, dass ich den Nervenkitzel des Unternehmertums liebte. Mit der Hilfe meines Bruders folgte ich also meiner Leidenschaft für das Essen. Ich besuchte zunächst eine Kochschule und eröffnete daraufhin mein eigenes Café in London. Ich war nie glücklicher. Mein Bruder ist zu fünfzig Prozent an dem

Unternehmen beteiligt, aber er hat sich bis vor Kurzem nicht aktiv eingebracht. Mein Plan ist es, seinen Anteil zu übernehmen, wenn ich von meiner Weltreise zurück bin.«

»Ich bin sicher, deine Kunden lieben dich.«

»Ja, ich liebe sie auch. Für mich ist mein Café viel mehr als nur ein Geschäft. Ich liebe es, Momente zu schaffen, die das Leben der Menschen berühren, selbst auf die einfachsten Arten. Als ich merkte, dass ich mit einer Tasse Kaffee oder einem leckeren Sandwich etwas bewirken kann, dass ich jemandem an einem stressigen Montagmorgen ein Lächeln ins Gesicht zaubern kann, da wusste ich – hier gehöre ich hin.«

Ich merke, wie sehr ich *Pages and Beans* vermisse. Ich vermisse es, den Leuten dabei zuzusehen, wie sie sich in den Seiten ihrer Bücher verlieren, während sie an ihren Getränken nippen.

»Ich kann es in deinen Augen sehen«, sagt Kimo nickend. »Du liebst, was du tust. Ich hoffe, dass Kai die gleiche Zielstrebigkeit finden kann.«

»Ich weiß, dass er das wird. Aber es war kein einfacher Prozess, weißt du. Ich musste viel in mich gehen und verschiedene Dinge ausprobieren. Gib ihm Zeit. Er wird es finden.«

Sein Gesicht wird weicher. »Ich hoffe, er findet auch ein gutes Mädchen, mit dem er eine Familie gründen kann.«

Kai betritt die Veranda. »Ich verschwinde.«

Er hat die gemeißelten Züge seiner hawaiianischen

Vorfahren, und von seinen Großeltern mütterlicherseits, die Japaner waren, hat er eine selbstbewusste Nase und eine kräftige Kieferpartie geerbt, die von gewelltem, dunklem Haar eingerahmt wird, welches das Sonnenlicht einfängt. Er hat auch die gleichen Dreiecks-Tätowierungen wie Kimo sowie Tätowierungen in verschiedenen Formen auf seinem anderen Arm.

»Okay, mein Sohn. Ich habe Roy gesagt, er soll bei deinem nächsten Angelausflug mitkommen.«

Kai sieht mich skeptisch an. »Das ist keine Freizeitbeschäftigung für Touristen. Ich bin mir nicht sicher, ob es dir Spaß machen würde.«

Ich kann verstehen, warum er keine Zeit mit mir verbringen möchte. Warum sollte man sich mit einem Touristen abgeben, wenn man sich mit Freunden amüsieren kann? Aber ich bin zu fasziniert, um einen Rückzieher zu machen. »Ich würde es gern ausprobieren. Sag mir Bescheid, wenn du das nächste Mal fährst.«

Kai verzieht kaum merklich das Gesicht. Widerwillig teilt er mir mit, dass er nächstes Wochenende fährt und dass sie früh aufbrechen.

»Nenn mir Ort und Zeit.«

Nachdem er mir die Details genannt hat, geht er los.

»Er ist ein guter Junge«, sagt Kimo. »Aber er hat die Angewohnheit, sich allem zu widersetzen, was ich sage oder vorschlage.«

»Ich verstehe.« Es ging also mehr um seinen Vater und weniger um mich.

»Dein Vater, lebt er noch?«, fragt Kimo.

»Mh-hm. In meiner Kindheit habe ich meinen leiblichen Vater nicht oft gesehen, aber mein Adoptivvater war wunderbar. Er ist mein Dad. Aber er ist gestorben, als ich zwölf Jahre alt war.«

»Ich kann mir nicht einmal vorstellen, wie das für dich gewesen sein muss. Einen Elternteil in so jungen Jahren zu verlieren.«

»Ja, das war hart. Ich habe erst im Alter von zehn Jahren einen liebevollen Vater gefunden, und es war schlimm, ihn ein paar Jahre später zu verlieren.«

Kimos Augen weiten sich, als er scheinbar die Last meiner Worte aufsaugt. Er beugt sich vor, wobei eine Mischung aus Neugier und Mitgefühl in seinem Gesichtsausdruck zu erkennen ist. »Ich bin so dankbar, dass sie dich adoptiert haben. Deine Familie hier wäre am Boden zerstört gewesen, wenn sie gewusst hätte, dass du von einer Pflegefamilie zur nächsten gehen musstest.«

Dazu habe ich nicht viel zu sagen. Jedenfalls nicht zu Kimo.

»Kai wird seine Leidenschaft finden«, sage ich und lenke das Gespräch um.

»Du betreibst ein Café. Vielleicht hast du ein paar Ideen, was ich mit meinen Kaffeebäumen machen soll.«

Ich blinzle. »Moment, du besitzt Kaffeebäume?«

Einige der besten Bohnen der Welt kommen aus Hawaii. »Ich kaufe die Bohnen von hier, und mein Freund röstet sie in seiner Kaffeerösterei in London.«

Kimo lächelt. »Das ist großartig. Die Bäume stehen auf Big Island, aber seit dem Tod meiner Eltern sind sie vernachlässigt worden. Alles, was übrig ist, ist ein Feld voller verwelkter Kaffeepflanzen. Ich glaube, Kai hat ein paar Ideen, aber wir streiten uns jedes Mal, wenn wir darüber reden.«

»Ich würde sie gern sehen«, sage ich.

»Kai wäre der perfekte Führer für dich. Aber der Junge wird es nicht tun, wenn ich ihn darum bitte.«

»Ich habe Leute auf Big Island angerufen, um zu erfahren, ob jemand weiß, wo sich Stephanie, die Freundin meiner Mutter, aufhält. Ich werde bald dorthin fliegen. Im Moment möchte ich alles erkunden, was mich mit meiner Mutter verbindet.«

Kimos Augen, die die Farbe von frisch gebrühtem Espresso haben, fixieren mich, und ihre Tiefe und Intensität fesseln meine Aufmerksamkeit. Es ist, als würde er eine dampfende Tasse der Wahrheit in diese lange Sekunde gießen.

»Gib mir eine Minute«, sagt er und verschwindet im Haus.

Jenn erscheint mit einem einladenden Grinsen im Gesicht. Sie hält einen Teller mit Donuts in der Hand. Pua folgt ihr. Der Fluss der Familie ist bemerkenswert. Den ganzen Abend, wenn ein Mitglied weggeht, springt ein anderes mühelos ein. Sie haben einen Rhythmus, ein Band, das sicherstellt, dass ein Gast in ihrem Haus nie allein gelassen wird. Sie sind fantastische Gastgeber.

»Ich liebe Donuts!«, rufe ich aus.

»Das sind keine Donuts – das sind warme Malasadas. Und sie sind hausgemacht.«

Ich nehme einen, und es dämmert mir, dass Kalani und Kimo dem Kind das gegeben haben, als sie es entführten. Der Malasada war der Beginn einer Kette von unglücklichen Ereignissen.

Ich hebe den warmen, zuckerhaltigen Malasada an meine Lippen, wobei meine Vorfreude steigt. Pua und ihre Mutter beobachten mich amüsiert und neugierig.

Der Duft von frittiertem Teig reizt meine Geschmacksnerven und lässt mir das Wasser im Mund zusammenlaufen. Als ich den ersten Bissen nehme, explodieren die Aromen auf meiner Zunge und schicken Wellen der Freude durch meinen Körper. Der zarte Hauch von Zimt und Zucker tanzt über meinen Gaumen und schafft eine Symphonie der Süße, der ich unmöglich widerstehen kann. Der Teig ist kissenartig weich, wie eine Wolke, mit gerade genug Biss. Es ist, als würde mich der Malasada von innen umarmen.

Ich stoße einen zufriedenen Seufzer aus und vergesse für einen Moment meine Umgebung. Die Welt um mich herum verblasst, während ich mir diesen köstlichen Genuss gönne.

»Mom, dein Malasada hat eine weitere Person hypnotisiert«, sagt Pua kichernd.

»Wenn es auf der Welt mehr Malasadas gäbe«, sage ich mit vollem Mund, »würden wir sicher den Weltfrieden erreichen! Wer kann bei dieser Art von Glückseligkeit im Mund wütend bleiben?«

Wir brechen alle in Gelächter aus, das fröhliche Geräusch hallt durch die Luft. In diesem Moment, mit einem Mund voll Malasada-Magie, gibt es nur mich und diese wunderbare Familie.

Pua nimmt einen. »Meine Mutter macht die besten Malasadas der Welt.«

Kimo kehrt zurück. »Oh, Zeit für Malasadas. Gib mir ein paar.«

»Nur einer, Papa«, sagt Pua und erlaubt ihm, ein Gebäckstück zu nehmen, bevor sie das Tablett ins Haus zurückbringt.

»Das Mädchen führt ein strenges Regiment.« Er lächelt wieder voller Stolz. »Letztes Jahr hatte ich gesundheitliche Probleme, die meinen Malasada-Konsum stark einschränkten. Sie will in den medizinischen Bereich gehen.«

Dann reicht er mir mit einem tiefen Seufzer den weißen Schal, den er in der Hand hält. »Deine Mutter hat deiner Tante beigebracht, wie man diesen Schal strickt. Ich möchte, dass du ihn bekommst.«

»Nein, Kimo. Das kann ich nicht annehmen.«

Er starrt mich intensiv an. »Ich bitte dich nicht darum, Junge. Nimm ihn, bevor ich meine Meinung ändere.«

Ich fahre mit den Fingern über die Wolle.

»In Ordnung, vielen Dank. Ich habe nur ein paar Sachen von meiner Mutter. Das wird etwas Besonderes für mich sein.«

»Das dachte ich mir schon.«

Ich spüre jemandes durchdringenden Blick und schaue

auf, um Kimos Frau in der Tür stehen zu sehen, ihre Augen auf den Schal gerichtet. Aber statt des warmen Blicks, den ich die ganze Nacht gesehen habe, ist ihr Ausdruck kalt. Ich verlagere unbehaglich das Gewicht und versuche, keinen Blickkontakt herzustellen, während ich mich frage, was die Ursache für diese Veränderung ist.

Kapitel Fünfundzwanzig

Ich bin entschlossen, eine bessere Woche zu haben. Der Tag, den ich gestern mit Kimo und seiner Familie verbracht habe, war ein guter Anfang.

Heute habe ich beschlossen, ein Tourist zu sein und auf die andere Seite der Insel zu fahren. Nach ein paar Nachforschungen entscheide ich mich für einen üppigen Regenwald und ein Tal, das nur gut dreißig Autominuten vom Strandhaus entfernt ist. Angeblich ist das Ulu Valley der zweitfeuchteste Ort auf Hawaii. Ich glaube, der erste Ort muss Nalu Town gewesen sein, als ich hier ankam. Ich lache, während ich fahre und die Landschaft auf mich wirken lasse. Die kurvenreiche Straße wird von hoch aufragenden Bäumen flankiert, deren Baumkronen einen natürlichen Bogen über die Straße spannen.

In der Mitte dieses Tals befindet sich ein Wanderweg. Der Beginn der Wanderung führt über breite Stufen bergauf. Familien steigen auf und ab und machen unterwegs Fotos. Auch ich beginne meinen Aufstieg.

Als ich oben ankomme, bietet sich mir ein atemberaubender Anblick: ein üppig grünes Tal. Als ich auf einer Bank sitze und überlege, ob ich weitergehen soll, sehe ich ein Pärchen, das über den kurzen Zaun an einem Ende des Weges springt. Ich fühle mich ermutigt und springe ebenfalls hinüber.

Der schmale Pfad öffnet sich zu einem gewundenen Weg, der sich durch den dichten Regenwald schlängelt. Meine Ohren nehmen das Geräusch von Wasser in der Nähe wahr, es muss ein Bach sein. Als ich schließlich dort ankomme, lasse ich mich auf einen glatten Felsen am Ufer sinken. Ich schließe die Augen und genieße das Rauschen des Wassers, das Rascheln der Blätter und das Zwitschern der Vögel um mich herum. *In all dem könnte ich mich leicht verlieren.*

Eine Stunde später mache ich mich auf den Rückweg, doch schon nach wenigen Minuten legt sich eine Nebeldecke über alles. Ich komme zu einer Weggabelung, die ich vorher nicht bemerkt habe. Ich entscheide mich für eine Richtung und gehe weiter durch den Nebel. Irgendwann wird mir klar, dass dies nicht der richtige Weg ist, ich hätte schon längst oben an der Treppe sein müssen. Die Rückverfolgung meiner Schritte erweist sich als schwierig, da die Sicht stark eingeschränkt ist. *Hier ist es, Mann. Du hast bekommen, was du dir gewünscht hast. Du bist darin verloren.*

»Ist da draußen jemand?«, schreie ich in den Nebel,

während mein Frust wächst. Ich setze mich unter einen Baum und lehne mich an seinen Stamm.

Ich untersuche die Äste. *Wenn ich hochklettere, kann ich weiter sehen.*

Aber ich bin nicht mehr elf, und diese Bäume sind zu hoch und zu dicht. Ich muss einen anderen Weg finden. Ich beschließe zu warten, bis sich der Nebel auflöst, obwohl ich sicher bin, dass die Treppe in der Nähe ist. Ich will nicht riskieren, mich in diesem dichten Nebel noch einmal zu verirren. Ich überprüfe mein Handy – ein kleines Signal, das sofort wieder verschwindet. Die Temperatur ist gesunken, und ich fröstle.

Ich schaue mich um und nehme die verschiedenen Formen der Vegetation um mich herum wahr. Im Nebel sehen sie geheimnisvoll aus. Überall gibt es große Monstera-Pflanzen. Mom hat Monstera-Zimmerpflanzen. Sie würde diesen Ort lieben.

Es wird noch kälter. Ich muss mich trotz des Nebels bewegen. Gerade als ich mich entschließe, den Weg zu meiner Linken einzuschlagen, bemerke ich etwas, das sich in der Nähe meines Fußes bewegt.

Ein Leguan.

Ich erstarre.

Er bewegt sich langsam auf mich zu. Ich bleibe ruhig stehen. Er schleicht sich an meinen Fuß heran.

Da ist ein Leguan in der Nähe meines Fußes.

Der Schweiß rinnt mir den Rücken hinunter, wie der Bach von vorhin. Er schaut sich um und bewegt sich ein wenig.

Da ist ein Leguanschwanz an meinem Fuß.

Er bewegt sich nicht. Ich bewege mich nicht. Wir sitzen regungslos im Nebel.

Der graugrüne Körper ist nicht länger als meine Hand. Es muss ein Baby sein. Um die Augen herum sind rote und orangefarbene Markierungen zu sehen. Im Gegensatz zu dem unfreundlichen, großen und mürrischen Bild, das ich mir in meiner Kindheit eingeprägt habe, ist dieses Exemplar fast niedlich.

Ich erinnere mich an einen Dokumentarfilm, den ich mit Dad, Mom und Luke sah, als ich zwölf war. Ich höre immer noch die Stimme des Erzählers: »Überleben und Anpassungsfähigkeit sind das, was Leguane wirklich ausmacht.«

Es war ein Samstagmorgen, als ich meinen Pflegevater zum ersten Mal »Dad« nannte – einen Tag, nachdem ich etwas über die Überlebenstechniken von Leguanen gelernt hatte.

»Können wir heute eine Radtour machen, Dad?«, fragte ich, als wir alle am Küchentisch saßen und frühstückten.

Das Gespräch brach abrupt ab. Alle im Raum sahen mich an. Mom stellte das Essen ab, das sie servierte, und Luke hörte auf zu kauen. Dad legte den Kopf schief und starrte mich mit feuchten Augen an. »Aber sicher, mein Sohn.«

Er erzählte mir, dass er zuerst zu seiner Reitstunde gehen müsse. Das machte er samstagmorgens.

»Aber ich bin gegen halb zwölf zurück«, sagte er. »Dann können wir eine lange Radtour machen.«

»Warum gehen wir beide nicht nach dem Frühstück?«, sagte Luke und zwinkerte mir zu.

Ich schaute auf meine Uhr. »Nein, lass uns auf Dad warten.«

Eine Stunde später war er tot.

Es war ein tragischer Unfall. Er stürzte vom Pferd und schlug mit dem Kopf auf einen großen Stein. Und in diesem Augenblick versetzte das Leben meinem jungen Ich einen weiteren harten Schlag.

Ich werde in die Gegenwart zurückgeholt, als der Leguan mit dem Schwanz zu wackeln beginnt und sich auf den Weg in den Wald macht. Der Nebel lichtet sich und gibt den Blick auf die Treppe in der Ferne zu meiner Rechten frei. Gut, dass ich geblieben bin und gewartet habe.

Vielen Dank, Leguan.

Ich schüttle den Kopf. Ich habe mich gerade bei einem Leguan bedankt. Das Leben ist komisch.

Kapitel Sechsundzwanzig

In den letzten drei Wochen war Cheddar wie ein kleiner Sonnenschein, der Freude und Glück in mein Leben brachte.

»Was ist deine Geschichte, Cheddar?«, frage ich, als sie auf meinen Schoß hüpft. Am Morgen nach meiner erlebnisreichen Wanderung entspanne ich mich am Tisch im Freien.

Sie fängt an zu schnurren, während sie mit ihren kleinen Pfoten tritt.

»Du hast gute Laune, nicht wahr?« Ich streiche sanft über die weiße Fellkrause, die ihren Hals umgibt.

»Meine Tante hat diesen Schal gestrickt«, sage ich und zeige auf meinen Hals. »Und anscheinend hat meine Mutter ihr geholfen. Er ist wie dein weißer Schal. Vielleicht bist du diejenige, die ich hier finden sollte. Mein Zwilling mit dem weißen Schal.« Ich finde die Vorstellung, der Zwilling einer Katze zu sein, amüsant.

»Ich mag Amy sehr«, sage ich meiner Vertrauten. »Vielleicht ein bisschen zu sehr. Und ich weiß, dass du sehnsüchtig auf deinen Freund Curly wartest.« Ich lache. »Sie werden bald hier sein. Ich habe sie gestern nach meiner Wanderung zum Frühstück eingeladen.«

Damit rennt Cheddar davon, und in diesem Moment sehe ich, wie Amy und Curly vom Stand-up-Paddleboard absteigen. Sofort läuft das kleine schwarze Bündel voller Aufregung auf mich zu.

»Hallo, mein Kleiner«, rufe ich und bücke mich, um mit Curly zu spielen. Sein wedelnder Schwanz und seine Verspieltheit zaubern mir immer wieder ein Lächeln ins Gesicht.

»Heb dir etwas Aufmerksamkeit für mich auf«, meldet sich Amy zu Wort. Ich schaue auf. Da steht sie und hält ihr Board in der Hand. Oh Mann, sie ist praktisch eine Meeresgöttin, und ich bin ungefähr so wasserfest wie eine Topfpflanze.

Ich stehe auf, ziehe sie an mich und genieße das Gefühl ihres Körpers an meinem. »Ich habe dich vermisst«, sage ich und beuge mich zu einem Kuss vor.

Als wir uns voneinander lösen, schenkt sie mir ein Lächeln, das mein Herz höherschlagen lässt. Oh, dieses Lächeln. Es ist unwiderstehlich. Auf ihren Schultern glitzern Wassertropfen.

Ich eile in die Küche und versuche, den Kaffee einzuschenken, aber eine andere Art von Energie ergreift von meinem Körper und meinem Geist Besitz.

Ich verweile noch einen Moment in der Küche, um mich zu beruhigen, bevor ich wieder nach draußen gehe.

Ich reiche ihr eine Tasse und setze mich ihr gegenüber. Curly sucht nach Cheddar, aber sie ist nirgends zu sehen.

»Was ist das?«, fragt Amy und deutet auf meinen Hals.

»Mein Schal.«

Ein paar Falten erscheinen auf ihrer Stirn, als sie die Augenbrauen zusammenzieht. »Es ist kein Schal-Wetter.«

»Manchmal entscheidet nicht das Wetter darüber, ob wir einen Schal brauchen oder nicht.«

Ich spüre ihre Neugier, aber unsere Verbindung ist bereits so intim, dass ich zögere, mehr über meine Familiengeschichte zu erzählen. Ich habe Angst, eine tiefere Ebene der Intimität mit ihr zu erreichen.

Ich halte ein Ende hoch. »Gefällt er dir?«

»Es passt zu deiner olivfarbenen Haut«, sagt sie.

Ich lächle. »Ich dachte immer, meine Hautfarbe käme von meinem Vater, der aus dem Mittelmeerraum stammt. Jetzt weiß ich, dass ich sie von meiner hawaiianischen Großmutter habe.«

Sie erhebt sich und steht direkt vor mir. Ihre Haut lässt mich an einen goldenen Sandstrand denken. Sanft nimmt sie den Schal von meinem Hals. »Ich frage mich, von wem du deine tiefbraunen Augen hast.«

Sie macht eine Schlaufe in den Schal, nachdem sie ihn der Länge nach in der Mitte gefaltet hat. »Oder deine hohen Wangenknochen«, flüstert sie.

Ihre Augen sind auf meine gerichtet, während sie den

Schal um meinen Hals wickelt. Sie riecht wie ein Honigmacaron. Sie greift nach einem der losen Enden, starrt mich immer noch an und fädelt es durch die Schlaufe. Meine Gedanken und Gefühle drehen sich.

Oh Mann, ich kann das nicht mehr ertragen.

Ich ziehe sie auf meinen Schoß und wir küssen uns leidenschaftlich, was in mir ein Feuer entfacht. Unsere Körper sind so eng aneinandergepresst, dass wir wie eine unaufhaltsame Flut sind, die endlich auf das Ufer trifft.

Eine Weile später ruht ihr Kopf auf meinem Arm, während sie mit den Fingern im Haar auf meiner Brust spielt.

»Lass uns zu Abend essen. Du, ich und Sean?«, schlage ich vor.

Sie bewegt sich leicht. »Ich dachte, wir hätten bereits entschieden, dass das kein guter Plan ist. Du wirst bald abreisen, und Sean hängt bereits an dir.«

»Ein weiterer Abend wird keinen großen Unterschied machen, aber wenn du das für das Beste hältst, dann ist das okay«, sage ich, während sie weiter mein Brusthaar zwirbelt. Ich streiche ihr eine Haarsträhne hinters Ohr. »Tut mir leid, dass ich es wieder erwähnt habe. Es ist nur so, dass Kochen für mich eine Art der Verbindung ist. Es geht über Zutaten und Rezepte hinaus.«

»Okay«, sagt sie.

»Okay was?«

»Zum Abendessen. Ist morgen in Ordnung?«

»Sicher, aber ich wollte nur meine Erfahrungen teilen …«

Bevor ich meinen Satz beenden kann, drückt sie mir einen Kuss auf die Lippen.

In den nächsten Stunden ist nichts anderes wichtig.

Kapitel Siebenundzwanzig

E s ist verdammt schwer, mitten im Pazifik kurzfristig ein italienisches Gourmet-Menü zuzubereiten. Zum Glück war heute der Wochenmarkt, und jede einzelne Zutat schien frisch zu sein. Ich liebe es, die Erde – den nährenden Boden, aus dem alles Leben hervorgeht – an den Gemüsewurzeln zu berühren und den unverwechselbaren Duft jedes Gemüses zu riechen. So fängt die Vorbereitung an. Lange vor der Küche.

Sean hat mir erzählt, dass er am liebsten Pasta isst, und ich bin fest entschlossen, ihm die beste Pasta zu kochen, die er je gegessen hat. Ich mache Pici nach toskanischer Art mit Mehl, Salz, heißem Wasser und Olivenöl. Das Ei ist optional, ich werde es hinzufügen.

Das Mehl … Für mich ist Mehl mehr als eine einfache Zutat. Es ist ein Tor zum Herzen der Kochkunst. Ich liebe es, wie es das Wasser aufnimmt und einbindet. Für mich ist es wie eine Metapher für das Leben. Die toskanischen Pici wollen heißes Wasser, was sie von anderen frischen Nudeln unterscheidet. Ein subtiler Unterschied, aber er ist wichtig. Ich füge ein wenig heißes Wasser hinzu. Nicht zu viel und nicht zu wenig. Ich füttere das Mehl nur, wenn es durstig ist. Jedes Mal, wenn ich den Teig falte und drücke, denke ich an die wundersame Verwandlung dieser einfachen Zutaten.

Miau.

»Hey, Mädchen, magst du frische Pasta?«

Cheddar steht ganz in der Nähe, in einer Divenpose, wie ich es nenne. Kopf hoch, alle Pfoten zielstrebig verankert.

Ich bin zufrieden, wie der Teig geworden ist. Ich decke ihn für dreißig Minuten mit einem feuchten Tuch ab. Der nächste Schritt besteht darin, ihn mit einem Nudelholz zu rollen.

Mit frischen Zutaten für jemanden zu kochen, den man liebt. Das hat mein Leben verändert. Ich wünschte, es wäre einfacher, unsere Leidenschaften früher zu finden. Aber es ist nie zu spät. Luke hat gerade seinen Wunsch verwirklicht, seinen ersten Roman zu veröffentlichen. Er ist fast vierzig.

Als es so weit ist, drücke ich den Teig flach und schneide dicke, lange Stücke, viel breiter als Spaghetti. Ich mache eine Tomatensauce mit frischem Knoblauch – einfach, aber lecker. Wie das Essen in der Toskana.

Als alles fertig ist, atme ich tief durch und trete auf die Veranda. *Was für ein perfekter Tag!*

»Hallo«, höre ich. Das Flüstern kommt von jenseits der Büsche zwischen meinem Garten und dem Haus der Johnsons.

»Hallo«, antworte ich und schaue in die Büsche. Claires Hand taucht zwischen den grünen Blättern auf und hält ein Stück Papier. Ich runzle die Stirn und eile auf sie zu. Ich sehe sie nur selten in ihrem Garten.

»Bitte nehmen Sie das«, sagt sie und winkt mit dem gefalteten Papier. »Ich muss wieder rein.«

»Was ist das? Geht es Ihnen gut, Claire?«

»Ihre Großmutter war mir sehr lieb«, flüstert sie. »Bitte nehmen Sie das, lesen Sie es und vernichten Sie es danach.«

Ich nehme den Zettel, und ihre Hand verschwindet. Ich spähe durch die Hecke und sehe, wie sie sich ins Haus zurückzieht. Sie trägt ein schlichtes Sommerkleid, und ich kann die Umrisse ihrer Knochen unter ihrer Haut erkennen.

Ich umklammere das Papier für einige quälende Sekunden. Ein überwältigendes Gefühl des Grauens überkommt mich. Irgendetwas stimmt nicht.

Widerstrebend klappe ich das Papier auf, das sich in meiner Hand wie ein unerträgliches Gewicht anfühlt.

BITTE vernichten Sie dies, nachdem Sie es gelesen haben. Alles ist eine Falle. Mein Mann steckt hinter allem, was in Ihrem

Haus schiefläuft. Allem!!! Er will Ihr
Land kaufen. Er ist der Barkäufer.
Seien Sie vorsichtig mit den
Auftragnehmern. Ihre Freundin steckt auch
mit drin. Ich habe sie vor ein paar Wochen
mit meinem Mann reden hören. Sie hat sich
bereit erklärt, meinem Mann dabei zu helfen,
Sie zum Verkauf des Hauses zu überreden,
und er sagte, er würde ihr eine hohe Provision
zahlen. Sie ist nicht die, die sie vorgibt zu
sein. Ihre Freundin, die Immobilienmaklerin,
arbeitet auch für meinen Mann.

Ich starre auf den Ozean, während ich nach Luft ringe.
Eine Million Gedanken rasen durch meinen Kopf, bevor er
leer wird.

Das Rauschen der Wellen in der Nähe wird immer
lauter. Die salzige Luft ist erstickend.

Ich will es nicht glauben, aber egal wie sehr ich
versuche, es zu leugnen, ich spüre, dass etwas Wahres
dran ist.

Ich lasse mich auf einen Stuhl in der Küche sinken und
knete mit den Fingern die Verspannung auf meiner Stirn.
Ich lese den Zettel noch einmal. Und noch einmal. Ich
erinnere mich, dass Amy eine Menge Fragen über das
Strandhaus gestellt hat. Ich denke daran, wie ihre Freundin
versucht hat, mich zu einem schnellen Verkauf zu drängen.

Ich muss das Abendessen absagen. Mein Plan, diese Woche besser zu machen, ist am Mittwoch gescheitert. Ich bin niedergeschlagen. Ich habe das ungute Gefühl, dass sich meine Tage in nächster Zeit nicht bessern werden.

Ich kann es nicht ertragen, Amy zu sehen. Nicht jetzt.

Ich spritze mir im Bad Wasser ins Gesicht und rufe sie an. Sie geht nicht ran. Ich hinterlasse ihr eine Voicemail-Nachricht:

»Hey, tut mir leid, aber es kam etwas dazwischen. Das mit dem Abendessen funktioniert heute nicht.«

Ich fühle mich, als würde ich in Traurigkeit ertrinken, als ich in einen Stuhl am Esstisch sinke und mir mit der Hand die Stirn reibe.

Ein paar Minuten später höre ich Stimmen, die sich nähern. »Wir dachten, wir überraschen dich und kommen früher«, sagt Amy fröhlich, als Sean ins Haus rennt und mich erschreckt.

Ich sammle meine Fassung, zerknülle das Papier in meiner Tasche und zwinge mich zu einem Grinsen.

»Hallo, Kumpel!«

»Ich habe meinen Freunden in der Schule erzählt, dass ich italienische Pasta esse«, sagt Sean.

Ich kann ihn auf keinen Fall enttäuschen – er hat eine köstliche Mahlzeit verdient. Ich bewege absichtlich meine Schultern, um die Spannung abzuschütteln, die unter meiner Haut schlängelt.

Während ich das Essen präsentiere, sieht Amy zu, ohne eine Ahnung von dem Kampf zu haben, der in mir tobt. Ich fühle mich wie ein eingesperrter Kolibri.

Du bist ein Meister darin, deinen inneren Aufruhr zu verbergen, denke ich mir. Das ist eine Fähigkeit, die ich in jahrelanger Übung verfeinert habe.

Trotzdem entwickelt sich dies zu einem der schwierigsten Abendessen meines Lebens.

Während wir essen, fragt Amy: »Alles in Ordnung?«

Nein, es ist alles andere als in Ordnung.

»Ich bin nur ein bisschen müde«, sage ich und schaue nach unten.

»Frische italienische Pasta ist mein Lieblingsessen«, schwärmt Sean mit leuchtenden Augen.

»Sean, du hast ganz schön viel Pasta im Mund, während du redest«, sagt Amy. »Und seit wann?«, fragt sie mit einem angestrengten Lächeln.

»Seit jetzt«, antwortet Sean, der immer noch mit dem Mund voller Nudeln spricht.

»Freut mich, dass es dir schmeckt, Kumpel«, sage ich. Mein Herz hämmert so schnell, dass ich es in der Magengrube spüre.

Um uns herum herrscht eine drückende Stille. Ich spüre Amys Blick auf mir, während ich versuche, meine eigene Pasta zu essen. Jeder Bissen ist ein Kampf, das Essen fühlt sich in meiner Kehle wie Sekundenkleber an.

»Ich muss nach dem Nachtisch sehen.« Ich eile in die Küche.

Amy folgt mir, und ich spüre ihren Atem an meinem Hals. »Was ist hier los, Roy?«

Ich trete einen Schritt von ihr weg. »Wir werden später

reden. Lass uns erst einmal zu Ende essen. Sean genießt die Mahlzeit.«

Ich muss den Impuls bekämpfen, sie anzuschreien. Ich muss meine Wut Sean zuliebe verbergen.

»Mach mir keine Angst«, flüstert sie. »Was ist hier los?«

»Später, Amy«, schnauze ich, und sie eilt zurück zum Tisch.

Mit einem Grinsen präsentiere ich das Mango-Dessert. Mein aufgemaltes Lächeln fängt an, im Gesicht zu schmerzen, aber wenigstens steht Sean die Freude ins Gesicht geschrieben.

»Was ist das? Ich liebe die gelbe Farbe.«

»Das nennt man Sonnenschein im Glas«, antworte ich.

Amy nimmt einen Bissen. »Es ist köstlich.«

Ich nicke, doch alles, was ich schmecke, ist Bitterkeit.

Kapitel Achtundzwanzig

Ich spritze mir Wasser ins Gesicht und stöhne. Was für ein schrecklicher Kater. Ich bin zu lange aufgeblieben und habe vielleicht ein oder zwei Biere mehr getrunken als sonst. Ich liege auf der Couch, als die Tür nach einem lauten Klopfen aufschwingt. Amy stürmt herein, die Augenbrauen zusammengezogen.

Ich setze mich auf und schaue sie finster an.

»Was ist los? Ich habe den ganzen Morgen angerufen. Ich habe deine Nachricht auf dem Anrufbeantworter gehört. Warum wolltest du absagen? Und warum hast du dich gestern Abend so komisch verhalten?« Sie setzt sich neben mich und legt eine tröstende Hand auf mein Knie. Die Wärme ihrer Berührung rüttelt an meinen Nerven. Ich muss anfangen, meine Tür abzuschließen.

»Hör auf damit«, sage ich und schiebe ihre Hand weg. Mein Kopf pocht bei ihrem Anblick. »Ich bin gerade aufgestanden.«

»Das kann ich sehen. Ich habe Sean an der Schule abgesetzt und wollte gleich danach rüberkommen, aber ich musste mit einer Gruppe eine Schnorcheltour machen.«

Ich reibe mir die Stirn. »Das ist so verkorkst.«

Ihre Miene ist verwirrt, ihre Augen sind von Sorge erfüllt.

»Dieses Abendessen war einer der schmerzhaftesten Abende meines Lebens«, sage ich und reibe mir das Gesicht. »Wenn Sean nicht gewesen wäre, ich schwöre …«

»Wovon redest du?« Sie legt den Kopf schief, und ich wende mich ab. Ich kann es nicht ertragen, ihr in die Augen zu sehen.

»Weißt du, wie schwer es war, so zu tun, als wäre alles in Ordnung, zu lächeln und zu lachen, nur Sean zuliebe? Was für eine Mutter bist du?«

»Hey, bring nicht meine Mutterschaft ins Spiel!«

»Dann rede!«, blaffe ich. Mein Herz rast. Passiert das wirklich?

Sie schluckt schwer, bevor sie antwortet. »Worüber reden?« Eine einzelne Ader auf ihrer Stirn pulsiert.

»Wer bist du, Amy?«

»Dein Ton gefällt mir nicht. Du weißt schon verdammt gut, wer ich bin.« Ihre Augen werden schmal.

»Warum hilfst du meinem Nachbarn Phil?«

»Äh … Hmm.« Sie lässt die Schultern hängen. »Das.«

»Du versuchst nicht einmal, es zu leugnen.«

»Ich kann es erklären.«

»Erklären, was für ein heimtückischer Mensch du bist?«

»Hör auf mit diesem Ton, und bitte«, fleht sie, »lass es mich erklären.«

»Geh einfach. Bitte.«

»Ich gehe nirgendwo hin. Nicht so.« Sie schüttelt leicht den Kopf, und eine Träne kullert über ihre Wange.

»Ich flehe dich an, Amy, ich halte das nicht aus. Mein Kopf fühlt sich an, als würde er explodieren. Bitte geh.«

»Ich begann, ihm zu helfen«, sagt sie mit zitternder Stimme, »aber …«

»Aber was, Amy? War alles, was wir hatten, Teil eines Schauspiels?« Ich wende wieder den Blick von ihr ab, um ihre Tränen nicht zu sehen.

»Die Dinge haben sich geändert. Ich wollte reinen Tisch machen, aber ich konnte nicht … Ich wusste nicht, wie du reagieren würdest.«

»Das ist meine Reaktion. Zufrieden?« Ich öffne meine Arme, die Handflächen nach oben.

»Weißt du, manchmal macht man Fehler. Manchmal ist es unmöglich, das Richtige zu tun. Manchmal muss man alles tun, was nötig ist, um …« Sie bricht ab.

»Was auch immer nötig ist, um was zu tun? Sag es mir! Was auch immer nötig ist, um was zu tun?«, rufe ich, aber als ich mich umdrehe, ist sie schon aus der Tür. Und aus meinem Leben.

Ich denke an Sean, und meine intensive Wut verwandelt sich in eine Schwere.

Es tut mir leid, Kumpel.

Kapitel Neunundzwanzig

Weniger als vierundzwanzig Stunden später wache ich auf, weil es an der Tür klopft. Amy weigert sich wohl, aufzugeben, aber diesmal habe ich die Tür abgeschlossen.

»Okay, okay, ich komme.« Ich schüttle den Kopf.

Ich öffne die Tür und finde dort Sean, der außer Atem ist und rote Wangen hat.

»Das kannst du nicht tun!«, schreit er und drängt sich hinein.

»Das ist ja eine tolle Begrüßung«, murmle ich, als er ins Wohnzimmer stürmt.

Er wirbelt herum. »Ihr könnt euch nicht einfach streiten und euch für immer trennen. Was ist mit mir?« Er wischt sich eine Träne weg.

»Wow«, sage ich überrumpelt. »Weiß deine Mutter, dass du hier bist?«

Er zuckt mit den Schultern. »Keine Ahnung.«

»Wie bist du hierhergekommen, Sean?«

Er zuckt wieder mit den Schultern. »Ich bin gelaufen.«

»Das ist ein langer Weg zu laufen. Es ist Freitag, hast du keine Schule?«

Er setzt sich auf das Sofa, verschränkt die Arme und zieht einen Schmollmund.

»Okay, lass uns zuerst deine Mutter anrufen. Sie flippt bestimmt gerade aus. Und dann reden wir.«

»Keine Erwachsenengespräche. Erwachsene sind dumm.«

»Okay, junger Mann. Hör auf zu schmollen, und wir werden ein offenes Gespräch führen. Gib mir eine Minute.«

Ich gehe nach draußen, um Amy anzurufen.

Sie antwortet beim ersten Klingeln. »Oh, Roy.«

»Er ist bei mir«, sage ich knapp. »Es geht ihm gut. Ein bisschen aufgebracht, aber gut.«

Amy beginnt zu weinen und zu fluchen. »Ich bin auf dem Weg.«

»Ich glaube nicht, dass das eine gute Idee ist. Warum lässt du ihn nicht eine Weile bei mir und ich bringe ihn in ein paar Stunden zu dir?« Es herrscht Stille. »Bitte, Amy.«

Die Zeit dehnt sich, während ich auf ihre Antwort warte. Ich höre ein Schluchzen. »Okay. Aber sag mir bitte zuerst, wie er aussieht. Es ist ziemlich kalt heute Morgen. Kannst du bitte die Farbe seiner Finger und Zehen überprüfen? Ohne dass er es merkt?«

»Okay.« Sicherlich reagiert sie über, aber hey, sie ist seine Mutter. Ich gehe hinein. Sean sitzt auf der Couch und spielt mit Cheddar. Ich schaue mir heimlich seine Finger und Zehen an. Sie scheinen normal zu sein.

»Sie sind in Ordnung.«

Sie atmet aus. »Danke. Wir sehen uns in ein paar Stunden.«

Ich setze mich neben Sean auf das Sofa. Cheddar springt auf seinen Schoß.

»Wow, Verräterin«, sage ich lachend zu Cheddar.

Seans Augen leuchten auf. »Wir mögen uns.«

»Warum bleibst du nicht eine Weile bei Cheddar und ich mache Frühstück?«

»Können wir Pfannkuchen machen?« Sein Gesicht strahlt.

»Ich fürchte nicht, junger Mann. Einfaches Müsli muss reichen. Du bist immer noch in Schwierigkeiten, weil du von zu Hause weggelaufen bist.«

»Bist du auch in Schwierigkeiten, weil du meine Mutter verlassen hast?«

Ich bereite zwei Schüsseln Müsli vor und setze mich wieder neben ihn auf das Sofa. Cheddar läuft davon. »Kumpel, lass uns ein Gespräch von Mann zu Mann führen.«

Er nickt.

»Ich habe deine Mutter nicht verlassen. Manchmal sind Erwachsene …« Ich breche mitten im Satz ab, als ich sehe, wie Sean seine wässrigen Augen zusammenkneift.

»Ich will keine Erwachsenengespräche.«

»Okay, Kumpel. Das werden wir nicht. Glaub mir, ich weiß, wie du dich fühlst.«

Ich habe immer wie Sean die Augen zusammengekniffen, wenn Erwachsene versuchten, ihre Handlungen oder ihr Verhalten zu rechtfertigen. Ich wollte, dass sie aufhörten zu erklären, warum ich von einer Pflegefamilie zur anderen gebracht wurde. Sie benutzten Worte wie *sicher*, *besser*, *Zuhause* und *Badezeit*, aber nichts ergab einen Sinn. Erwachsene haben keinen Sinn gemacht.

»Wusstest du, dass es auf Hawaii einen Fisch namens Humuhumunukunukuāpua'a gibt?«, fragt Sean.

Es ist faszinierend, wie schnell ein Kind von intensivem Drama zu echter Begeisterung übergehen kann.

»Das hast du dir doch nur ausgedacht.«

»Nein, habe ich nicht«, sagt er. »Schau auf deinem Handy nach.« Dann murmelt er: »Typisch Erwachsener.«

»Okay, Kumpel, Schluss damit, Erwachsene niederzumachen. Lass uns wieder Roy und Sean sein.«

Als Geste der Freundschaft biete ich meine rechte Faust an, die er mit seiner Faust schlägt, und dann verschränken wir unsere Arme, um Kameradschaft zu symbolisieren. »Also, gibt es wirklich einen Fisch namens … wie war das noch mal?«

»Humu-humu-nuku-nuku-āpua'a«, sagt er, dieses Mal langsam. »Er hat erstaunliche Farben. Ich habe sie beim Schnorcheln mit Mom gesehen.«

Ich denke an Amys Einladung zum Paddleboarding. Ich habe ihr nie gesagt, dass ich nicht schwimmen kann. Ich weiß, dass das nichts ist, wofür man sich schämen muss. Aber ich schäme mich trotzdem. Und ich sollte es wirklich lernen.

Das Geräusch unserer Löffel, die gegen die Schüsseln klirren, erfüllt die Luft. Ich habe eine Banane in sein Müsli getan. Er hat mir einmal gesagt, dass er sie liebt. Ich schaue weg und versuche, die Traurigkeit in Seans Augen nicht zu sehen – eine Traurigkeit, die mit jedem Löffel Müsli größer wird. Mein Herz schmerzt. Ich habe versucht, Abstand zu halten. Mich nicht zu binden. Ich möchte ihn vor diesem Schmerz bewahren, aber ich weiß, dass es zu spät ist.

»Kann ich dir ein Geheimnis verraten?«, frage ich.

Sean nickt.

»Aber das bleibt zwischen dir und mir.« Ich blicke ihm in die Augen.

Plötzlich strahlt er. »Hand aufs Herz, großes Indianerehrenwort, ich schwöre es. Ich werde nichts verraten.«

Okay, das ist ein bisschen zu dramatisch. »Ich vertraue dir. Also los, aber noch einmal, das bleibt unter uns, okay? Es ist ein großes Geheimnis, und ich habe es noch niemandem hier erzählt.«

»Okay, okay«, sagt er ungeduldig.

»Geheim, okay?«

Er nickt heftig.

»Ich kann nicht schwimmen.«

»Hm?«

»Ich kann nicht schwimmen.«

Sean sitzt einen Moment lang still da und neigt den Kopf zur Seite, bevor er sagt: »Ich kann dir dabei helfen.«

»Das würde mir gefallen.«

»Okay.«

»Sean, können wir auch darüber reden, was du heute Morgen gemacht hast?«, frage ich.

»Ich weiß, ich sollte nicht weglaufen. Aber heute Morgen hat sie gesagt, dass ich dich nicht mehr sehen darf.«

Autsch. Das tut weh.

Ich schaue weg. »Tut mir leid.«

»Das ist nicht fair.« Er blickt zu Boden, und sein Schmollmund trifft mich schmerzhaft. Ich stöhne leise. »Hör zu, es ist keine große Sache. Du wirst neue Freunde finden.«

Er schaut so enttäuscht auf, dass ich es nicht ertragen kann. Ich weiß wirklich nicht, was ich tun oder sagen soll. Also sage ich ihm einfach, dass es mir leidtut.

Wir sitzen eine Weile schweigend da.

Miau.

Cheddar steht an der Eingangstür. Sie hat etwas im Maul.

»Oh nein, nein, nein. Was hast du im Maul?«, frage ich, während Sean auf sie zu rennt.

»Igitt!«, schreit er. »Das ist eine halbe Maus!«

Jetzt habe ich also ein enttäuschtes entlaufenes Kind und eine halbe Maus im Maul der Katze. Dieser Morgen wird einfach immer besser und besser.

»Willst du etwas Interessantes über Katzen wissen?«,

frage ich. Ich bin erleichtert, wieder ein Glitzern in seinen Augen zu sehen. »Wenn sie uns Mäuse bringen, ist das wie ein Geschenk. Sie sind nicht gemein – sie zeigen damit ihre Liebe! Katzen sind viel besser im Fangen von Mäusen als wir, also sagen sie: ›Hey, schau mal, was ich für dich habe!‹ Sie wissen nicht, dass wir es eklig finden.«

Er lacht. »Ein Mausgeschenk.«

»Ja.«

Seine Augen werden wieder traurig. »Ich wünschte, Erwachsene würden ihre Meinung nicht so oft ändern.«

Der Moment fühlt sich vertraut an, also sage ich nichts. Ich nehme ihn einfach in die Arme. Er rutscht näher an mich heran.

»Ich verstehe deinen Gedankengang, wirklich. Aber es wäre besser, wenn du nicht von zu Hause wegläufst. Es ist gefährlich.«

»Okay. Ich werde es nicht wieder tun. Kann ich auch ein Geheimnis mit dir teilen?«, fragt er, zieht sich zurück und legt den Kopf schief.

»Sicher.«

»Sag: ›Großes Indianerehrenwort, ich werde es nicht verraten.‹«

»Ich werde dein Geheimnis bewahren.« Ich hoffe, es ist nichts, das ich nicht vor seiner Mutter geheim halten kann. »Beste-Freunde-Versprechen.«

Er strahlt, bevor er wieder ernst wird. »Mein Vater ist künstlich.«

»Dein Vater ist was?«, frage ich, nicht besonders erpicht darauf, seine Antwort zu hören.

»Mein Vater ist künstlich. Meine Mutter hat es mir einmal erzählt, aber dann wollte sie nie wieder darüber sprechen.«

Wieder einmal weiß ich nicht, was ich sagen soll. »Okay. Danke, dass du es mir gesagt hast. Sollen wir am Strand spazieren gehen?«

Ein künstlicher Vater. Tausende von Gedanken gehen mir durch den Kopf, während wir gehen, und kein einziger ergibt einen Sinn.

Am Nachmittag setze ich Sean zu Hause ab. Amy umarmt ihn so fest, als wäre er ihre Rettungsleine. Mit einem Nicken lasse ich sie in ihrer Umarmung zurück.

Vielleicht sehe ich keinen von ihnen je wieder. Der Kummer hängt wie ein Anker auf meinen Schultern.

Kapitel Dreißig

Am Sonntag stehe ich in der Morgendämmerung an der Bootsrampe. Die Dunkelheit umgibt mich. Ich stehe vor dem Fischerboot eines Freundes von Kai, das wie ein Denkmal für die vielen Reisen aussieht, die es hinter sich hat. Seine gealterte Fassade verrät Geschichten von Schlachten, die es mit dem mächtigen Ozean ausgefochten hat. Die einstmals kräftige Farbe des Rumpfes ist im Laufe der Zeit verwittert, aber Spuren von leuchtenden Farben deuten auf das Leben im Wasser unter der Oberfläche hin. Der Geruch von Salzwasser liegt in der Luft.

Kai kommt an.

»Guten Morgen«, sage ich.

»Morgen«, grunzt er.

»Du bist also kein Morgenmensch?«

»Es wird mir besser gehen, wenn wir losfahren.«

Mein Magen dreht sich vor Nervosität. Ich werde viele

Stunden auf einem Boot, auf dem Wasser, verbringen.
Aber ich bleibe standhaft. »Ich freue mich darauf, die
Schönheit der hawaiianischen Fischerei mit echten
Experten zu erleben.«

Er sieht mich an, als käme ich von einem anderen
Planeten. Na gut, wir kommen von völlig verschiedenen
Enden der Welt – aber es ist immer noch die gleiche, liebe
Erde.

*Ich muss herausfinden, wo die Schwimmwesten sind.
Nur für den Fall, dass ich sie später brauche.*

Kai unterrichtet mich über die Grundlagen des
Fischfangs in diesen Gewässern. Er strahlt Autorität,
Erfahrung und Enthusiasmus aus und verfügt über ein
bewundernswertes Wissen über die Unterwasserwelt von
Hawaii. Sein Freund trifft ein, und nachdem wir uns
vorgestellt haben, klettern wir zu dritt ins Boot. Die Sonne
beginnt, ihre warmen Strahlen hinter dem Berg
hervorzuholen.

»Warte nur, bis die Sonne aufgeht«, sagt Kai. »Es ist
ein unvergleichlicher Anblick, wenn ihre Strahlen auf den
Boden und das Meer treffen.«

Die Verschmelzung von Sonne, Erde und Meer. Wow.

Kai starrt voller Bewunderung auf den Berg – einen
alten Vulkan. Er erhebt sich majestätisch über die Insel
und dominiert den Himmel mit seiner gewaltigen Präsenz.
Der Anblick des Berges fesselt mich noch mehr als die
Weite des Meeres.

Als Kais Freund den Motor startet und wir uns
langsam von der Küste entfernen, nehme ich die

atemberaubende Schönheit der hawaiianischen Küste in mich auf – die unglaubliche Verbindung von Sonne, Erde, Bergen und Meer. Alles, was das Licht berührt, scheint lebendig zu werden.

»Das ist ein cooles Boot«, sage ich, während ich im hinteren, breiteren Bereich stehe.

»Ja, es liegt tief im Wasser, sodass es weniger anfällig für Schaukeln ist.«

Das ist weniger schaukelig?

»Es ist siebeneinhalb Meter lang, eine perfekte Größe«, fügt er hinzu.

»Dein Großvater Ben war ein geschickter Fischer«, sagt Kai und stellt sich neben mich.

»War er das?«

»Ja, ich habe ihn auf den Booten kennengelernt. Er hat einmal einen Fisch gefangen, der fast so groß war wie er!« Seine Augen glitzern schelmisch.

»Wirklich?«, rufe ich aus.

»Ah, aber es geht nie um den Fang«, fährt er fort und beugt sich vor. »Es geht darum, den Ozean zu respektieren. Es gibt ein Gleichgewicht zwischen Nehmen und Zurückgeben.«

Ich nicke. »Ich verstehe.«

Je weiter wir kommen, desto weiter entfernt sich die Küste am Horizont und desto tiefer wird das Blau des Meeres.

»Du wirkst traurig«, bemerkt er. Ich umklammere die Reling des Bootes fester, während der Motor in den Wellen aufheult.

»Ja, ich habe ein paar Herausforderungen, aber ich bin froh, hier zu sein und zu fischen.«

»Das sehe ich.« Er schaut auf meine verkrampften Hände.

Ich lasse eine Hand los. *Steh einfach fest auf dem Deck*, sage ich mir.

»Ich habe erwartet, dass du eine nervige Plaudertasche bist«, sagt Kai. »Jetzt wünsche ich mir irgendwie, du wärst es.«

»Tut mir leid, Mann.« Ich lache schüchtern. »Lass mich wissen, was ich tun kann.«

»Ich weiß genau, was dich von deinen Sorgen ablenken wird.« Er reicht mir eine Angelrute, nachdem sein Freund das Boot verankert hat.

Mit konzentrierter Entschlossenheit halte ich die Rute fest umklammert, beobachte Kai und ahme alles nach, was er tut. Er ist ganz in den Moment versunken, und sein Arm sieht aus wie eine Verlängerung der Rute. Ich werfe die Angel aus und beobachte, wie der Köder anmutig auf der Wasseroberfläche landet.

»Mahi-mahi lieben diese Gewässer«, bemerkt er. »Sie sind bekannt für ihre leuchtenden Farben und ihre akrobatischen Kunststücke. Halt die Augen offen!«

Ich nicke und richte meinen Griff an der Rute aus, bereit, den starken Zug dieses begehrten Fisches zu spüren.

Die Zeit verlangsamt sich. Keiner spricht. Die einzigen Geräusche sind das rhythmische Krachen der Wellen gegen den Rumpf und das Knarren des Bootes, während es mit der Flut rollt und eintaucht.

Ein plötzliches Ziehen an meiner Angelschnur unterbricht die Idylle. »Wow«, rufe ich.

Eine starke Kraft zerrt an meinem Griff. Adrenalin strömt durch meine Adern, während ich mich abstütze.

»Sieht aus, als hättest du da einen lebhaften Kerl!«, ruft Kai aus. »Halt ihn gut fest!«

Mit aller Kraft, die ich aufbringen kann, beginne ich ihn einzuholen. Die Schnur schneidet durch das Wasser und hinterlässt eine Spur der Verwunderung.

»Sieh dir die Farbe an«, sagt Kai aufgeregt und lehnt sich näher heran, um bei Bedarf zu helfen. »Du hast eine Schönheit an der Angel.«

Ich ziehe meinen Griff fester, als der Fisch sich der Oberfläche nähert. Ein silberner Schimmer bricht durch das Wasser. Seine verspielten Farben schimmern im Sonnenlicht, ein wahres Wunderwerk der Natur.

»Gut gemacht.« Kais Stimme ist voller Bewunderung. »Du hast dir einen umwerfenden Mahi-Mahi geangelt!«

Mit einer letzten entschlossenen Anstrengung ziehe ich den Fisch aus dem Wasser. Schnell hilft Kai mir, den Haken aus dem Maul zu entfernen, und dann lasse ich ihn in die Umarmung der Wellen frei.

Als das Boot ein paar Stunden später wieder ans Ufer fährt, steht ein Eimer mit dem Fang des Tages an Deck. Kai nimmt neben mir am Ruder Platz.

»Du bist besorgt. Ich glaube, dir liegt etwas auf dem Herzen.«

Ich sehe ihn an. »Das kann man wohl sagen. Ich war unvorsichtig, und das hat mich einiges gekostet. Ich habe meine Deckung zu schnell fallen lassen und mich dadurch verbrannt.«

»Jemand zu Hause?«, fragt Kai.

»Nein, ich habe sie hier getroffen.«

»Wow, Mann. Bist du nicht erst vor ein paar Wochen angekommen?«

»Vor fast einem Monat.«

»Super!« Kai lacht.

»Ich bin mir nicht sicher, ob das super ist. Auf jeden Fall dumm.« Ich schnaube.

Er legt kurz seine Hand auf mein Bein, bevor er sagt: »Es wird vorübergehen. Die Zeit ist der größte Heiler. Aber in so kurzer Zeit so viel für jemanden zu empfinden, das ist schon etwas Besonderes.«

»Glaub mir, es ist alles andere als besonders.«

»Gib der Sache Zeit.«

»Spricht da die Erfahrung?«, frage ich.

»Das kann man wohl sagen.«

»Jemand von dieser Insel?«

»Ja«, erwidert er. »Aber er ging in eine größere Stadt. Anstatt für sein wahres Ich einzustehen, entschied er sich, wegzulaufen.«

»Es tut mir leid, das zu hören«, antworte ich. Mit seinen zweiundzwanzig Jahren trägt er bereits die Last eines gebrochenen Herzens. Nicht dass es für solche Erfahrungen eine Altersgrenze gäbe.

Ich wende mein Gesicht dem Meer zu. Es erstreckt sich in alle Richtungen, eine riesige Weite von heiterem Blau im Kontrast zu dem dunklen Sturm in mir.

»Wie geht es deinem wahren Ich?«, frage ich und merke, dass ich damit Grenzen überschreite.

»Ich habe noch einen langen Weg vor mir, vor allem mit meinem Vater«, gibt er zu.

Ein kleines Lächeln umspielt meine Lippen. »Er liebt dich. Das weißt du doch, oder?«

»Ja, ich weiß. Aber ich will auch seinen Respekt.«

Ich nicke verständnisvoll.

Ich denke an Amy und frage mich, wer ihr wahres Ich ist.

Das Boot gleitet mühelos durch das Wasser und hinterlässt ein sanftes Kielwasser. Der Geruch von Salz vermischt sich mit der Brise und umhüllt mich wie eine tröstliche Umarmung. Ich fühle mich besser. Ich fühle mich auch wohler damit, auf dem Wasser zu sein.

Das Meer macht mich besser, unabhängig davon, ob ich schwimmen kann.

Ich bewundere die Spur hinter dem Boot, die Bewegung, die einen schönen, klaren Weg zeichnet. In diesem Moment kommt die Klarheit. Eine Entscheidung festigt sich in mir. Ich werde meinen Flug stornieren, der für Mittwoch geplant ist.

Ich bin nicht bereit, abzureisen. Es gibt Wege, die ich hier erkunden möchte. Je fester ich an meinen Plänen und

Zeitplänen hänge, desto mehr bin ich gefordert, sie loszulassen. Ich beschließe, mich nicht mehr mit der Zeit einzuschränken.

»Ich werde nach Big Island reisen, um meinen Kaffeelieferanten zu treffen«, sage ich. »Möchtest du mitkommen?«

»Du hast einen Lieferanten auf Hawaii? Du steckst ja voller Überraschungen.« Kai zieht die Augenbrauen hoch. »Warum willst du, dass ich mitkomme?«

»Du bist ein Einheimischer.«

»Das bin ich.«

»Also, kommst du mit?«

Er grinst. »Ich bin beschäftigt.«

»Aber ich habe dir noch nicht gesagt, wann ich gehe.«

»Ich habe nicht viel Freizeit. Ich habe zwei Jobs«, sagt er, während er auf den Steg springt und das Boot festmacht.

Ich möchte mehr Zeit mit diesem jungen Mann verbringen. Er wirkt aufgewühlt und verloren und erinnert mich an jemanden.

Ich lächle.

Kapitel Einunddreißig

Am nächsten Tag sitzen Kai und ich Seite an Seite in einem kleinen Flugzeug auf dem Weg nach Big Island.

Als ich ihn fragte, warum er es sich anders überlegt hatte, sagte er mir, dass er die Kaffeebäume seiner Familie sehen wollte.

»Dein Vater hat dich also nicht überredet?«, fragte ich.

»Ich kann selbst entscheiden«, schnauzte er. »Ich werde mir die Bäume ansehen, während du deinen Lieferanten besuchst.«

»Macht es dir etwas aus, wenn ich mitkomme?«

Er zögerte, stimmte dann aber zu.

Wir machen Fortschritte.

Nachdem das Flugzeug gelandet ist, gehen wir direkt zum Schalter der Autovermietung und holen uns die Schlüssel für einen weißen Geländewagen. Ich setze mich hinters Steuer, und wir machen uns auf den Weg zur Kaffeeplantage. Alle Fenster sind heruntergelassen. Ich vergesse immer wieder, dass es Winter ist.

Der Asphalt glänzt von einem kürzlichen Regenschauer. Diese Insel unterscheidet sich deutlich von den anderen, die ich gesehen habe. Auf beiden Seiten der Straße gibt es Lavaformationen, deren Textur zerklüftet und deren Farbtöne erdig sind.

»Wusstest du, dass ich zum ersten Mal Kaffeebäume sehen werde?«, sage ich.

»Wirklich?«

»So etwas wächst nicht in England.«

»Nun, wenn du sie zum ersten Mal siehst, ist eine verlassene Plantage wahrscheinlich nicht der beste Ort für den Anfang.«

»Im Gegenteil, es ist perfekt«, sage ich und erinnere mich an die Momente, in denen ich mich völlig allein gelassen fühlte – wie ein kleiner Baum auf einer großen Plantage.

Als wir weiter in die Insel hineinfahren, beginnt die Straße zu steigen. Je höher wir kommen, desto frischer wird die Luft.

Wir fahren weiter die kurvenreiche Straße entlang, und bald weht der Duft gerösteter Kaffeebohnen durch die offenen Fenster. Ich atme das reiche, beruhigende Aroma ein. Die Zufahrt zum Herzen der Plantage ist von Kaffeesträuchern gesäumt, und ein altes, verwittertes Schild begrüßt uns am Eingang und heißt uns an einem Ort willkommen, der in der Zeit stehen geblieben zu sein scheint. Die Plantage wurde aufgegeben, aber der erdige Duft der Kaffeebohnen liegt noch immer in der Luft.

Als wir das Kaffeefeld betreten, umgeben uns die vernachlässigten, traurigen und kaputten Bäume mit einem melancholischen Gefühl.

Kai fasst ein paar von ihnen an. »Ich möchte wirklich etwas für die Bäume tun, sie wieder gesund machen, aber Dad nimmt mich nie ernst. Ohne seine Hilfe schaffe ich es nicht.«

Ich denke über mein Gespräch mit Kimo nach – darüber, wie sehr Kimo seinem Sohn helfen will.

Ich beobachte, wie Kai sich hinkniet und mit seinen Fingerspitzen sanft über den Boden streicht. Seine Berührung ist respektvoll und fürsorglich, als würde er eine Verbindung zu etwas Jenseitigem herstellen, etwas, das niemand sonst sehen kann.

Kai spricht in einem Ton, wie ich ihn noch nie zuvor gehört habe. Es ist, als hätte er sich in jemand anderen verwandelt. »Diese Kaffeebäume erzählen die Geschichte unseres Landes.«

Ich höre aufmerksam zu, fasziniert von der Intensität der Gefühle, die in seinen Worten und im Klang seiner Stimme zum Ausdruck kommen. Seine Finger streifen über die alte Rinde eines Baumes in der Nähe. »Jeder Baum hat seine eigene Persönlichkeit. Sie haben die Gezeiten der Zeit kommen und gehen sehen. Sie haben harte Stürme und schmerzhafte Sonnenbrände überstanden. Aber nichts enttäuscht sie mehr als unsere Unachtsamkeit. Sie sind einzigartige Lebewesen, jeder einzelne von ihnen. Und gerade jetzt sind sie traurig und gebrochen.«

Das bist du auch, nicht wahr, Kai? Deshalb fühlst du dich mit ihnen verbunden.

Wir sind alle miteinander verbunden – er und ich und die Bäume.

Kai steht auf und streicht mit den Fingern über die Blätter. »Stell dir einfach vor, wie sie gedeihen. Alles, was sie brauchen, ist ein bisschen Liebe und Pflege.«

Ich bemerke die kleine Tätowierung auf seiner Schulter, die sich in das Familienmotiv einfügt – zwei Kaffeebohnen.

Er bemerkt meinen Blick und berührt sanft das Tattoo. »Meine Familie hat eine starke Verbindung zu den Kaffeebäumen. Sie bauten Kaffee an und ernteten ihn, bis es zu einer Herausforderung wurde. Es kam der Punkt, an dem kleine Familienbetriebe nicht mehr mit den großen Konzernen konkurrieren konnten.«

»Was ist mit den kleinen Plantagen passiert?«

»Größere Unternehmen kauften sie auf und nutzten ihre Ressourcen, um kleinere Betriebe zu verdrängen. Die meisten der Leute, die wir kennen, mussten ihr Land verkaufen. Aber nicht meine Familie. Wir konnten uns aber nicht weiter um die Bäume kümmern.«

Auf der Fahrt hierher habe ich mir vorgestellt, etwas über Kaffeebäume zu lernen. Was ich erlebt habe, ist viel mehr als das. Ich beobachte die Verbindung zwischen Kai und den Bäumen, die sich beide nach der Umarmung des anderen sehnen. Die Bäume zittern im Wind, und ich schwöre, ich sehe, wie sie mit Kai sprechen.

Mann, dieser Ort verwandelt dich in einen übermäßig sensiblen, sentimentalen Trottel.

Kai gräbt seine Finger in die Erde neben einem Baum und legt seine andere Hand auf die Baumrinde. »Der Lavaboden hier hat etwas ganz Besonderes an sich. Er nährt die Bäume und gibt dem Kaffee seinen einzigartigen Geschmack.«

Fasziniert berühre auch ich den Boden. Die reichhaltige, dunkle Erde zerbröselt zwischen meinen Fingern. Aus diesem bescheidenen Boden entspringt Leben in Hülle und Fülle.

»Ich hätte nie gedacht, dass jemand anderes den Dreck so zu schätzen weiß wie ich«, sage ich.

Kai lacht leise, dann zerbröselt er die Erde in seinen Händen.

»Der vulkanische Boden ist reich an Mineralien und Nährstoffen. Nachdem die Lava abgekühlt ist, zerfällt sie mit der Zeit und schafft einen fruchtbaren Boden. Unsere Kaffeebäume gedeihen darin. Die Wurzeln dringen tief in diesen nährstoffreichen Boden ein, nehmen die guten Inhaltsstoffe auf und setzen sie in das Geschmacksprofil der Kaffeebohnen um.«

Ich untersuche die Erde in meiner Hand. »Ich bewundere deine Verbindung zur Natur und dein Wissen«, sage ich.

»Wir sind alle Teil des Ganzen«, entgegnet er, »mit dem Meer, dem Boden, den Kaffeebäumen.«

Gut gemacht, Kumpel! Ich wusste, dass es einen Grund gibt, warum ich diesen Kerl mag.

»Aber die Bäume brauchen Hilfe«, flüstert er, lehnt sich an den Baum und schließt die Augen.

Kai ist ruhig auf der Fahrt in die Stadt. Ich erzähle ihm von Stephanie, der besten Freundin meiner Mutter, die früher einen Buchladen besaß. »Sie ist nicht mehr die Besitzerin«, erkläre ich. »Ich habe schon vor ein paar Tagen im Laden angerufen. Sie hat ihn vor über zehn Jahren verkauft und ist von der Insel weggezogen. Aber ich möchte trotzdem sehen, ob jemand mit ihr in Kontakt steht.«

»Klar, fragen wir mal nach.«

Leider erfahren wir in der Buchhandlung nichts, weil die Besitzer schon mehrmals gewechselt haben. Ich bin körperlich und geistig müde. Vielleicht ist es an der Zeit, loszulassen. Ich muss aufhören, in der Vergangenheit zu schwelgen, muss aufhören, Fragen zu stellen. Ich weiß bereits viel mehr über meine Familie als noch vor vier Wochen. Vielleicht ist es also in Ordnung. Vielleicht wird der Schmerz in meiner Brust jetzt nachlassen.

Am späten Nachmittag, nach einem Treffen mit meinem Kaffeelieferanten, war Kai erfreut zu erfahren, dass es sich um einen lokalen Familienbetrieb handelt. Kai und ich fahren zurück zum Flughafen.

»Woher weißt du so viel über die Bäume und den Boden und all das?«, frage ich, während ich fahre.

»Es ist einfach so. Ich beobachte, ich höre zu.«

Seitdem wir die Plantage verlassen haben, hat sich ein Gedanke zusammengebraut. »Kai, hör mir zu. Ich habe einen Vorschlag.« Ich setze den Blinker und biege in eine Seitenstraße ein.

»Wir werden unseren Flug verpassen«, sagt er neugierig.

»Wie wäre es, wenn wir deinen Vater anrufen und ihm sagen, dass wir noch einen Tag bleiben wollen und einen Plan machen, wie wir uns um die Bäume kümmern?«

Kai schüttelt den Kopf. »Er wird nicht zuhören. Er glaubt, ich hätte nicht genügend Geschäftserfahrung.«

»Aber ich habe sie, und ich kann dich unterstützen und dir helfen. Zumindest am Anfang. Lass es uns versuchen.«

»Warum willst du helfen?«, fragt Kai.

»Es ist Kaffee, und ich bin Unternehmer. Außerdem bin ich fasziniert.«

Außerdem bist du verloren und ich fühle mit dir.

»Dad wird nicht einverstanden sein.« Aber ich sehe einen Funken Hoffnung in Kais dunklen Augen.

Wir rufen Kimo an und berichten ihm, was wir gesehen haben. Gelegentlich hebe ich meine Hand, um Kai davon abzuhalten, zu viel zu sagen oder sich zu ärgern.

»Kimo, das Potenzial hier ist riesig«, sage ich.

»Können wir erst einmal untersuchen, was machbar ist? Ich werde Kai helfen.«

Nach einer Pause sagt Kimo: »In Ordnung, ihr zwei findet den Schaden heraus und entwickelt einen Plan. Aber wenn wir uns entscheiden, weiterzumachen, denkt daran, dass es ein Marathon ist, kein Sprint. Sind sich alle darüber im Klaren?«

»Ja!«, ruft Kai aus, und seine Aufregung hallt laut durch das Auto. Es ist klar, dass Kimos Frage an Kai gerichtet war.

»Suchen wir uns eine Bleibe für die Nacht«, sage ich grinsend. Ich wende und fahre vom Flughafen weg.

Am nächsten Morgen stehen Kai und ich inmitten der Kaffeebäume, die Hände in die Hüften gestemmt, und begutachten die vor uns liegende Arbeit. Die Plantage ist überwuchert und ungepflegt, aber ich kann das Potenzial hinter dem Wirrwarr erkennen.

»Das Wichtigste zuerst«, erklärt Kai. »Lasst uns das tote Holz wegräumen.«

»Einverstanden.« Ich schnappe mir eine Gartenschere, die wir zuvor gekauft haben.

Wir verbringen Stunden damit, die abgestorbenen Äste zu entfernen, und der Schweiß rinnt uns unter der hawaiianischen Sonne über das Gesicht.

»Mann, das ist harte Arbeit«, gebe ich zu und wische mir über die Stirn.

»Du hast es so gewollt«, antwortet Kai, bevor er einen weiteren Ast auf den wachsenden Haufen wirft.

»Du bist darauf angesprungen.«

Kai grinst und klopft mir auf die Schulter.

Während wir arbeiten, erzählt er mir von seinen Vorfahren, den alten Polynesiern, die die Sterne, Vögel, Gezeiten, Regenbögen und Wale zu studieren wussten. Mit ihren Va'a-Kanus segelten sie erstaunliche zweitausend Meilen und erreichten Hawaii.

Ich beobachte Kais Verbindung zur Natur. Er versteht den Boden, die Wurzeln, die Rinde und die Blätter. Es ist, als wäre er bereits mit seinen Vorfahren auf einer Reise.

Als wir mit der Beseitigung des Totholzes fertig sind, treffen wir uns mit der von meinem Kaffeelieferanten empfohlenen Kaffeebaumexpertin. Sie klärt uns über Bewässerungstechniken und Bodennahrung auf und zeigt uns, wie wir den Boden testen können. Sie empfiehlt uns auch spezielle Düngemittel, um die Nährstoffe, die die Bäume benötigen, wieder aufzufüllen.

»Kai, du wirst die Bäume genau beobachten müssen«, weist sie ihn an.

Er nickt eifrig. »Verstanden.«

Nachdem sie gegangen ist, verbringen wir noch etwas Zeit mit einem Rundgang über das Gelände. Bald müssen wir aufbrechen, um unseren Abendflug zu erreichen.

»Ich glaube, wir haben Fortschritte gemacht«, sage ich.

»Danke, dass du mit meinem Vater gesprochen hast. Ich hätte nicht gedacht, dass er etwas mit diesen Bäumen machen will.«

»Manchmal nehmen wir aus dem einen oder anderen Grund das Falsche an.«

Kai hält einen Zweig. »Ich kann es kaum erwarten, dass aus diesem kahlen Zweig ein Büschel gesunder grüner Blätter sprießt.«

Ich schwöre, ich kann die grünen Blätter in seinen Iriden sehen.

Kapitel Zweiunddreißig

Ich habe mir heute Morgen ein neues Hemd gekauft, damit ich beim Abendessen mit Tante Melina präsentabel bin. Das Haus von Tante Melina liegt auf einem Hügel und ist ein charmantes zweistöckiges Holzhaus, das sich in die üppige Landschaft einfügt.

»Aloha, mein Lieber!«, sagt sie, als sie die Tür öffnet. »Du hast dich hübsch zurechtgemacht. Komm rein.«

»Vielen Dank für die nette Einladung«, sage ich und trete ein.

»Ah, kein Grund zum Dank. Das ist die hawaiianische Art. Gastfreundschaft ist unsere Kultur. Und du gehörst zur Familie. Deshalb kannst du auch gern Du zu mir sagen.«

Wir betreten einen großen Wohnbereich, in dessen Mittelpunkt ein geräumiges, U-förmiges Sektionssofa steht, dessen floral bedruckter Stoff in leuchtenden Orangetönen, tiefem Grün und Himmelblau die Farben der Umgebung widerspiegelt. Sie stellt mir ihre große Familie vor – Töchter und Söhne, deren Ehegatten und Melinas Enkelkinder.

»Lass mich dich vor dem Abendessen zu mir nach Hause bringen.«

»Das ist nicht dein Zuhause?«

»Nein, ich habe eine Ohana, mein eigenes Haus. Komm, ich zeige es dir.«

Wir machen uns auf den Weg zu einem kleinen Häuschen neben dem Haus.

»Das ist das, was wir Ohana nennen, ein kleines Haus für die Familie.« Sie öffnet die unverschlossene Tür.

Als ich eintrete, werde ich sofort von einer warmen Atmosphäre begrüßt. Das Innere strahlt einen gemütlichen Charme aus, die Essenz dieser Insel ist in jeder Ecke zu spüren. In dem offen gestalteten Raum ist der Wohnbereich nahtlos mit der bescheidenen, aber gut ausgestatteten Küche verbunden. Mein Blick fällt auf den reichhaltigen rotbraunen Esstisch und die Stühle.

»Das ist aus dem Koa-Baum gemacht.« Sie streicht mit den Fingern über den Tisch. »Es ist eines der schönsten Hölzer der Welt.«

»Das kann ich sehen.« Mein Blick folgt dem geschwungenen Muster im Holz. Es sieht fast dreidimensional aus. Ich bin seit Langem der Meinung, dass der Esstisch die Seele eines Familienhauses ist – er sollte der Mittelpunkt von allem sein.

Ich streiche über den Tisch und rufe damit schöne Erinnerungen an Familientreffen wach: Mom serviert, Dad drängt uns, unser Gemüse zu essen, Luke und ich halten

Blickkontakt über dem Grünzeug. Jeden Abend versammelten wir uns unweigerlich um das Herz des Hauses. Um den Tisch. Für mich war er ein Symbol für beständige Liebe. Von dem Moment an, als ich in meine Adoptivfamilie kam, war der Esstisch für mich ein Ort der Geborgenheit, ebenso wie der Geruch von selbst gekochtem Essen.

»Der Koa-Baum wächst nirgendwo anders als auf Hawaii«, sagt Tante Melina. »Früher haben unsere Vorfahren daraus Kanus, Speergriffe und Ukulelen gebaut.«

»Es ist atemberaubend.«

»Nur jemand mit Fachwissen kann so etwas herstellen.« Sie lächelt. »Er hat sein Herz und seine Seele hineingegeben. Mein Mann hat monatelang an diesem Tisch gearbeitet. Er musste sogar warten, um einen Koa-Stamm von einem umgestürzten Baum zu finden, denn es ist nicht in Ordnung, von gesunden Koa-Bäumen zu nehmen. Das war ein Hochzeitsgeschenk für mich, und wir haben den Tisch bei vielen Familienfesten verwendet, bis er von dieser Welt ging.«

Als ich in ihr Gesicht schaue, sehe ich nur Liebe. Keine Traurigkeit, nur Wertschätzung und Liebe. Was für eine süße Frau.

»Setzen wir uns für ein paar Minuten auf die Lanai.«

»Lanai?«

»Die Veranda, Roy. Lern ein paar hawaiianische Wörter, ja? Du hast hawaiianisches Blut in dir.«

Vielleicht nicht so süß. Sie ist keine, die ein Blatt vor

den Mund nimmt. Dennoch strahlt ihre Stimme Sorgfalt, Weisheit und Liebe aus.

»Deine Großmutter träumte davon, mit ihren Kindern und Enkelkindern in genau so einer Ohana zu leben«, sagt sie, als wir uns auf ihrer Lanai niederlassen. »Es gibt genügend Platz auf ihrem Land, um eine zu bauen, aber es ist nie geschehen. Hina hat aber nie die Hoffnung verloren. Sie hat immer gesagt, dass eines Tages eine Ohana neben ihrem Haus stehen würde.«

»Es tut mir leid, das zu hören«, sage ich traurig.

»Wie lange bist du jetzt schon hier?«, fragt sie.

»Genau vier Wochen«, antworte ich. »Den ganzen Monat Februar.«

»Den ganzen Monat Februar. Bleibst du also eine Weile?«

»Ja, ich denke schon.«

Ein Grinsen breitet sich auf ihrem Gesicht aus. »Ich wusste, du würdest zur Vernunft kommen.«

»Ich weiß nicht, ob es etwas mit Vernunft zu tun hat. Ich habe die Suche nach Wurzeln und Antworten vor ein paar Tagen aufgegeben. Ich konnte nicht einmal die beste Freundin meiner Mutter finden. Und ich kann keine Entscheidung über das Land und das Haus treffen, bevor ich nicht weiß, wo Kalani sich aufhält. Das Mindeste, was ich tun kann, ist, langsamer zu machen und aufzuhören, gegen die Zeit zu hetzen.«

Habe ich gerade die beiden Wörter zusammen verwendet? *Land* und *Haus*?

»Ich will dir etwas zeigen«, sagt Tante Melina, erhebt sich von ihrem Stuhl und gibt mir ein Zeichen, ihr zu folgen. Wir gehen auf die bewaldete Seite des Hauses. Sie zeigt auf eine Orchideenpflanze, die aus der Rinde eines Baumes wächst.

Ich betrachte sie genau. »Das ist außergewöhnlich«, sage ich. »Dort ist keine Erde.«

»Nicht alle Wurzeln sind im Boden. Es gibt so viele Arten von Wurzeln. Das Schöne an Orchideen ist, dass sie sich an der Rinde festhalten, ohne sie zu beschädigen. Beide existieren in Harmonie.«

Ich starre die Orchidee voller Bewunderung an.

Sie berührt eine Wurzel. »Wir sind alle Teil dieser unglaublichen Natur, und auch wenn du dich durch all das, was du entdeckst, aufgrund deiner starken Verwurzelung mit deiner Familie in Großbritannien erschüttert fühlst, ist es in Ordnung, auch hier etwas wachsen zu lassen. Es ist keine Entweder-Oder-Sache. Du kannst alles haben. Wurzeln können sich an unerwarteten Orten festsetzen. Wurzeln sehen in verschiedenen Umgebungen anders aus.«

Ich schiebe die aufkommenden Gefühle zurück.

Sie zeigt auf die Bäume am unteren Ende des Gartens. »Und sieh dir diese Wurzeln an. Sie sind über dem Boden.«

»Ja, ich sehe sie hier überall. Sie sehen aus wie knorrige Finger.« Ich lache. »So einen Baum gibt es auch im Vorgarten des Strandhauses.«

»Das ist ein Hala-Baum«, sagt sie lächelnd. »Jetzt

gehen wir zurück zum Haus und probieren die Aromen der Inseln!«

Ich folge ihr eifrig ins Esszimmer und setze mich an den Tisch zwischen zwei ihrer Enkelkinder.

»Hey, Mister! Haben Sie schon mal Poi probiert?«

»Nenn mich Roy, bitte. Nein, ich habe Poi noch nie probiert.«

Tante Melina meldet sich zu Wort. »Du kannst dich auf etwas freuen, mein Lieber. Poi wird aus der Tarowurzel hergestellt. Es ist eine cremige Paste, und sie passt wunderbar zu diesem Schweinefleischgericht.«

Während des Essens, inmitten von Lachen und Geschichten, spüre ich eine Vertrautheit, als wäre ich schon immer Teil dieser geschätzten Zusammenkünfte gewesen. Es ist ein seltsames Gefühl.

»Deine Großmutter, Gott segne sie, hat diese Insel geliebt«, sagt Tante Melina und schiebt eine Strähne ihres langen grauen Haares zurück, die aus ihrem lockeren Dutt gefallen ist. »Aber wegen einiger gieriger Leute musste sie für ihre Familie kämpfen und Geheimnisse begraben.«

»Geheimnisse?«, frage ich, da meine Neugier geweckt ist. *Dieselben Geheimnisse, die ich bereits erfahren habe? Oder andere?*

»Oh, sie hat ein paar Dinge erwähnt, aber das ist schon so lange her«, sagt sie schnell.

Was versteckst du, Tante Melina?

Ihre Augen glitzern jetzt schelmisch. »Weißt du, warum wir *Ohana* statt *Familie* sagen?«

»Ähm, nein«, gebe ich zu.

»Weil in unserer – und *deiner* – Kultur die Familie nicht nur aus Blutsverwandten besteht. Sie besteht aus all den Menschen, die einander lieben und füreinander sorgen. Und das schließt dich ein, Roy.« Sie gibt mir einen beruhigenden Klaps auf den Rücken.

»Ich muss noch viel über meine Ohana lernen«, sage ich.

»In der Tat, das musst du. Aber bedenke, dass wir manchmal nicht alle Antworten kennen.«

Aber du hast doch einige Antworten, Tante Melina, sage ich in Gedanken und begegne ihrem Blick.

»Wie auch immer«, platzt sie heraus, schaut auf ihr Essen und wechselt das Thema, »hast du morgen Abend Zeit? Du wurdest zu einer privaten Veranstaltung des Bürgermeisters eingeladen«, sagt sie, als hätte sie mich gerade zu einem informellen Kaffee bei *Pages and Beans* eingeladen.

»Ich?«, frage ich. Warum sollte mich der Bürgermeister einladen?

»Ja, du. Dein Großvater hat eng mit ihm zusammengearbeitet, und ich habe ihm gesagt, dass du hier bist.«

»Ich verstehe. Okay.« *Ich muss in meinem prall gefüllten Kalender nachsehen,* denke ich lachend. »Ich werde da sein.«

Kapitel Dreiunddreißig

Ich stehe auf der Veranda des Bürgermeisters und läute, während ich meine Schuhe ausziehe.

»Hallo«, grüßt die Frau, die die Tür öffnet. »Herzlich willkommen. Die Gäste sind hinten versammelt, und rechts führt ein Weg in den hinteren Garten.«

»Danke«, antworte ich und ziehe meine Schuhe wieder an. Dann wende ich mich nach links und schlendere gemächlich an der Seite des Hauses entlang in den Garten. Der Weg ist mit glatten Steinen gepflastert, und saftiges Gras umschließt die Ränder dieser Steine. Tropische Blumen säumen die Mauer gegenüber dem Haus.

Es ist eine bescheidene Versammlung. Eine Handvoll Personen unterhält sich im Garten. Ich scanne die Menge auf der Suche nach dem Bürgermeister, kann aber niemanden entdecken, der meinen Vorstellungen entspricht. Wie sollte ein Bürgermeister überhaupt aussehen?

Während ich mir etwas zu trinken hole, sehe ich Amy, die von der Seite des Hauses, von der ich ein paar Minuten zuvor gekommen bin, in den Garten geht. Meine Brust fühlt sich plötzlich an, als sei ein schwerer Anker auf ihr gelandet. Sie bleibt kurz stehen, als sie mich sieht, und wendet sich dann ab.

Habe ich einen Fluchtplan? Nein.

Sie umarmt einen Gast fest. Einen Mann.

»Hallo, ich bin Monica.«

Ich drehe mich um und sehe eine Frau auf mich zukommen. »Hi, ich bin Roy.«

»Es ist mir ein Vergnügen, Sie kennenzulernen. Wissen Sie, ich kann mich nicht erinnern, Sie hier schon einmal gesehen zu haben«, sagt sie.

»Ich bin zu Besuch.« Ich zwinge mich zu einem Lächeln.

In meinem peripheren Blickfeld sehe ich Amy und den Mann, die sich immer noch umarmen. *Das ist eine wahnsinnige Umarmung. Wer ist er?*

Ich höre Amys süße Stimme, wie sie fröhlich mit dem Mann plaudert, während ich versuche, mich mit Monica zu unterhalten.

Dann sehe ich Tante Melina hereinkommen, und ich danke ihr im Stillen, dass sie den Abend gerettet hat. Als Tante Melina und ich uns begrüßen, kommt der Mann, mit dem Amy gesprochen hat, auf uns zu.

»Daniel, lass mich dich mit dem Ärger hier bekannt machen.« Daniel ist ein attraktiver Mann. Er scheint in den

Vierzigern zu sein und hat graues Haar an den Schläfen.

»Das ist Roy. Roy, das ist der Bürgermeister.«

Er lächelt und streckt seine Hand aus. »Schön, Sie kennenzulernen, Roy.«

»Das Vergnügen ist ganz meinerseits.« Ich erwidere die Geste. *Er ist der Bürgermeister!*

»Wie gefällt Ihnen unsere schöne Insel?«

»Ich habe hier schon einige Höhen und Tiefen erlebt«, antworte ich und klinge dabei etwas unfreundlich. Ich bin mir nicht sicher, warum ich mich so verhalte, aber bevor ich meinen Ton ändern kann, ruft ihn jemand und er geht eilig weg. Ich nehme mir einen Drink und setze mich neben Tante Melina, die auf einer Bank sitzt.

»Tante Melina, warum bin ich hier?«

»Deine Großeltern wären dabei gewesen, wenn sie noch hier wären.«

Daniel bittet um unsere Aufmerksamkeit und wendet sich mit lauter Stimme an alle. Warum steht er neben Amy?

»Herzlich willkommen«, sagt er. »Vielen Dank für Ihre Unterstützung bei diesem wichtigen Gemeinschaftsprojekt. Dank Ihnen wird die Education Initiative noch mehr junge Menschen erreichen.«

Als Daniel – Bürgermeister Daniel – seine Rede beendet, sagt er: »Zum Schluss möchte ich Ihnen einen besonderen Gast vorstellen, der unsere Insel besucht. Roy, aloha. Willkommen zu Hause.«

Ich lächle und nicke.

»Roy ist der Enkel von Hina und Ben Williamson. Sie

haben sich beide unermüdlich für diese Insel und ihre Gemeinschaft eingesetzt.«

Okay, damit habe ich nicht gerechnet.

Nachdem Bürgermeister Daniel die Leute eingeladen hat, das Essen und die Getränke zu genießen, stellen sich mehrere Leute bei mir vor und erzählen mir, wie meine Großeltern bei verschiedenen Gemeindeprojekten geholfen haben. Ich genieße die Gespräche. Besonders beeindruckt bin ich davon, wie sehr Opa Williamson Teil dieser Gemeinschaft wurde, obwohl er ursprünglich nicht von der Insel stammte.

Da fallen mir Tante Melinas Worte ein. Für die einen ist die Suche nach einem Zuhause endlos, für die anderen endet sie, wenn sie endlich gefunden haben, wonach sie gesucht haben und Teil von etwas oder jemandem Besonderen werden.

Ich freue mich, dass mein Großvater ein Gefühl der Zugehörigkeit und einen Ort gefunden hatte, den er sein Zuhause nennen konnte.

Dann bemerke ich den Bürgermeister und Amy, die sich auf mich zu bewegen. *Wird schon schiefgehen.*

»Darf ich Ihnen Amy vorstellen«, sagt Daniel, »eine weitere Person, die diese Insel liebt und so viel für die Gemeinschaft tut. Sie ist eine der leitenden Ehrenamtlichen in diesem Projekt, die unsere Jugendlichen anleitet und unterstützt.«

Ich möchte, dass sich der Boden öffnet und mich verschluckt. Ich versuche, nicht in ihre Augen zu schauen.

»Amy, das ist Roy.«

Sie streckt ihre Hand aus und ergreift sanft meine. »Schön, Sie kennenzulernen, Roy. Genießen Sie Ihren Besuch?« Ihre Stimme bohrt sich in mich hinein.

Ich habe jede Sekunde mit dir geliebt. Ich kann nicht aufhören, an dich zu denken. »Ja, er ist voller Überraschungen«, sage ich. *Daniel, kannst du aufhören, Amy so anzuschauen?*

Nachdem wir drei uns begrüßt haben, gehen sie zusammen weg, während ich so tue, als sei alles in Ordnung und als würde ich nicht ausflippen.

In einem einfachen Sommerkleid so umwerfend auszusehen, sollte ein Verbrechen sein. Ich erinnere mich an ihre Täuschung. Trotzdem fühle ich mich seltsam zu ihr hingezogen. Meine Brust verknotet sich. Es ist, als würde ich in einem Theaterstück mitspielen. Die Bühne ist bereit, sie ist hier, aber ich kann meinen Text nicht finden.

Amy und ich umkreisen uns im Laufe des Abends und halten erfolgreich Abstand. Ich verbringe jede Minute damit, gegen den Wunsch anzukämpfen, ihr nahe zu sein.

Irgendwann bringt mir Monica einen Drink und setzt sich neben mich. »Ich werde diesen Sommer in London sein«, sagt sie mit einem verspielten Lächeln. »Ich kann es kaum erwarten, alles zu erkunden – und wer weiß, vielleicht treffen wir uns sogar.«

»Das wäre fantastisch gewesen, aber ich bereite mich gerade auf eine sechsmonatige Weltreise vor. Aber London wird Ihnen auf jeden Fall gefallen«, antworte ich.

Ich bin nicht in der Stimmung für Gespräche. Ich

würde lieber auf meiner Veranda im Strandhaus sitzen. Allein. Ich spüre, dass ich Kopfschmerzen bekomme.

Ich sehe, wie Amy uns anschaut.

Einen Moment später, nachdem Monica sich entschuldigt hat, suche ich mir eine ruhige Ecke. Ich atme scharf ein und bemerke Amy, die auf mich zukommt. Sie stellt sich neben mich und riecht wie die Stunden der Morgendämmerung, mit Versprechungen von Licht und Glanz.

»Wo ist dein Kumpel?«, murmle ich.

Ihre langen Wimpern flattern, und sie schüttelt leicht den Kopf.

»Du bist ein ziemliches Rätsel«, fahre ich fort.

»Rätsel können interessant sein, oder nicht?«, antwortet sie mit fester Stimme.

Ich seufze tief. »Ja, aber manchmal passen die Teile einfach nicht zusammen.«

Amy zieht eine Augenbraue hoch. Für einen Moment stockt mir der Atem. Sie ist so wunderschön.

»Aber du bist immer noch an dem Puzzle interessiert, nicht wahr? Vielleicht willst du tief im Inneren das fehlende Teil finden.«

»Vielleicht«, sage ich und schaue sie an. Ihre Augen. Sie durchdringen meine Seele.

Sie lehnt sich näher heran, ihre Stimme ist tief und vertraut. »Schau tiefer, Roy.«

Kapitel Vierunddreißig

In den letzten Tagen habe ich versucht, mehr über meine Mutter herauszufinden. Bei all dem Gerede über meine Großeltern auf der Veranstaltung des Bürgermeisters konnte ich dem Drang nicht widerstehen, mehr über meine Mutter zu erfahren.

Die örtliche Bibliothek ist zu meinem zweiten Zuhause geworden. Wenn ich nicht gerade in alten Zeitungen und Ahnenforschungsunterlagen stöbere, bin ich am Strand, und genau dort bin ich jetzt.

»Da!«, sagt ein Kind. Ich blicke in Richtung der Stimme. Mehrere Leute halten ihre Handys hoch und machen Fotos von etwas im Wasser.

Ich blinzle zum Horizont und schirme meine Augen vor der grellen Sonne ab. Buckelwale durchbrechen die Wasseroberfläche, und ihre massigen Körper schweben einen Moment lang in der Luft, bevor sie wieder ins Wasser stürzen. Es ist ein fesselnder Anblick.

»Wow«, sage ich laut.

Ich lächle und denke daran, was Sean mir einmal gesagt hat. *»Du musst eine konkurrierende Herde sehen. Mehrere männliche Wale kämpfen um die Aufmerksamkeit eines Weibchens! Normalerweise im November oder Dezember.«*

Dann erzählte er mir, wie männliche Wale ihre Seepocken, Schwanzflossen, Brustflossen und ihre schiere Masse einsetzen, um sich gegenseitig zu bekämpfen. Sean, der zukünftige Meeresbiologe.

Ich vermisse dich, Kumpel.

Ich atme tief ein und schließe die Augen.

»Schau tiefer, Roy.«

Ich glaube nicht, dass ich noch tiefer schauen kann. Sie hat bereits meine Seele zerbrochen. Ich bin nicht Teil einer konkurrierenden Herde. Dieser Kampf ist ein Einzelkampf – ich, ich und noch mal ich.

Ein Schrei ertönt, als ein weiterer Wal erscheint. Dieser Wal ist sehr nah am Ufer und taucht immer wieder auf.

»Und das, obwohl sie monatelang nichts gefressen haben«, murmle ich. Ich habe gelernt, dass Walmütter auf Hawaii nichts fressen, weil es hier nicht viel Nahrung gibt, aber sie füttern ihre Jungen, bis sie stark genug sind, um nach Alaska zu reisen. Ich staune über diese Selbstlosigkeit.

Bist du zur Sicherheit gereist, Mom? Für mich?

Kürzlich erzählte mir Tante Melina bei einem Gespräch am Strand, dass die Lieblingslehrerin meiner Mutter noch immer auf der Insel ist. Ich zog ein kleines

Notizbuch aus meiner Tasche und kritzelte den Namen hinein.

»Wie ich sehe, hast du jetzt ein Notizbuch für Detektive, Keiki«, sagte sie kichernd.

Am nächsten Tag traf ich mich mit der Lehrerin, Mrs. Donnelly.

»Deine Mutter war eine wunderbare Seele«, erklärte sie. »Sie hat den Raum mit ihrer Anmut und Energie erhellt. Ich erinnere mich, dass deine Familie oft zum Abendessen eingeladen hat. Das Essen war immer köstlich. Es war sogar in der Gemeinde berühmt.«

Ich blättere in meinem Notizbuch und schaue mir all die Notizen über meine Mutter an.

Ich habe eine wunderbare Familie. Und ich habe noch eine wunderbare Familie.

Aber meine Geduld wird weiter auf die Probe gestellt. Nachdem ich ein paar Stunden am Strand verbracht habe, komme ich nach Hause und muss feststellen, dass mein Briefkasten umgekippt und die Briefe auf dem Boden verstreut sind. Cheddar steht neben den Briefen und scheint sie zu bewachen, alarmiert und unruhig.

»Verdammte Scheiße!«

Beim Betrachten des Briefkastens komme ich nicht umhin, mich zu fragen, ob Phil auch dafür verantwortlich ist. Das scheint ein ziemlich kleinlicher Zug zu sein.

Mein Telefon klingelt. Es ist Frank. Ich lege die Briefe auf den Tisch und nehme seinen Anruf entgegen. Nach dem Austausch von Höflichkeiten erklärt er: »Der Trust hat mich wieder kontaktiert. Nenne den Preis und sie werden darüber nachdenken.«

»Ernsthaft? Sie zahlen, was ich verlange?«

»Das haben sie gesagt.«

Als ich das riesige Haus nebenan betrachte, bemerke ich, dass dort ein winziges Licht brennt.

»Ich werde darüber nachdenken.«

»Und Roy, ich habe das Gefühl, dass Johnson der Käufer ist.«

»Wie kommt das?«

»Ich habe gerade genügend Gründe, um zu glauben, dass er es ist. Aber das ist keine offizielle Aussage. Nur mein Bauchgefühl.«

»Okay, danke, dass du das mit mir teilst.«

Nachdem ich aufgelegt habe, gehe ich auf die grüne Hecke zu, die die beiden Häuser voneinander trennt, und suche mir einen Platz, von dem aus ich in den Garten meiner Nachbarn sehen kann. Es ist dunkel und ruhig, aber es fühlt sich nicht friedlich an.

Seit Claire mir die Nachricht gegeben hat, wollte ich mit ihr sprechen, aber ich habe sie nicht gesehen. Ich hoffe, es geht ihr gut. Ich mache eine mentale Notiz, um nach ihr zu sehen.

Wo bist du, Claire?

Das winzige Licht kommt aus dem ersten Stock.

»Cheddar? Was machst du denn da drüben?«, flüstere ich und entdecke sie am Rande des Pools. Der Pool, der genauso groß ist wie der Rest des Hauses, ist in ein langes Schwimmbecken, ein größeres Hauptbecken und einen

Whirlpool unterteilt, der sich zwischen Haus und Strand befindet.

Ich gehe auf sie zu, aber sie stürmt davon. »Cheddar! Nein, nein, nein.«

Bevor ich sie aufhalten kann, rennt sie durch eine leicht angelehnte Glastür ins Haus, kaum breit genug, dass eine Katze hindurchschlüpfen kann.

Das war's. Ich eile zur Haustür der Johnsons und klopfe kräftig. Ich höre nicht auf, bis ich Schritte höre.

Claire öffnet die Tür mit einem überraschten Gesichtsausdruck. »Hallo.«

»Hallo, tut mir leid, aber ich glaube, meine Katze Cheddar ist hier«, platze ich heraus. »Ich entschuldige mich in ihrem Namen.«

»Ich habe nichts gegen ihre Besuche. Sie leistet mir ab und zu Gesellschaft.«

»Tut sie das?« Ich schaue hinter Claire in das schwach beleuchtete Haus.

»Wir mögen es beide dunkel«, sagt sie, als könnte sie meine Gedanken lesen. »Zu viel Licht schadet meinen Augen, und sie kommt nur rein, wenn es im Haus dunkel ist.«

»Hm. Sicher.«

»Sagten Sie, ihr Name sei Cheddar?«

»Ja, ich habe andere Namen ausprobiert, aber sie reagierte auf Cheddar. Wir haben vereinbart, Freunde zu sein, als ich ihr ein kleines Stück Cheddar gab.«

»Das ist so süß«, sagt sie mit einem Lächeln. »Gut zu

wissen. Ich habe ein paar Namen ausprobiert, aber ich liebe Cheddar.«

Ihre Körperhaltung ist angespannt, ich merke, dass sie will, dass ich gehe.

»Claire, danke, dass Sie mich vor Amy gewarnt haben, aber ich bin verwirrt – und neugierig. Wie haben Sie es herausgefunden, und warum haben Sie es mir erzählt?«

»Ist das wichtig? Ich werde dafür sorgen, dass Cheddar später nach Hause kommt«, sagt sie und schließt langsam die Tür.

Ich verweile einen Moment, in der Hoffnung, dass sie sie wieder öffnet. Sie tut es nicht.

Kapitel Fünfunddreißig

Mein Geist ist am Morgen wie ein übermäßig aktiver Bienenstock. Während mein Kaffee kocht, gehe ich hinaus, um den Schaden zu begutachten, denn ich habe den Briefkasten gestern vorübergehend an die Wand gelehnt.

Also gut, das ist seltsam. Ich schaue mich um, halb in der Erwartung, dass jemand Psychospielchen mit mir treibt. Der Briefkasten war gestern Abend leer, und es ist noch zu früh für den Postboten. Und doch liegt ein leicht vergilbter Umschlag darin. Als ich danach greife, schlägt mir der Geruch von altem Papier entgegen.

Keine Geheimnisse mehr, bitte.

Ich setze mich auf die hintere Veranda und starre auf den geöffneten Umschlag. Es gibt keinen Absender. Ich fluche leise vor mich hin und nehme den Brief heraus, dem ein Überweisungsbeleg beigefügt ist. Was in aller Welt ist hier los?

Das Schreiben ist acht Jahre früher datiert.

Lieber Mr. und Mrs. B. Williamson,
wie besprochen, sind unsere Klienten, Mr. und Mrs.
Johnson, bereit, Bargeld für Ihr Strandhaus in der
236 South Nalu Street zu bieten. In Anbetracht der
Bedingungen ist der vorgeschlagene Kaufpreis fair
und großzügig.

Ich schnaube. Fair und großzügig? Das spielt kaum
eine Rolle. Vor acht Jahren und davor vor dreißig Jahren
wollten sie sich nicht von ihrem Land und ihrem Haus
trennen. Kein Angebot ist großzügig, wenn man nicht
verkaufen will.

Als ich den Rest des Briefes lese, macht sich
Verärgerung in mir breit.

Bei der Baugenehmigung für das Bauvorhaben
nebenan wurde festgestellt, dass die derzeitigen
Grenzlinien Ihres Grundstücks nicht genau mit den
gesetzlichen Grundstücksgrenzen übereinstimmen.
Eine Grenzanpassung wird erforderlich sein, um
sicherzustellen, dass der Bau in Übereinstimmung
mit den Vorschriften erfolgt.
Die Johnsons bieten Ihnen die Möglichkeit, diese
Angelegenheit zügig und in beiderseitigem
Interesse zu lösen. Anstatt mit der Grenzanpassung
fortzufahren, die dazu führen könnte, dass ein Teil
Ihres Grundstücks in das neue Grundstück

integriert wird, empfehlen wir Ihnen, Ihr Grundstück zu verkaufen. Wir sind bereit, einen Preis in Betracht zu ziehen, der über dem Marktwert liegt.

Ich prüfe den Überweisungsbeleg. Wer hat mir das mitten in der Nacht in den Briefkasten gesteckt? Claire? Was hat dieser acht Jahre alte Brief überhaupt zu bedeuten?

Meine Frustration nimmt zu.

»Du musst deine Tür abschließen, Mann. Ich bin gestern vorbeigekommen, und die Tür war unverschlossen. Ja, es ist eine sichere Gemeinde und so, aber trotzdem«, verkündet Kai, als er sich im Garten zu mir gesellt.

»Hey, dir auch einen guten Morgen.«

»Ich gebe beide Jobs auf«, sagt Kai und setzt sich neben mir auf einen Stuhl.

»Wirklich? Kaffee?«

»Ja zu beidem.«

»Wow, Mann. Dieses Grinsen blendet mich«, sage ich.

Er gluckst, und ich betrachte diese neue, fröhliche Seite von Kai.

»Ich bin ganz Ohr. Spuck es aus.«

Einige Minuten später sitzen wir mit einer Tasse Kaffee in der Hand im Garten.

Bevor ich Kai bitten kann, mir seine Neuigkeiten zu erzählen, erscheint Phil am kleinen Tor.

»Roy, guten Morgen!« Er winkt und kommt in meinen Garten.

Seit meiner Ankunft ist Phil nie gekommen, um mich zu begrüßen. Ich kann die Vortäuschung von Freundlichkeit erkennen.

»Guten Morgen«, sage ich.

Kai quittiert Mr. Johnson mit einem leichten, vorsichtigen Nicken.

»Claire bereitet das Frühstück vor, während ich einen Spaziergang mache. Wir haben darüber gesprochen, Sie zum Abendessen einzuladen, aber ich schätze, Sie werden bald abreisen.«

Ich sage mir, dass ich trotz der Informationen von Claire höflich sein muss. »Möchten Sie einen Kaffee?« Ich denke daran, wie Phil Amy überzeugt hat, mit ihm zu arbeiten, aber ich unterdrücke eine Welle der Wut.

»Nein, danke. Hören Sie, ich habe von all den Problemen und Unfällen gehört, die Sie hatten.« Seine Nasenflügel blähen sich kaum merklich auf.

»Nichts, womit ich nicht zurechtkomme.«

»Sehr gut«, antwortet er. »Aber sagen Sie mir Bescheid, wenn Sie Hilfe brauchen. Ich muss jetzt zu meinem Strandspaziergang aufbrechen.«

»Sicher«, sage ich.

Als er den Garten verlässt, habe ich das Gefühl, noch mal davongekommen zu sein.

»Das war schon seltsam«, bemerkt Kai.

»Ja.« Irgendetwas stimmt nicht, aber ich wende meine Aufmerksamkeit wieder Kai zu. »Wie auch immer, du hast mir erzählt, dass du deine Jobs aufgibst.«

»Ja, sie waren sowieso nur vorübergehend. Ich bin geblieben, weil ich keine bessere Alternative hatte.« Seine Stimme sprüht vor Aufregung. »Ich kann es kaum erwarten, mich um die Kaffeebäume zu kümmern, mehr Zeit mit ihnen zu verbringen, sie zu pflegen und die Plantage wieder zu einem Geschäft zu machen.«

»Das ist großartig, Kumpel. Ich freue mich so für dich. Ich weiß, du wirst es gut machen.«

Er schiebt mir einige Dokumente zu. »Ich habe einen Geschäftsplan erstellt. Würdest du ihn dir ansehen? Ich werde einen Geschäftskredit beantragen.«

»Mit Vergnügen, Kai. Mit größtem Vergnügen.«

»Und danke für alles«, sagt er aufrichtig.

»Jederzeit.« Ich lächle über den jungen Mann, der seine wahre Leidenschaft entdeckt hat, und werde das Gefühl nicht los, dass dies etwas Großes sein könnte.

Kapitel Sechsunddreißig

Es ist neunzehn Uhr, und ich habe Claire seit gestern Abend nicht mehr gesehen. Cheddar ist gestern Abend aufgetaucht, wollte mir aber nicht sagen, was los war.

»Darf ich bei deinem Spiel mitmachen, Miezekatze?«

Sie sitzt neben meinem Stuhl und schnurrt, während ich sie streichle. Im Haus der Johnsons ist es wieder dunkel. Nur ein winziges Licht strahlt aus dem Inneren.

»Also gut«, sage ich und schaue auf die Katze hinunter. »Mal sehen, ob wir herausfinden können, was mit Claire los ist. Ich könnte deine Hilfe brauchen.«

Ich springe über das Tor und warte auf Cheddar, in der Hoffnung, dass sie vorausläuft und ich ihr folgen kann. Tatsächlich übernimmt sie die Führung, und wir laufen über den gepflegten Rasen der Johnsons. Ich folge einer Katze. Das Leben ist voller Wendungen.

Cheddar schlüpft durch eine leicht geöffnete Tür an der

Seite des Hauses und verschwindet. Ich stehe einen Moment lang da und weiß nicht, was ich tun soll.

Sie öffnet sich. »Ich wusste, dass Sie kommen würden«, sagt Claire. »Kommen Sie rein.«

Unbehagen kriecht meine Kehle hinauf. »Sind Sie sicher?« Ich werfe einen Blick über ihre Schulter.

»Ja, es ist sein Bridge-Abend. Er kommt nie vor Mitternacht zurück.«

Ich betrete das Haus und folge ihr in eine riesige Küche.

»Hier hängt also Cheddar ab.«

Claire lächelt und sieht Cheddar liebevoll an. »Sie kommt nur rein, wenn ich das Licht ausschalte. Wir sollten es für sie dunkel halten.«

»Sicher«, sage ich, während ich mich in der Küche umsehe, die nur von einer kleinen Lampe unter einem der Schränke beleuchtet wird. Ich setze mich auf einen modern aussehenden Barhocker. Er ist kalt und glatt, wie ein polierter Stein.

Diese seelenlose Küche könnte ein Modell in einer Zeitschrift sein. Sie sieht aus wie ein steriles Labor. Im Gegensatz dazu strahlt Claire mit ihren Augen und ihrem Lächeln Wärme aus. Aber da ist auch ein Flackern von etwas, das ich nicht identifizieren kann.

»Was kann ich Ihnen anbieten?«

»Ein Glas Wasser, bitte.«

Ihr blaues Sommerkleid macht leise Geräusche, als sie sich entfernt, um zwei Gläser Wasser einzuschenken.

Sie reicht mir meines, und ich nehme einen großen

Schluck, bevor ich sage: »Claire, ich bin hier, um nur eine Frage zu stellen. Ich habe noch andere Fragen, aber im Moment nur eine.«

Sie zieht sich einen Hocker heran und setzt sich mir gegenüber.

»Sie wollen wissen, was ich über Ihre Familie weiß.«

»Nein, das nicht.« Ich schüttle entschlossen den Kopf.

Ihre Stirn legt sich leicht in Falten.

Ich sehe sie direkt an und frage: »Sind Sie hier sicher?«

Als ich ein Kind war, brauchte ich nicht lange, um herauszufinden, wann Erwachsene etwas verheimlichen. Es gab Zeichen, Gesten und Töne. Ich beobachte Claire sehr genau.

Sie nickt. »Ich kann auf mich selbst aufpassen.«

Sie fühlt sich also nicht sicher.

Sie schiebt eine Haarsträhne hinter ihr Ohr. »Ihre Großmutter war eine sehr gute Freundin von mir. Als ich Sie ankommen sah, schickte ich ein Versprechen zum Himmel, dass ich über Sie wachen würde.«

»Vielen Dank dafür. Aber eigentlich bin ich nur hier, um zu sehen, ob Sie sicher sind.«

»Sie sind genau wie Ihre Großmutter«, antwortet sie. »Sie hat alles, absolut alles getan, um andere zu beschützen.«

Plötzlich dämmert es mir. »Sie haben den Krankenwagen gerufen, als ich vom Dach gestürzt bin, nicht wahr?«

»Ja, das habe ich.«

Cheddar schnurrt, während sie langsam um uns herumläuft, und wir sehen sie beide an. »Was hat es mit unserer Miezekatze auf sich?«

»Sie erschien an dem Tag, als Ihre Großmutter starb. Ich stand in meinem Schlafzimmer am Fenster, und Cheddar stand auf dem Rasen und sah zu mir hoch. Ich dachte immer, Ihre Großmutter hätte sie meinetwegen geschickt, aber jetzt weiß ich, dass sie Ihretwegen hier ist.«

»Das ist supercool, Oma«, sage ich und fühle mich immer wohler damit, die Geheimnisse der Insel zu akzeptieren. »Ich bin sicher, sie hat sie für uns beide geschickt«, sage ich zu Claire.

Claire streichelt die Katze, und Cheddar saugt die ganze Liebe auf. Was für ein großer Unterschied zu der schüchternen Katze, die ich beim ersten Mal traf.

»Wissen Sie«, sagt Claire und sieht zu mir auf, »Cheddar war diejenige, die mich an dem Tag alarmiert hat, als Sie gestürzt sind.«

»Wirklich?«, frage ich mit einem Lächeln im Gesicht. »Wow, Cheddar, danke.«

»Sie kommt nur rein, wenn Phil nicht da und wenn es dunkel ist, aber ich habe sie an dem Tag, an dem Sie gefallen sind, in meinem Garten gesehen, also bin ich rausgegangen, um nachzusehen, warum.«

»Ich habe sie in meiner ersten Nacht hier im Dunkeln getroffen.«

Claire lächelt. »Cheddar und ich schätzen den Himmel, den Strand, das Meer und den Garten mehr, wenn es dunkel ist. Wir mögen die Störung durch künstliches Licht nicht.« Sie mustert mich. »Fragen Sie sich, was es mit mir auf sich hat?«

Ich nicke und beuge mich vor.

Sie atmet tief ein. »Ich habe mich in Phil verliebt, als wir beide noch sehr jung waren. Ich kann nicht mit Sicherheit sagen, ob das Gefühl auf Gegenseitigkeit beruhte, aber ich weiß, dass es bei mir sofort da war. Ich war damals mit meiner Familie im Urlaub, und Phil arbeitete in unserem Hotel. Die Missbilligung unserer Beziehung durch meine Familie hat meine Gefühle für ihn nur noch verstärkt.« Sie senkt den Kopf, und ihr Gesicht hat einen traurigen Ausdruck. »Ein Charmeur, aber er hat sich im Laufe der Jahre verändert. Er wurde besessen vom Reichtum. Ich dachte, dass der Teilzeitaufenthalt auf Hawaii etwas ändern würde. Mir gefiel nicht, wie er unsere Angelegenheiten mit Ihren Großeltern regelte, und wir stritten uns oft. Ich wollte kein so großes Haus, aber er wollte Ihr Land kaufen und es noch größer machen.« Sie schüttelt den Kopf. »Nichts war ihm genug, und das ist es immer noch nicht. Deshalb hat er einen detaillierten Plan ausgearbeitet, um Sie zu zwingen, Ihr Land und Ihr Haus zu verkaufen.« Ihre Stimme zittert. »Es tut mir leid. Ich weiß, dass er Ihnen das Leben schwer gemacht hat.«

»Nicht Ihre Schuld, bitte entschuldigen Sie sich nicht. Aber warum erzählen Sie mir das alles?«, frage ich sanft.

»Weil ich es sonst niemandem sagen kann, und falls mir etwas passiert, weiß ich, dass Sie helfen werden. Sie sind Hinas Enkel.«

Ich ziehe die Augenbrauen hoch, und die Angst steigt

in meiner Brust. Ich wusste, dass sie nicht sicher ist. »Was meinen Sie damit, falls Ihnen etwas passiert? Und wenn Sie in Gefahr sind, warum verlassen Sie ihn nicht?«

»Er wird bekommen, was er verdient. Ich habe einen Privatdetektiv und werde gehen, wenn die Zeit reif ist. Aber ich will nicht, dass mein Mann Verdacht schöpft und etwas unternimmt. Er merkt nicht einmal, wie still ich geworden bin. Je mehr ich mich in seine Angelegenheiten einmische, desto mehr sehe ich seine dunkle Seite. Eine Seite, die ich nie kannte. Manipulationen, Missetaten. Ich habe diesen Brief in Ihrem Briefkasten hinterlassen. Er hat das Problem mit der Grenze erfunden. Es gab nie ein Grenzproblem. Er hat jemanden vom Vermessungsamt bestochen, um Ihre Großeltern unter Druck zu setzen. Mir war das Ausmaß seiner Habgier nicht klar. Ich habe versucht, Ihrer Großmutter hier und da zu helfen, weil ich dachte, mein Mann würde seiner neuen Aufgabe überdrüssig werden. Ich habe Hina von der Höhenbeschränkung erzählt, nachdem ich gehört hatte, wie Phil mit einem Architekten sprach.«

Sie nippt an ihrem Wasser und hat einen ernsten Gesichtsausdruck.

Ich nehme die Informationen wortlos auf.

»Es tut mir leid, dass Sie leiden«, fährt sie fort, »aber ich musste Ihnen von Amy erzählen. Ich hätte nicht gedacht, dass Sie beide sich so nahekommen. Ich habe keine Beweise, aber ich weiß, dass er hinter vielen der unglücklichen Dinge steckt, die Ihnen widerfahren sind. Wir haben beide gesehen, wie Sie die Leiter getestet haben, einen Tag bevor Sie gestürzt sind. Er hat sogar Witze darüber gemacht, wie alt die Leiter ist.«

Mein Herz krampft sich zusammen, und ich wende den Blick mit einem tiefen Atemzug ab. *Verdammter ...*

Sie atmet aus, und etwas in ihrem Verhalten ändert sich. »Ich habe kürzlich herausgefunden, dass er eine Affäre hat. Das geht jetzt schon ein paar Jahre so. Deshalb habe ich einen Privatdetektiv engagiert. Ich lasse mir Zeit und warte auf den richtigen Moment, ihn zu verlassen. Ich muss alle Beweise sammeln, die ich kriegen kann. Er hat seiner Geliebten kürzlich eine Eigentumswohnung gekauft.« Sie schluckt. »Ich dachte, er liebt mich. Vielleicht hat er das anfangs auch getan, aber jetzt glaube ich, dass er mich ausgenutzt hat. Ich bin mehr als wütend und verletzt. Trotzdem werde ich nicht zulassen, dass er mich kaputt macht. Oder Sie.«

Ihre Stimme bricht ein wenig, und es bilden sich glitzernde Tränen, die an ihren Wimpern kleben.

Ich nehme einen tiefen Atemzug. »Es tut mir leid, Claire. Sagen Sie mir, was ich tun kann, um zu helfen.« Ich greife nach vorn und umfasse leicht ihre Hand.

»Ihnen das zu sagen, ist eine große Hilfe. Ich weiß, es muss seltsam erscheinen, aber ich habe das Gefühl, Sie zu kennen. Immerhin sind Sie Hinas Enkel. Also danke fürs Zuhören. Sie sind ein guter Zuhörer. Erzählen Sie mir von sich, von Ihrer Kindheit. Ich bin so traurig, dass Hina nie die Gelegenheit hatte, Sie kennenzulernen.«

Ich rutsche nervös auf meinem Stuhl hin und her und

stoße dabei fast mein Wasserglas um. Claire greift danach und stabilisiert es.

»Das würde die ganze Nacht dauern.« Ich stoße ein nervöses Lachen aus.

»Ich habe bis Mitternacht Zeit«, sagt sie ermutigend.

Und so erzähle ich es ihr. Ich fasse meine frühen Jahre zusammen und entspanne mich dann, während ich die Liebe meiner Adoptivfamilie und die Hingabe meines Bruders Luke beschreibe, der zu meinem Beschützer wurde. Ich erkläre, dass ich meinen Vater kurz nach meiner Adoption verloren habe.

Claire hört mir aufmerksam zu, lehnt sich nach vorn und hängt an jedem Wort. »Ich bin so froh, dass Sie einen Platz gefunden haben, an den Sie gehören«, sagt sie, als ich fertig bin. »Ich weiß, dass Ihre Großmutter so glücklich wäre, das zu hören. Und Ihre Familie, Ihr Bruder – sie klingen großartig.«

»Danke. Das sind sie. Und er ist es.« Ich nicke und Wärme steigt in mir auf, als ich an meine Familie zu Hause in Großbritannien denke.

Ich schaue auf die Uhr, es ist schon spät. »Ich sollte gehen.« Als ich aufstehe, frage ich: »Darf ich Ihnen meine Telefonnummer geben, bitte?«

Claire lächelt und holt einen Notizblock hervor. Während ich die Ziffern notiere, wiederhole ich meine Frage von vorhin, diesmal mit Dringlichkeit in meinem Ton. »Sind Sie hier sicher? Sie werden doch nicht gegen Ihren Willen zu etwas gezwungen, oder?«

»Ich weiß Ihre Besorgnis zu schätzen, Roy. Aber mir

geht es gut. Und ich habe Cheddar hier. Sie wird Ihnen Bescheid sagen, falls ich in Schwierigkeiten bin.« Claire zwinkert, obwohl ihr Lächeln angestrengt wirkt.

Ich nicke langsam und zögere immer noch, zu gehen. Aber Phil wird bald zu Hause sein. Ich gehe zur Tür und werfe einen letzten besorgten Blick auf meine liebenswürdige Gastgeberin.

Sie nickt mir kurz zu und hält den Zettel mit meiner Telefonnummer in der Hand, als wolle sie sagen: *Ich verspreche, dass ich anrufe, wenn ich muss.*

Glaube ich an telepathische Unterhaltungen? Nein, aber im Moment ist es unwichtig, ob ich daran glaube oder nicht. Sie hat mir gerade gesagt, dass sie mich anrufen wird.

Ich hoffe, sie muss diesen Anruf nicht tätigen, denke ich besorgt, als ich zurück in Richtung Haus gehe. Cheddar ist mir auf den Fersen.

Kapitel Siebenunddreißig

Ich stehe auf und mache mir einen Espresso. Ich bin zufrieden mit meiner Entscheidung, den Tag allein in stiller Einkehr zu verbringen. Schließlich bin ich auf Hawaii – dem Ort der Ruhe.

Dann höre ich ein Klopfen an der Tür, das an einen Schlagzeuger erinnert, der eine Sinfonie probt.

»Ja, ja«, sage ich und gehe zur Tür. »Immer mit der Ruhe, okay?«

In dem Moment, in dem ich die Tür entriegle, ruckt sie zurück. Das Ergebnis? Der Kaffee schwappt über den ganzen Boden. Ein kleiner Körper sprintet hinein und lässt mich mit einer leeren Tasse neben der Tür stehen.

»Hey, Kumpel, bist du okay?«

»Curly ist verschwunden.« Seans große grüne Augen sind gerötet. »Hast du ihn gesehen?«

»Nein, was ist passiert?«

»Alles ist furchtbar. Ich hasse es. In der einen Minute war er bei uns, und in der nächsten war er verschwunden.«

Ich trete vor und umarme ihn, und er legt seinen Kopf auf meine Brust und schlingt seine Arme um meinen Rücken. Als ich nach draußen schaue, sehe ich Amy am Zaun stehen.

»Lass uns gehen und mit deiner Mutter reden.«

»Aber kannst du mir helfen, ihn zu finden?«

»Sicher.«

Er schnieft. »Was ist mit dem Kaffee auf dem Boden?«

»Gib mir eine Sekunde.« Ich hole Papierhandtücher aus der Küche und wische schnell den Boden. »Erledigt.«

Als wir nach draußen laufen, ruft Sean: »Ich hab's dir gesagt, Mom! Er will helfen!«

»Okay, ich gehe da rüber«, sagt sie und deutet auf einen Weg. »Ihr schaut in die andere Richtung, okay?«

Ich jogge hinter Sean her, während er rennt.

»Manchmal läuft er eine Weile weg, aber er findet immer wieder zu mir zurück«, sagt Sean mit ängstlichem Tonfall.

»Wir werden ihn finden.«

Ich erinnere mich an eine Zeit, in der mir mitgeteilt wurde, dass ich in eine neue Pflegefamilie versetzt würde. Damals war ich wahrscheinlich sieben oder acht Jahre alt. Die Jahre zwischen dem sechsten und zehnten Lebensjahr sind für mich etwas verschwommen, aber an diesen Moment erinnere ich mich genau. Bevor ich in die neue Pflegestelle ging, stellte ich fest, dass mein gelbes

Feuerwehrauto fehlte. Der einzige Besitz, den ich mein ganzes Leben lang hatte. Ich sah in meiner schwarzen Mülltüte nach, aber es war nicht da. Die Erwachsenen sagten mir, dass es in Ordnung sei und ich ein anderes Spielzeug bekommen würde.

Ich hielt mich an den Türen fest, schrie mir die Seele aus dem Leib und weigerte mich, ohne es zu gehen. Es stellte sich heraus, dass jemand mein Spielzeug weggeworfen hatte, aber ein paar Stunden später war es wieder da.

Während ich jogge, schüttle ich den Kopf. *Erwachsene. Sie machen die Dinge wirklich komplizierter, als sie sein müssten.*

Nach diesem Vorfall war mein Feuerwehrauto immer bei mir. Luke teilte mir mit, dass dies in meinen Unterlagen vermerkt worden war – das Feuerwehrauto sollte immer bei mir bleiben.

»Sean, warte.« Beim Klang von Amys Stimme halten wir inne. »Da drüben ist er nicht«, sagt sie und kommt auf uns zu, »also komme ich mit euch.«

»Aber Mom, unser Suchtrupp ist schnell«, erklärt Sean.

Amy eilt vor uns her. »Fordere mich nicht heraus.«

Hinter Amy herzulaufen ist das Letzte, was ich tun möchte. Ihr durchtrainierter Körper droht meine Sinne zu überwältigen und mich in unsere gemeinsamen Momente zurückzuversetzen.

Vermeide sie um jeden Preis, sage ich mir.

»Hey Leute, ich glaube, ich suche hier entlang«, rufe ich und biege nach links in ein Gebüsch ab. Ich habe schon früh gelernt, dass es manchmal besser ist, den Kampf aufzugeben und einen anderen Weg einzuschlagen.

»Curly!«, höre ich Amy und Sean schreien. »Curly!«

Dann höre ich eine andere Art von Rufen. Ich trete aus dem Gebüsch und finde Amy im Sand sitzend vor, wie sie sich den Knöchel hält.

Sean kniet an ihrer Seite. »Es tut mir leid, Mom.« Die Tränen fließen in Strömen über seine Wangen.

»Was zum Teufel ist passiert?«, frage ich und knie mich neben Amy.

»Ich bin ausgerutscht. Ich habe den Stein nicht gesehen, der unter dem Sand vergraben war.«

In ein paar tränenreiche grüne Augen zu blicken, ist qualvoll. Aber zwei Paare? Unerträglich.

»Ja, okay«, sage ich. »Zuerst müssen wir den Schaden abschätzen. Wie ist es, darauf zu stehen?«

Sie schüttelt den Kopf, während Sean sich weiter entschuldigt.

Ich strecke die Hand aus und lege meinen Arm um seine Schulter. »Hey, hey, es ist nicht deine Schuld, Kumpel.«

Ich wähle den Notruf, während sich Passanten um uns scharen. »Ja, ich glaube, wir haben einen schwer verstauchten oder gebrochenen Knöchel. Können wir einen Krankenwagen bekommen?« Ich gebe der Leitstellendisponentin unsere Position durch und höre aufmerksam zu, während sie mir erklärt, was zu tun ist.

Mindestens eine halbe Meile trennt uns vom nächstgelegenen Strandzugang.

»Natürlich«, antworte ich. »Wir gehen jetzt zum Parkplatz.«

»Ich kann nicht einmal darauf stehen, geschweige denn gehen«, kreischt Amy, als ich auflege.

»Wer sagt denn, dass du laufen musst?« Ich stehe auf. »Ich trage dich.«

Ihre Augen weiten sich.

»Halt dich an mir fest, als hinge dein Leben davon ab«, sage ich und nehme sie vorsichtig in die Arme. Mein linker Arm rutscht unter ihre gebeugten Knie. Sie streckt ihre Arme aus und legt sie um meinen Hals. Meinem Arm geht es jetzt viel besser, aber dennoch schießt Schmerz von meinem Handgelenk in meine Schulter. Ich ignoriere es, halte sie fest und renne so schnell wie möglich.

»Komm schon, Kumpel, hilf mir, deine Mutter zum Krankenwagen zu bringen.« Wir eilen zum Parkplatz. Einige Strandspaziergänger bieten uns an, nach Curly zu suchen, als wir die Leute fragen, ob sie ihn gesehen haben.

»Sieh mal«, sage ich zu Sean, »diese Freunde werden weiter nach ihm suchen, okay?«

Es ist schwierig, das Geräusch von Amys Herz zu ignorieren. Ihr Haar kitzelt mich bei jedem Schritt an der Wange, und ihr Atem vermischt sich mit meinem. Ich wünschte, ich könnte ihr den Schmerz nehmen.

Als Amy auf der Trage im Krankenwagen sitzt, hat sie aufgehört zu weinen. Aber Sean weint weiter und entschuldigt sich.

»Es ist nicht deine Schuld, dass sie sich verletzt hat«, sage ich wieder zu Sean.

Amy hebt eine Hand. »Lass mich, bitte.« Sie streckt ihre Hand nach Sean aus. »Komm her, mein Schatz.« Sean nimmt sie sofort.

»Wofür auch immer du dich entschuldigst, es ist okay. Wir werden später darüber reden, in Ordnung?«

Sean nickt und wischt sich die Tränen weg. Ich beobachte sie. Ich liebe die beiden. Ich schlurfe unbehaglich hin und her. Ich meine, ich liebe dieses Kind.

Im Krankenhaus wird Amy in ein Behandlungszimmer gebracht, und Sean und ich sitzen im Wartezimmer. Der Junge sieht aus, als würde er das Gewicht der ganzen Welt auf seinen Schultern tragen.

»Komm her.« Ich strecke meinen Arm aus, und er schmiegt sich an meine Seite. Er legt seinen kleinen Kopf auf meine Brust, und nach einer Weile wird sein Atem ruhiger und tiefer. Er ist eingenickt.

Ich erinnere mich, dass ich mit etwa elf Jahren in einem dunklen Waldstück saß. Luke und ich lehnten unter einem Baum, und ich legte meinen Kopf auf seine Schulter. Er hatte mich gerade wieder einmal ausfindig gemacht. Ich hatte gehört, wie meine Eltern darüber sprachen, mich zu adoptieren, und war zu dem Schluss gekommen, dass dieses Versprechen nur eine weitere Erfindung der Erwachsenen war. Für mich waren

Versprechen von Erwachsenen wie Schneeflocken an einem heißen Sommertag.

Ich hatte mein Feuerwehrauto, ein paar meiner Lieblings-T-Shirts, selbstgemachte Marmelade – ich wusste, dass ich sie vermissen würde –, etwas Brot und die Rugbykarten, die Luke mir gekauft hatte, mitgenommen. Ich fühlte mich fähig.

Ich hatte am Morgen die Schule geschwänzt. Das Waldstück am Rande der Stadt war ein geeignetes Versteck, ein Ort, an dem ich meinen nächsten Schritt planen konnte.

Am Nachmittag schlief ich hungrig und erschöpft ein, und als ich wieder aufwachte, saß Luke neben mir, ein aufgeschlagenes Buch auf dem Schoß. Über mir war eine Decke drapiert. Zuerst dachte ich, es sei ein Traum.

»Hey, hey, Mann«, sagte Luke, als ich schnell aufstand.

»Ich komme nicht zurück«, schrie ich.

»Ich bitte dich nicht darum, zurückzukommen.«

»Was?«

»Ich bitte dich nicht, zurückzukommen«, wiederholte er.

In meinen neugierigen Augen stand eine Frage, als er fortfuhr. »Ich möchte mit dir weglaufen. Ich habe schon eine ganze Weile darüber nachgedacht, aber nie den Mut dazu gehabt, also sind wir jetzt hier. Kann ich mit dir kommen?«

»Hm?« Ich blinzelte. »Was?«

»Wie lautet der Plan, Mann?«

»Keine Ahnung«, sagte ich achselzuckend. »Ist das dein Ernst?«

»Klar, warum nicht?«

»Also gut.« Ich setzte mich neben Luke, und er legte seinen Arm um meine Schulter.

Ich schüttle die Erinnerung ab und streichle Seans kleine Schulter. Ich hoffe, er lernt eines Tages seinen Luke kennen. Amy macht allerdings einen großartigen Job, daran gibt es keinen Zweifel. Sean schmiegt sich dichter an meine Brust.

»Ruh dich aus, Kumpel«, sage ich leise. »Wir werden vielleicht eine Weile hier sein.«

Er legt seine Hand auf die meine, auf eine *Nimm deine Hand nicht von meiner Schulter*-Weise.

Ich kehre zu der Erinnerung zurück, als Luke mit mir weglief. Wir saßen ein paar Stunden unter dem Baum, bis es dunkel wurde.

»Vielleicht sollten wir einfach nach Hause gehen?«, schlug Luke vor. »Es wird kalt, und Mom würde sich so freuen, uns beide zu sehen.«

Ich nickte. Ich hatte schon darauf gewartet, dass er mich das fragen würde. Jahre später erfuhr ich, dass die Schule sofort meine Pflegefamilie angerufen hatte. Luke hatte darauf bestanden, mich zu holen, da er nicht wollte, dass es jemand anderes versuchte.

Meine zweite Chance im Leben manifestierte sich als mein Bruder.

Sean schnappt nach Luft und wacht plötzlich auf. Er sieht verängstigt aus.

»Es ist okay, ich bin da«, sage ich und umarme ihn.

Er beginnt zu weinen.

»Deiner Mutter geht es gut«, flüstere ich. »Es ist nur eine Verstauchung.«

Aber er schluchzt weiter an meiner Schulter. Ich weiß nicht, wie ich ihn trösten soll.

Kapitel Achtunddreißig

Erschöpft lasse ich mich auf das Sofa fallen. Was für ein Tag. Amy ist endlich zu Hause, ihr Knöchel ist in einen Verband gewickelt. Sie wird eine Zeit lang an Krücken gehen müssen. Sean ist bei einem Freund und gibt Amy etwas Zeit, sich zu erholen. Nachdem er aufgehört hat zu schluchzen, hat er nicht mehr mit mir gesprochen, und ich weiß nicht, warum.

Ich denke daran, wie Sean auf mir eingeschlafen ist, seinen kleinen Kopf an meine Brust geschmiegt. Dieser Junge hat mein Herz komplett gestohlen.

Dann denke ich an Amy und werde an den ständigen Kampf zwischen meinem Kopf und meinem Herzen erinnert.

Ich stoße einen langen Seufzer aus und fahre mir mit den Händen durch das Haar. Mann, das ist echt beschissen. In meinem Kopf kreisen die Gedanken an Amy und Sean, während ich versuche, mich zu entspannen. Ich möchte so gern alles für Sean wiedergutmachen, aber tief in mir weiß ich, dass es für alle das Beste ist, einfach wegzugehen – auch wenn es mir das Herz bricht, das zu tun.

»Aloha.«

Ich erschrecke und setze mich auf. Tante Melina steht in der Tür, mit einem amüsierten Lächeln im Gesicht. Anscheinend habe ich die Tür nicht ganz geschlossen.

»Tante Melina, aloha«, sage ich und spüre, wie meine Wangen rot werden. »Ich war nur … in Gedanken versunken. Bitte, komm rein.«

Ich mache Platz für sie auf dem Sofa.

»Ich muss dir etwas sagen«, verkündet sie, als sie sich neben mir niederlässt. Traurigkeit strahlt von ihr aus. »Ich verstehe, dass du nach Antworten suchst. Unsere Vergangenheit prägt uns, und ich weiß, dass du die Lücken füllen willst.«

Ich nicke langsam. Wo soll das hinführen?

»Aber die Vergangenheit ist nur nützlich, wenn sie dir hilft, die Gegenwart zu genießen«, fährt Tante Melina sanft fort.

Ich spüre, wie sich ein Kloß in meinem Hals bildet.

Sie legt eine Hand auf mein Knie. »Was nützt die Vergangenheit, wenn sie das Leben anderer jetzt stört?«

Ich runzle die Stirn. »Andere stören? Was meinst du?«

»Kimo hat so hart gearbeitet, um seine Familie aufzubauen. Er ist stolz auf seine Kinder, er liebt Jenn.«

Mein Stirnrunzeln vertieft sich. »Ich würde niemals Kimos Leben stören wollen.«

»Ich weiß, dass deine Absichten rein sind. Aber deine

Anwesenheit hier ... sie hat das Gleichgewicht ihrer Familie gestört.«

Ich spanne meinen Kiefer an. Schon wieder dieses Wort – *Anwesenheit.*

Ich schiebe die Flut der Erinnerungen an meine Kindheit beiseite. *Meine verflixte Gegenwart. Schon wieder.*

»Reg dich nicht auf«, sagt sie und drückt mein Bein. »Es geht nicht um dich. Deine Tante war Kimos erste Liebe, und Jenn hat das Gefühl, dass die Erinnerung an die Vergangenheit die Gefühle ihres Mannes für Kalani wieder aufleben lassen könnte.«

Ich stoße einen resignierten Seufzer aus. »Ich verstehe. Ich will ihnen keinen Kummer bereiten.«

»Ich weiß, Junge.« Sie schenkt mir ein verständnisvolles Lächeln. »Ich dachte nur, du solltest es wissen. Kimos Frau ist für ein paar Tage auf eine andere Insel gegangen. Kimo wird es schon in Ordnung bringen, mach dir keine Sorgen.«

»Ich verstehe. Okay.«

Es ist, als hätte ich in dem Moment, als ich hier ankam, ein altes Pflaster von meiner Brust gerissen und eine Wunde freigelegt. Ich habe sie verschlimmert, und sie wird jeden Tag größer und intensiver, schmerzhaft und hartnäckig. Jetzt fühlt es sich an, als würde die Welt Salz in die Wunde streuen.

Nachdem Tante Melina gegangen ist, streiche ich sanft über den Schal, den Kalani für Kimo gestrickt hat. Ich denke daran, wie verärgert Jenn wirkte, als sie ihn sah. Mit diesem Gedanken binde ich mir den Schal um den Hals und mache mich auf den Weg zum Haus der Nachbarn.

Ich weiß, dass meine Anwesenheit die Leute stört und Unbehagen hervorruft, ohne dass ich etwas dafür tun muss – meine Stiefmutter, das zankende Paar, der Freund der alleinstehenden Frau, sogar die Kinder in der Schule. Und jetzt bringe ich Unbehagen zu den Menschen auf der Insel.

Alles nur wegen meiner dummen Anwesenheit. Aber dieses Mal ist es meine Entscheidung. Ich werde mich aus ihrer Welt entfernen. Ich mache meine Anwesenheit unwirksam. Ich werde gehen.

Ich schreite hinüber zu den Johnsons und klopfe kräftig. Sie sind beide da, als sich die Tür öffnet. Claire steht hinter Phil und sieht mich mit Augen voller tausend Fragen an.

»Phil, haben Sie ein paar Minuten Zeit?«, frage ich.

»Klar, kommen Sie rein.« Er winkt mich herein.

»Das wird nicht lange dauern, also können wir hier reden. Möchten Sie mein Haus kaufen?«, frage ich in dem Wissen, dass er das möchte. »Wenn Sie einen schnellen Kauf und einen guten Preis bieten, gehört es Ihnen.«

Als mir die Worte über die Lippen kommen, spüre ich einen stechenden Schmerz in meinem Nacken.

Claires Gesicht strafft sich, während die Züge ihres Mannes siegessicher aufleuchten und sich ein Lächeln auf sein Gesicht schleicht. Ich kann sein unsichtbares Schwert in der Luft spüren. Ich verstehe nicht, warum er mehr Land braucht. Aber das ist nicht länger meine Sorge. Ich werde meine Anwesenheit von dieser Insel nehmen.

»Ich bin sicher, wir können uns einigen«, sagt Phil. »Ich werde sofort meinen Anwalt anrufen, damit wir das Verfahren einleiten können.« Er wirft einen Blick auf Claire. »Wir haben noch etwas zu feiern, Schatz.« Ein Grinsen breitet sich auf seinem Gesicht aus. »Claire und ich machen gleich einen Segelausflug bei Sonnenuntergang.«

Ich begegne Claires Blick. »Eine Minute, Roy«, sagt sie und verschwindet. Sekunden später kommt sie zurück und überreicht mir ein Katzenspielzeug. Mit ernster Miene sagt sie: »Das ist für Ihre Katze Luke.« Ihre Augen sind kalt wie Stahl und bohren sich in meine.

»Wir müssen los«, sagt Phil. »Claire liebt unsere Segelausflüge bei Sonnenuntergang. Unser Freund hat ein kleines Haus auf der kleinen Insel, und wir könnten dort übernachten.«

Er schließt die Tür. Ich starre den Spielzeugfisch an.
»Wer zum Teufel ist Luke?«, murmle ich.

Kapitel Neununddreißig

Ich laufe im Wohnzimmer herum, drücke das Spielzeug und versuche, Claires Nachricht zu entschlüsseln. Sicherlich war es eine versteckte Botschaft. Der Duft von Katzenminze erreicht meine Nasenlöcher.

Sie sagte: »Ihre Katze Luke.« Aber sie kennt Cheddars Namen.

Schweißperlen bilden sich auf meiner Stirn.

Cheddar wird mich beschützen ... Ihre Katze Luke ... Luke ... Mein Beschützer Luke! Luke, Katze, Luke.

»Verflixt und zugenäht!«, schreie ich, beschleunige meinen Schritt und fahre mir mit der Hand durch das Haar.

Als ich mich das nächste Mal zur Tür umdrehe, schreie ich, als ich sehe, dass Kimo dort steht und mich beobachtet. »Was machst du denn hier?«

»Was ist los?«, fragt er und ignoriert meine Frage. »Du

siehst aus, als hättest du gerade ein Gespenst gesehen.« Er legt den Kopf schief und mustert mich.

»Ich glaube, Claire ist in Gefahr.«

»Claire wer?«

»Mrs. Johnson.«

»Kannst du dich bitte setzen? Mir wird schwindelig.«

Wir setzen uns auf die Couch und ich erzähle ihm alles. »Ich vermute, dass Phil herausgefunden hat, was Claire gemacht hat, das Sammeln von Beweisen und all das.«

»Aber das ist seine Frau, Roy. Er wird ihr nichts antun.«

Ich schüttle den Kopf. »Sie hat angedeutet, dass er zu vielem fähig ist, und wenn er glaubt, dass sie ihm im Weg steht, wird er sicher handeln.« Ich erhebe mich abrupt. »Das ist doch verkorkst. Sie hat darüber gescherzt, dass Cheddar sie beschützt, und hat dann Cheddar Luke genannt, weil ich ihr von meinem beschützenden Bruder Luke erzählt habe.«

»Was würde Phil tun?«

»Ich weiß nicht, Mann, mein Verstand arbeitet nicht auf diese Weise. Wie auch immer, warum bist du hier?«

»Tante Melina hat mir erzählt, dass du ziemlich aufgeregt warst. Ich wollte nicht, dass sie dir von meinen Familienangelegenheiten erzählt, aber sie hat es getan. Ich bin hergekommen, um dir zu sagen, dass alles gut wird, zwischen Jenn und mir.«

Ich nicke. Ich fühle mich immer noch schlecht und nehme mir vor, so schnell wie möglich aus seinem Leben zu verschwinden, aber Claires Sicherheit ist im Moment wichtiger als alles andere.

»Können wir herausfinden, wo der Katamaran der Johnsons ist?«

»Kein Problem«, sagt er und holt sein Handy aus der Tasche. »Aber hör auf, herumzulaufen. Halt einen Moment still.«

Ich höre zu, wie er sich mit einem seiner Kapitänsfreunde unterhält, und ein paar Minuten später verkündet er: »Anscheinend erreicht ihr Katamaran die kleine Insel dort drüben. Sollen wir die Polizei rufen?«, fragt Kimo.

»Und ihnen sagen, dass ich einen Verdacht habe, der auf meinem Bauchgefühl und einem Katzenspielzeug beruht?« Ich seufze. »Aber ich weiß, dass etwas nicht stimmt.«

»Okay«, sagt Kimo. »Lass uns gehen.« Er steuert auf den Strand zu, und ich folge ihm. Er zeigt auf ein paar Paddleboards. »Lass uns ins Meer paddeln. Ich rufe Kai an, damit er uns abholt. Er ist schon auf dem Boot.«

Kimo sprintet auf ein Pärchen zu, dem er dringend zu verstehen gibt, dass wir uns ihre Paddleboards ausleihen müssen. Ich wünschte, die Leute wären hier nicht so nett, aber sie sind es, also haben wir jetzt die Paddleboards.

»Können wir nicht hier warten, bis Kai kommt und uns abholt?«, frage ich, während sich mein Magen vor Angst umdreht.

»Boote können hier nicht ans Ufer gelangen. Wir müssen zu ihm kommen. Roy?«

Ich starre auf die Paddleboards. Ich steige auf ein Paddleboard. Ich schwimme.

Paddeln ist nicht wirklich schwimmen, sage ich mir. *Du darfst dich nicht von der Angst beherrschen lassen.*

Ich lache über mich selbst, weil es wie ein Selbsthilfebuch klingt, aber es funktioniert. Ich nehme ein Board. Die Macht des Geistes erstaunt mich immer wieder.

»Also gut, machen wir es«, sage ich und versuche, mutiger zu klingen, als ich mich fühle.

Wir waten ins Wasser. Mein Atem beschleunigt sich und meine Kehle wird eng. Es ist, als ob das Meer mich verspottet und mich herausfordert, meine Ängste zu überwinden. Verdammt noch mal.

»Bleib dicht bei mir«, ruft Kimo über die tosenden Wellen hinweg. Er liegt auf dem Bauch auf einem Brett, seine kräftigen Tritte schneiden mühelos durch das Wasser. »Ich werde dich leiten.«

»Du hast leicht reden«, murmle ich und kämpfe gegen die Panik an, die sich in meiner Kehle breit macht.

Konzentriere dich jetzt. Es ist nur ein Ozean.

Motiviert durch den Gedanken, was Phil wohl vorhat, stoße ich mich mit den Armen ab. Kimo bleibt an meiner Seite und bietet mir Worte der Ermutigung und Führung.

»Vergiss nicht zu atmen, Roy«, erinnert er mich, als ich zwischen den Wellen nach Luft schnappe.

»Atmen wird überbewertet«, stottere ich und versuche, die Situation mit Humor zu nehmen. Es funktioniert nicht, und ich verfluche mich dafür, dass ich nicht schwimmen kann.

Eine riesige Meeresschildkröte zieht vorbei und paddelt gemächlich durch das Wasser. Voller Ehrfurcht entspanne ich mich. Die Wellen heben mein Board an, und ich höre auf, mit ihnen zu kämpfen.

»Roy, sieh mal! Da ist Kai.« Kimo zeigt nach vorn, und ich sehe in der Ferne ein kleines Boot.

Als wir schließlich das Boot erreichen, oder das Boot uns erreicht, schleppe ich mich an Deck. Meine Glieder zittern vor Erschöpfung und einem seltsamen Gefühl der Leichtigkeit.

Kai macht sich auf den Weg in den Abend und jagt der schwindenden Sonne hinterher. Während er das Boot auf die Küste der kleinen Insel zusteuert, halte ich mich an der Reling fest.

»Da!«, ruft Kimo und deutet auf den Steg vor uns. Mein Herz macht einen Sprung, als ich den Katamaran der Johnsons sehe.

»Kai, bring uns ans Ufer – schnell«, sage ich mit zusammengebissenen Zähnen.

»Verstanden«, antwortet er, lässt den Motor aufheulen und steuert mit fachmännischer Präzision auf den Steg zu.

Ich rutsche fast auf der nassen Oberfläche des Bootes aus, als ich mich vorbereite, den Steg hinaufzusprinten, aber Kimo hält mich an den Schultern fest.

»Roy, wir brauchen einen Plan!« Sein Gesicht ist direkt vor meinem. »Wir können nicht einfach auf ihrem Boot auftauchen. Sie könnten einen romantischen Abend haben.«

»Schaut mal, da ist ein Haus am Ufer«, sagt Kai. »Alle Lichter sind an.«

»Sie zieht die Dunkelheit vor.«

»Was?«, fragen Kai und Kimo gleichzeitig.

»Claire würde das Licht ausmachen, um den Sonnenuntergang zu beobachten. Sie mag natürliches Licht.« Eine Idee setzt sich durch. »Okay, ich habe einen Plan. Kai, kannst du uns auf die andere Seite der Insel bringen? Siehst du den Hügel dort? Es muss einen Weg geben, um von dort aus in das Haus zu gelangen. Wir nähern uns von hinten, bleiben versteckt und sehen nach, ob es ihr gut geht. Wenn alles in Ordnung ist, werden wir sie in Ruhe lassen.«

Der Motor heult wieder auf. Keiner der beiden Männer fragt, wie lächerlich mein Vorschlag sein mag.

Als wir die andere Seite der kleinen Insel erreichen, legt Kai das Boot an einem kleinen Steg an und wir sprinten beide hinaus. Kimo ist einverstanden, auf dem Boot zu bleiben. Wir rennen den Hügel hinter dem Haus hinauf. Ich hoffe, dass es einen Weg hinunter zu einem Hintereingang gibt.

»Verdammt, verdammt, verdammt!«, rufe ich von oben. Wir befinden uns auf einer steilen Klippe mit viel Vegetation.

»Sei still, Mann«, sagt Kai.

»Es ist eine Klippe«, murmle ich, während sich Hoffnungslosigkeit auf meinem Brustkorb niederlässt.

Kai steht am Rand und blickt nach unten. »Es ist nur eine Möchtegern-Klippe.«

Als ich mich der Kante nähere, klopft mein Herz, als ich hinüberblicke. Unten schlagen die Wellen mit unerbittlicher Kraft gegen die Felsen, aber ich sehe auch den Pfad am Fuß der Klippe. Zwischen mir und dem Pfad befindet sich eine sehr steile Felswand mit üppiger und dichter Vegetation auf halber Strecke bis zum Boden.

»Dank der hawaiianischen Fülle«, murmle ich und schaue nach unten.

Ich könnte also zuerst springen und auf die Vegetation zielen, um dann vorsichtig auf den Pfad hinunterzuklettern.

»Wir müssen da runter«, erkläre ich.

Kai zögert. »Ziel darauf ab, Äste oder Blätter zu greifen, irgendetwas. Es sind nur ein paar Meter. Aber wenn du die Vegetation verfehlst, wirst du schnell fallen. Bist du dir sicher?« Seine Stimme ist kaum zu hören.

»Natürlich bin ich mir nicht sicher, verdammt!«, schnauze ich, während ich mich kniend an den Rand der Klippe klammere. »Aber das ist doch der einzige Weg zur Rückseite des Hauses, oder?«

»Wir könnten vom Boot aus schwimmen.«

»Das dauert zu lange«, sage ich. *Wenn du nur wüsstest, Kai, wie lange ich brauchen würde, um zum Haus zu schwimmen. Ich müsste mit Schwimmunterricht anfangen.*

Kais Gesichtsausdruck ist grimmig, aber entschlossen. »Also gut«, sagt er und klopft mir auf die Schulter. »Ich schaue dir zuerst zu. Du schaffst das schon.«

»Warte«, sage ich zögernd. Meine Handflächen schwitzen, und Bilder vom Eintauchen in die dunklen

Tiefen des Ozeans gehen mir durch den Kopf. »Ich … Ich weiß nicht, ob ich das schaffe.«

»Hey«, sagt Kai sanft und berührt meine Schulter. »Wenn du die Vegetation verfehlst, ziel einfach auf das Wasser. Es ist tief genug, um hineinzutauchen. Meide die Felsen, okay?«

Ich atme tief ein und versuche, mich zu beruhigen. »Ha, danke«, antworte ich und rolle mit den Augen. »Deine unendliche Weisheit kennt wirklich keine Grenzen.«

Ich atme tief durch und stürme mit hämmerndem Herz in der Brust auf die Kante zu. Gerade als ich springen will, schießt mir ein Bild in den Kopf, wie ich in den wilden Wellen untergehe, und ich zögere.

»Komm schon, Roy«, murmle ich. »Du schaffst das. Es ist genau wie von Schneehaufen zu springen, nur mit mehr … Tod. Und tiefem Wasser.«

Ich atme noch einmal ein, spüre, wie die salzige Luft meine Lunge füllt, und dann springe ich mit einem Aufschrei aus Mut und Angst von der Klippe, in der Hoffnung, auf dem Weg nach unten die Äste zu erwischen.

Mein letzter Gedanke ist, dass ich, wenn ich diese Tortur überstehe, festen Boden nie wieder als selbstverständlich ansehen werde.

Kapitel Vierzig

Wasser, überall Wasser. Ich recke leicht den Hals, aber ich sehe immer noch Wasser. Mein Blick schweift umher und trifft nur auf die unerbittliche Kontinuität des Wassers. Ich liege auf einem kleinen schwarzen Felsen, umgeben von einer blauen, kräuselnden Weite.

Meine Augen verhalten sich wie ein 33-mm-Kameraobjektiv und scannen die Gegend hektisch ab. Immer noch nichts als Wasser. Ah, da ist die Sonne, die am Horizont verschwindet und mit dem Wasser verschmilzt.

Ich stoße einen Seufzer der Enttäuschung aus. Ich bin also wirklich von der Klippe gesprungen.

Eine Krabbe mit glänzenden Augen krabbelt auf mich zu.

Wenn ich mich umschaue, ist das Ufer dort drüben, und der Weg führt auch in diese Richtung. Dieser Felsen steht mitten im Ozean. Oh, Mann. Ich kann nicht schwimmen, und es ist so viel Wasser um mich herum.

Etwas streift meinen Hals, und ich stoße einen kleinen Schrei aus. Als ich nach unten schaue, erkenne ich, dass es eine Halskette ist, kein Tier.

Ah, es ist eine schildkrötenförmige Halskette.

Warum trage ich eine Schildkrötenhalskette?

»Oh!«, erinnere ich mich plötzlich.

»Roy! Roy!« Ich höre seine Stimme.

Kai taucht auf und kriecht über den Felsen. »Wir haben keine Zeit für eine Gehirnerschütterung, Kumpel.« Er untersucht meinen Kopf, meine Arme und Beine. »Bist du in Ordnung?«

»Definiere *in Ordnung*«, sage ich und zucke zusammen.

»Kannst du dich bewegen? Das war ein ordentlicher Sturz.«

»Ja. Aber dieser Felsen ist ziemlich klein für uns beide.«

»Was du nicht sagst. Erinnere mich daran, dass ich mich nie wieder auf deine Pläne einlasse«, brummt er. »Lass uns zum Haus gehen.«

»Aber zwischen hier und dort ist Wasser.«

Kai schaut verwirrt, als hätte ich gerade die offensichtlichste Tatsache der Welt festgestellt.

Ich seufze. »Wir haben vielleicht ein kleines Problem. Ich kann nicht schwimmen.«

Jetzt sieht er völlig verwirrt aus.

»Nicht jeder ist am Meer aufgewachsen, weißt du.« Ich setze mich auf und schlage mit den Fäusten in die Luft, dann bewege ich meine Beine auf und ab, um zu sehen, ob ich mich verletzt habe.

»Wow, ich finde es toll, dass du als Nichtschwimmer ins Meer gesprungen bist. Cool, Mann.« Er grinst.

»Du hast nicht viele andere Möglichkeiten angeboten«, sage ich, während ich weiterhin meine Arme und Beine bewege.

»Du hattest Glück.« Er schüttelt den Kopf. »Die Vegetation hat deinen Sturz gebremst, und das hier ist ein glatter Fels. Aber es sieht so aus, als hätte der Sturz dein Gehirn getroffen – was machst du mit deinen Armen und Beinen?«

»Ich prüfe nur alle meine Gliedmaßen.«

Kai gluckst. »Wir machen es folgendermaßen. Wir lassen uns ins Wasser gleiten und du lehnst dich mit dem Gesicht nach oben an mich. Sieh in den Himmel, entspanne dich und atme ruhig. Die Wellen werden dir helfen. Widersetze dich ihnen nicht. Lass dich von ihnen anheben. Das Ufer ist nicht mehr weit.«

»Entspannen. Natürlich werde ich mich verdammt noch mal entspannen. Es ist mein natürlicher Lebensraum – Wasser.«

Ehe ich mich versehe, sind wir im Wasser. Ich kann das Salz schmecken. Ich drehe mich zum Himmel und lehne mich langsam an Kai. Er blickt ebenfalls nach oben und hält mich fest an seine Brust gedrückt.

Vertraue einfach und lass los.

»Super, du machst das super. Ich habe dich«, sagt Kai beruhigend, während er zum Ufer schwimmt. Ich gerate nicht in Panik, nicht einmal für eine Sekunde. Es ist ein seltsames Gefühl, so ruhig zu sein. Ich nehme sogar die Schattierungen in den Farben des Sonnenuntergangs wahr.

»Danke«, flüstere ich, als wir das Festland erreichen.

»Für jemanden, der nicht schwimmen kann, hast du das großartig gemacht«, flüstert Kai zurück.

»Ja, ich habe mich eigentlich gut gefühlt.«

Ich sehe die Rückseite des Hauses.

»Sieh mal«, sagt Kai mit einer Geste, »wir können einen Blick hineinwerfen, wenn wir dort drüben ins Wasser gehen und über die Treppe auf die kleine Terrasse des Hauses klettern.«

»Klar, warum nicht? Je mehr Wasser, desto besser«, sage ich.

Kai stößt ein leises Lachen aus.

Wir gehen durch das brusthohe Wasser zu den Stufen, die das Meer mit dem Garten verbinden.

Die vielen Lichter, die im Haus brennen, sind eine Herausforderung für die Pupillen. Als ich mich einem der Fenster nähere, sehe ich Claire schlafend auf einem Sofa. Ich runzle die Stirn. Es ist merkwürdig, dass sie bei all dem Licht schläft. Und der Sonnenuntergang ist immer noch wunderschön.

Ich höre Phil am Telefon.

Angst schwirrt mir im Kopf herum. »Irgendetwas scheint hier nicht zu stimmen«, zische ich Kai zu.

»Ach, wirklich? Findest du, dass der heutige Abend etwas seltsam ist?«, fragt er in einem neckischen Ton.

Ich schiebe das Fenster auf. »Claire«, flüstere ich. »Claire.«

Sie rührt sich nicht. Ich klettere schnell ins Zimmer.

»Claire. Claire.« Sie bewegt sich nicht. Ich berühre ihren Arm. Immer noch keine Bewegung.

»Wer ist da?«

Ich schaue auf. Phil zielt mit einer Waffe in unsere Richtung.

»Warum reagiert sie nicht?«, frage ich, wobei meine Stimme vor Wut zittert. »Was haben Sie mit ihr gemacht?«

»Sie hat Tabletten gegen ihre Kopfschmerzen genommen«, knurrt er. »Die machen sie schläfrig. Warum erklären Sie mir nicht, was Sie hier machen? Sie wissen, dass dies Privatbesitz ist?«

»Ja, okay.« Ich hebe meine Hände zur Kapitulation. »Rufen Sie die Polizei, wenn Sie das wollen. Aber ich gehe nirgendwo hin, bis sie aufwacht.«

»Oder was?« Phil lacht manisch. »Und was genau wollen Sie tun, Roy? Sie sind genau wie Ihr Großvater – auf olympischem Niveau dumm. Dafür kann ich Sie einsperren lassen.«

Meine Stimme ist trotz der Gefahr ruhig. »Sehen Sie, es gibt etwas, das Sie nicht bedacht haben.«

»Und das wäre?«

»Sie beleidigen meinen Opa nicht.«

»Ach, ersparen Sie mir diesen sentimentalen Blödsinn«, schnaubt er und umklammert seine Waffe fester. »Ich rufe die Polizei.«

Kai sprintet in den Raum und Phil dreht sich schnell zu ihm um. Ich nutze seine vorübergehende Ablenkung, stürze mich rücksichtslos auf Phil und werfe ihn zu Boden. Die Waffe fliegt ihm wie eine Rakete aus der Hand. Er liegt fluchend auf dem Boden, während Kai die Waffe wegkickt.

»Das ist Privateigentum!«, ruft er vergeblich.

»Ihr Eigentum ist mir egal, Mann!«, erwidere ich.

Als Kai Phil festhält, schlingt er seine Arme fest um Phils Brust und hält ihn in einem kontrollierten Griff. Phil wehrt sich dagegen, aber Kais Kraft hält ihn in Schach. Ich stürze auf Claire zu. Als ich ihren Atem auf meiner Hand spüre, fühle ich einen Moment der Erleichterung. Sie ist am Leben.

»Sie atmet«, rufe ich.

Ich sehe zu Phil hinüber und bin schockiert, als ich feststelle, dass Kimo auf ihm sitzt.

»Wie bist du hergekommen?«, frage ich.

»Ich dachte, ihr könntet Hilfe brauchen, also habe ich das Boot hergebracht.«

»Gut gemacht, Kimo.« Ich lächle und hebe Claires schlanke Gestalt in meine Arme. Mein verletzter Arm schreit vor Schmerz. »Sie ist auch Ohana, Phil!«, rufe ich, als ich zur Tür hinausgehe, Kai auf den Fersen.

Kapitel Einundvierzig

Eine Woche ist seit dem Vorfall vergangen, nicht dass ich die Tage zähle oder so, und ich kann meinen Flug morgen kaum erwarten. Endlich bin ich bereit, abzureisen, und ich gehe als jemand, der sich verändert hat. Ich fühle mich, als hätte ich sechzig Jahre hier verbracht, nicht sechs Wochen.

Nachdem ich Claire gerettet hatte, rief ich die Polizei, und Phil wurde in Gewahrsam genommen. Claire verbrachte die Nacht im Krankenhaus, und dann half ihre Familie aus Kalifornien ihr, die Insel zu verlassen. Vor ein paar Tagen rief sie per Video an. Ich war so glücklich, sie lächeln zu sehen.

»Hey, Claire, es ist so großartig, Ihr schönes Gesicht zu sehen«, sagte ich aufgeregt.

»Sie sind so ein Charmeur, Roy. Danke, dass Sie gekommen sind, um mich zu retten. Ich wusste, dass er etwas im Schilde führt, und ich wusste, dass Sie es herausfinden würden.« Tränen liefen ihr über die Wangen. »Ich kann Ihnen gar nicht sagen, wie sehr ich Ihre Hilfe schätze – ich will gar nicht daran denken, was passiert wäre, wenn Sie nicht aufgetaucht wären.«

»Ich bin so erleichtert, dass es Ihnen jetzt gut geht, Claire. Cheddar zu benutzen und meinen Bruder Luke in Ihrem Geheimcode zu erwähnen, war ein Geniestreich. Ich war noch nie so erleichtert, als ich merkte, dass Sie atmen.« Meine Stimme brach, als ich das sagte.

»Ich hatte schreckliche Kopfschmerzen, aber Phil hat gestanden, mir ohne meine Zustimmung starke Schmerzmittel und Schlaftabletten gegeben zu haben. Er sagte der Polizei, ich sei unruhig gewesen und er habe nur versucht, mir beim Einschlafen zu helfen.«

»Der Abschaum«, erwiderte ich spöttisch, denn ich wollte nichts weniger als Gerechtigkeit für Claires Leiden.

»Ich glaube, es war Ihr Angebot an diesem Abend, Ihr Haus zu verkaufen. Er hat mich mit Tabletten zum Schlafen gebracht, damit er ohne mich feiern konnte. Aber er hat auch zugegeben, dass er mir schon früher Schlaftabletten gegeben hat, ohne es mir zu sagen. Dieses Mal hat er mir so viel gegeben, dass ich vielleicht gestorben wäre, wenn ich nicht ins Krankenhaus gekommen wäre. Also vielen Dank.«

»Ich kann nicht glauben, dass Sie das alles so gelassen nehmen.«

»Ich habe in den letzten Monaten bereits den Schock, die Trauer und die Akzeptanz durchgemacht, seit ich seine Affäre und andere Missetaten entdeckt habe. Der Gedanke, endlich frei von ihm zu sein, bringt so viel Erleichterung. Ich habe immer noch Angst, aber sie schwindet langsam. Er ist für immer aus meinem Leben verschwunden. Das ist es, was ich will.«

Ein Seufzer der Erleichterung entwich meinen Lippen.

»Außerdem habe ich darüber nachgedacht, was ich mit dem Haus machen soll, und mein Plan ist, es zu verkaufen und den Erlös für einen guten Zweck zu spenden. Ich weiß aber noch nicht genau, was und wie.«

»Das ist wunderbar, Claire, aber überstürzen Sie bitte keine Entscheidung.« Das muss ich gerade sagen.

Wir vereinbarten, in Kontakt zu bleiben.

Seit dem Telefonat hatte ich ein paar ruhige Tage. Ich sammle meine Gedanken und packe. Meinem Arm geht es besser. Ich musste in die Notfallambulanz, da die Schmerzen nach dem Tragen von Amy und dann Claire unerträglich wurden. Ich habe jetzt wieder eine Schiene, und der Arzt hat mich angewiesen, nichts Schweres zu heben, auch keine Menschen.

Ich habe es höflich abgelehnt, jemanden außer Tante Melina zu sehen. Sie ist ein paarmal vorbeigekommen. Ich habe Frank eine Vollmacht erteilt, damit er den Verkauf des Hauses in die Wege leiten kann. Ich hoffe, dass jemand dieses Land so sehr lieben wird, wie meine Großeltern es taten.

Die Dinge scheinen in Ordnung zu sein, aber ich werde ein Gefühl der Unruhe nicht los. Vielleicht brauche ich einfach einen ruhigen letzten Tag hier und einen Spaziergang am Strand nach meinem Kaffee. Auf der

Veranda des Strandhauses atme ich die warme Morgenbrise ein. Genau wie die Wale, die sich auf ihre Rückkehr nach Alaska vorbereiten, bereite ich mich auf meine Heimkehr nach London vor.

Während ich an meinem Morgenkaffee nippe, schrecke ich auf, als ich das Tor knarren höre. Amy kommt auf ihren Krücken hindurch. Ich blicke zum Himmel und murmle: »Mach mal halblang, ja?«, bevor ich besiegt zusammensacke. Ich habe weder die Energie noch den Wunsch oder die Fähigkeit, ihr gegenüberzutreten.

»Ich bin hier, und du wirst mir zuhören«, sagt sie und spiegelt die Turbulenzen eines Ozeans wider.

Ich sehe sie an, aber es ist schmerzhaft. »Bitte, Amy«, flehe ich sie an.

Hör auf, mein Herz zu verletzen. Hör auf, so umwerfend zu sein. Hör auf, dort drüben zu sein und nicht hier.

»Hör zu, ursprünglich war ich bereit, dich zum Verkauf zu überreden, aber ich habe meine Meinung geändert, nachdem wir Zeit miteinander verbracht haben. Sean ist …« Sie bricht ab. »Wovor hast du Angst? Warum lässt du mich nicht erklären?«

Mehr Herzschmerz.

Ich schweige und versuche, ihren Anblick ein letztes Mal in mich aufzusaugen.

Sie lehnt sich gegen das Tor. »Ich habe Phil gesagt, dass ich den Plan nicht durchziehen werde, und er wurde wütend auf mich. Er hat mir sogar gedroht.«

»Er hat was?«

»Ja«, sagt sie mit Nachdruck, »aber er konnte mir keine Angst machen. Ich habe einen Fehler gemacht, aber siehst du nicht, dass es mir aufrichtig leidtut?«

Ich stelle meinen Kaffee auf den Tisch und gehe auf sie zu. *Ich brauche das. Ich muss ein letztes Mal ihre Haut einatmen.* Unsere erhitzten Atemzüge vermischen sich in der Luft.

»Wie konntest du eine Abmachung mit einem Monster wie Johnson eingehen, nur um dich selbst zu bereichern?«

»Ich kann nicht glauben, was für ein böser Mann er ist, aber das wusste ich zu dem Zeitpunkt nicht, und ich hätte nie gedacht, dass er so weit gehen würde. Seit du Claire gerettet hast, wollte ich hierherkommen, aber ich habe gegen den Drang angekämpft. Ich habe mir immer wieder eingeredet, dass du ohne mich besser dran wärst. Ich wollte dich nicht verletzen. Aber lass es mich wenigstens erklären.«

Ich neige meinen Kopf. *Zu spät. Ich bin schon kaputt.*

Als Amy wieder spricht, klingt in ihrer Stimme eine Mischung aus Wut und Trauer mit. »Du denkst, ich habe das aus Egoismus getan? Du hast keine Ahnung, was ich durchgemacht habe.« In ihren Worten schwingt Bitterkeit mit. »Ich hatte meine Gründe für diesen Deal. Ich werde sie jetzt mit dir teilen«, sagt sie und ihre Stimme wird lauter. »Und du wirst mir zuhören.«

Ich schnaube. »Ich bin mir sicher, dass du gute Gründe hast«, sage ich, meine Stimme voller Groll und Schmerz. »Wir haben uns gerade erst kennengelernt und hatten ein paar Augenblicke. Du bist mir keine Erklärung schuldig.«

»Ein paar Augenblicke?«, schreit sie. »Das war's? Wir hatten nur ein paar Augenblicke?«

»Hör mal, du machst eine Szene«, sage ich leise. »Warum kehrst du nicht in deine Welt zurück, und ich setze meinen ruhigen Morgen fort. Ich reise morgen sowieso ab.«

Tränen sammeln sich auf ihren zitternden Wimpern. »Du reist morgen ab?«

Ich schaue nach unten, damit ich ihre Augen, ihre Haut, ihr Herz nicht sehen kann. Mein eigenes Herz zittert.

Nicht nach oben schauen. Nicht nach oben schauen.

Abrupt dreht sie sich um und verlässt mithilfe ihrer Krücken den Garten.

Ich stehe regungslos da und starre auf das offene Tor. Das war's. Der letzte Moment.

Ich mache mich auf den Weg zum Strand, aber schon nach wenigen Schritten – noch bevor ich das kleine Tor erreiche – ertönt ihre Stimme und überrascht mich.

»Du wirst mir zuhören, Sonnenschein.«

Ich drehe mich um. Sie lehnt am Tor. »Weißt du, manche Dinge sind nicht so eindeutig. Und du solltest das besser als jeder andere wissen.«

Ich stelle mich direkt vor sie und sehe sie fassungslos an.

»Nicht. Wage es nicht, mich zu verurteilen, ohne mich anzuhören.« Sie macht einen humpelnden Schritt nach vorn. Ich weiche einen Schritt zurück. Dann macht sie noch einen, und noch einen.

Sie steht direkt vor meinem Gesicht.

Ich atme scharf aus und habe Mühe, meine Gefühle im Zaum zu halten. »Amy, bitte hör auf, uns zu quälen«, flehe ich, meine Stimme voller Frustration und Sehnsucht.

»Sag mir nicht, was ich zu tun habe«, erwidert sie und tritt noch näher. Ihre Nähe entfacht Tausende von Funken in meinem Körper.

Ich sehne mich immer noch nach ihr. Der Strom, der durch jede Faser meines Wesens fließt, ist fast unerträglich. Es kostet mich jedes Quäntchen Willenskraft, dem Drang zu widerstehen, nach ihr zu greifen und sie in meine Arme zu ziehen.

Sie drückt ihre Handfläche fest gegen meine Brust, und ihre Augen bohren sich in meine.

»Du wirst mir zuhören«, befiehlt sie.

Mein Kiefer krampft sich vor Verzweiflung zusammen. In einem Zustand purer Hilflosigkeit starre ich sie an. Sie verwandelt meine Luft, meinen Sauerstoff. Meine Welt.

Ich schließe für einen Moment die Augen und spüre, wie ihr Mund auf den meinen prallt. Der Kuss setzt etwas in mir frei.

Mit einer raschen Bewegung stemmt sie sich mit einem Bein hoch und springt in meine Arme. Ich fange sie auf und bemerke den Schmerz auf ihrem Gesicht, doch sie will sich nichts anmerken lassen. Das ist ein vertrauter Tanz, ich erkenne jede Bewegung. Ich ziehe sie fester an mich, umschließe sie fest mit meinem linken Arm und benutze meinen rechten Arm so weit wie möglich.

»Dein Arm«, murmelt sie.

Kein Unbehagen. Ich habe keine Kontrolle mehr über

meinen Körper. Es ist, als hätte ich mich in ein völlig anderes Wesen verwandelt. Ihre Atmung ist schnell und flach, ihre Lippen sind geöffnet. Ich starre sie an. Ich könnte das ewig tun, ihr ins Gesicht schauen. Die einzigen Geräusche sind ihr Atmen und mein Herzklopfen.

Unsere Lippen treffen sich wieder, und ich trage sie ins Haus. Ein Stöhnen entweicht ihr, als meine Zunge über ihren Mund streift. Es ist wild, unaufhaltsam. Ihr Geschmack verweilt auf meiner Zunge, ein bittersüßer Nektar. Ich kann nicht aufhören, sie zu küssen. Ich will sie wieder und wieder kosten. Wir sind ineinander versunken, hungern nacheinander.

Ich lasse sie auf das Bett sinken, und sie packt mein Hemd und zieht es mir aus, wobei sie die Knöpfe aufreißt. Ich ziehe ihr das Oberteil aus. Meine Hand wandert zu ihrem glatten BH. Das Türkis passt zu ihrer gebräunten Haut. Ich atme tief ein und öffne den Verschluss, um die helle Haut darunter zu enthüllen. Ich halte inne, betrachte ihre Augen, ihr Gesicht und genieße jede Kurve ihres Körpers. Sie ist ein Weltwunder, und jede Zelle ihres Körpers verlangt nach Anbetung.

Ich gehorche.

Ich bedecke ihren Hals mit Küssen, und sie keucht vor Vergnügen. Leicht zitternd umfasse ich eine ihrer Brüste mit meiner Handfläche. Es ist berauschend, eine süße Gefahr. Als ich ihre Brüste küsse, stöhnt sie vor Vergnügen.

Ich bewege mich hinunter zu ihrem Bauch, und sie krümmt sich in meine Berührung. Die Hitze ihrer Haut elektrisiert meine Lippen und Fingerspitzen. Meine Zunge unternimmt eine gewagtere Reise, will jeden Zentimeter von ihr kennenlernen.

Als unsere Körper schließlich zusammenprallen, bleibt mein Herz für eine Sekunde stehen. Unsere Verbindung ist ein tobender Vulkan.

In diesem Moment habe ich die Absicht, sie für den Rest meines Lebens zu erkunden.

Kapitel Zweiundvierzig

Stehe ich unter einem Bann?, überlege ich, fixiert auf ihr fesselndes Gesicht. Sie schlug vor, zum Sofa zu gehen, und wir taten dies vorsichtig, behindert durch den pulsierenden Schmerz in meinem Arm.

Jetzt hallt das Pochen meines Herzens in meinen Ohren wider. Ihre Pupillen sind wie Sterne, die am Nachthimmel glitzern.

Sie ist meine Helligkeit.

Ich bin dem Untergang geweiht.

Dann füllen sich ihre Augen mit Tränen.

»Nein, nein, nein! Nicht weinen, sonst hebe ich dich auf und trage dich zurück ins Schlafzimmer!«

»Ich bin dabei«, sagt sie lachend, bevor sie wieder ernst wird. »Das ist auch der Grund, warum ich auf dem Sofa sein wollte. Lass uns eine gewisse körperliche Distanz wahren.«

»Okay, lass uns mit der Natur ringen«, sage ich, aber ich füge mich und setze mich.

»Roy.« Ihre Stimme ist kaum mehr als ein Flüstern. Die Verletzlichkeit in ihren Augen spiegelt meine eigene wider. »Bitte hör zu. Bitte lass es mich erklären.«

»Raus damit«, antworte ich hilflos und bin mir ihrer Macht über mich bewusst.

»Ich muss Sean nach Südkorea bringen.« Sie schaut nach unten. »Für eine Behandlung. Ich möchte, dass er ein normales Leben führen kann. Es ist sein Traum, nach New York, London und Irland zu gehen.« Sie blickt auf. Ich sehe die Last ihrer Traurigkeit in ihren Augen.

Ich blinzle sie verwirrt an.

»Er hat eine seltene chronische Krankheit. Er kann nicht in kalten Temperaturen sein.«

Ein Kloß bildet sich in meiner Kehle. »Eine Krankheit.« Meine Stimme ist ein leises Grollen.

»Sie nennt sich Raynaud-Krankheit.«

Mein kleiner Kumpel Sean. Ich ziehe die Augenbrauen zusammen.

»Wenn er Kälte ausgesetzt ist, verengen sich seine Blutgefäße, wodurch die Durchblutung seiner Extremitäten eingeschränkt wird.«

Ich fühle mich, als würde ich in den tiefsten Teil eines stürmischen Ozeans hineingezogen werden.

»Bei kaltem Wetter werden Teile seines Körpers taub oder kribbeln schmerzhaft, vor allem seine Finger und Zehen. Aber auch seine Nase, Ohren und Lippen können betroffen sein. Und das ist nicht nur schmerzhaft, sondern auch gefährlich. Es kann lebensbedrohlich sein, wenn er eine Infektion davon bekommt.« Eine Träne gleitet ihr über die Wange. »Er zittert unkontrolliert. Sein Körper ist einfach nicht in der Lage, die intensive Kälte zu ertragen. Es ist herzzerreißend, sein Leiden mit anzusehen.«

Nach einem sekundenlangen Schweigen erhebe ich mich. »Dieses verdammte Leben hat einen verdrehten Sinn für Fairness, nicht wahr?« Meine Adern treten vor Frustration hervor, meine Muskeln sind angespannt.

»Tut mir leid, gib mir nur einen Moment«, rufe ich, bevor ich das Schlafzimmer betrete und die Tür hinter mir schließe. Ich trete und schlage gegen alles, was mir in die Quere kommt, und schlage dann mehrmals auf das Kissen, wobei jeder Schlag von Flüchen begleitet wird.

Als ich aus dem Schlafzimmer komme, versuche ich, ruhig zu wirken.

»Geht es dir besser?«, fragt sie.

Ich schüttle den Kopf. »Erzähl mir von der Behandlung«, sage ich, während ich mich neben ihr fallen lasse.

Sie seufzt. »Bislang gibt es kein Heilmittel, aber es gibt Medikamente, die helfen, die Anfälle zu verhindern und zu kontrollieren. In Südkorea gab es kürzlich einen Durchbruch. Eine Privatklinik hat mit ihren Behandlungen erstaunliche Erfolge erzielt. Ich verfolge sie seit Monaten aufmerksam. Meine Nachbarin reist oft dorthin, um ihre Familie zu besuchen, und sie half mir bei der Recherche über die Klinik. Es ist sehr vielversprechend, und ich hoffe, dass es das ist, was ich mir für meinen kleinen Jungen wünsche.«

»Er muss also nach Südkorea.«

Sie nickt und sieht so verletzlich aus, wie ich sie noch nie gesehen habe. Ich hebe ihr Kinn an. Ihre Augen haben eine Tiefe, die ich nicht ergründen kann, aber ich bin bereit, mich darauf einzulassen.

»Nichts ist wichtiger als mein kleiner Kumpel. Er wird nach Südkorea kommen.«

Ich ziehe sie an mich, und ihre Worte werden an meiner Brust gedämpft, während sie spricht. »Ich hatte nur ein paar Tage lang eine Abmachung mit Phil, dann habe ich ihm gesagt, er solle verschwinden und dich in Ruhe lassen. Ich habe Chelsea sogar gebeten, deine Anrufe nicht entgegenzunehmen. Die Abmachung war dumm, und ich habe sie nach unserem Tag am Strand bereut.«

»Der Strand mit den Schildkröten?«, frage ich.

»Ja.«

»Du brauchtest das Geld, um dein Baby zu beschützen«, sage ich leise.

Sie nickt.

»Wie viel kostet die Behandlung?«

Sie sieht auf. »Darüber musst du dir keine Sorgen machen.«

»Amy, wie viel kostet das?«, dränge ich.

»Hunderttausende.«

»Okay, das kriegen wir schon hin. Wir bringen ihn hin.«

»Ich brauche weder dein Mitleid noch deine Hilfe. Ich bin nicht hier, weil ich etwas erwarte.«

»Aber ich brauche dich. Und er ist mein bester Kumpel.« Ich komme näher und umarme sie fest.

Mein Leben macht so viel Sinn, wenn sie in meinen Armen liegt. Es ist, als wären wir zwei Teile einer fein gearbeiteten Skulptur. Als wüssten unsere Körper, wie man miteinander umgeht. Es ist die natürlichste Sache der Welt.

Ich schließe die Augen, lausche den Wellen draußen und den Gezeiten in meiner Brust.

»Ich habe meine erste Liebe geheiratet«, sagt sie leise, »und unsere Verbindung war unbestreitbar, aber die Kinder, die wir uns erhofften, kamen nie. Nach Jahren des Herzschmerzes schlug ich eine Adoption vor, und er schlug eine künstliche Befruchtung mit einem Samenspender vor – ein letzter Versuch, ein eigenes Kind zu bekommen. Nun, mit meiner Eizelle, denn es gab ein Problem mit seiner Spermienzahl. Ich dachte, er würde es für mich tun, für uns. Ich bewunderte ihn dafür, dass er diese außergewöhnliche Sache für unsere Familie tat. Aber bevor Sean geboren wurde, verließ mich mein Ex-Mann. Später erfuhr ich, dass er in einem betrunkenen Gespräch einem Freund gesagt hatte, Sean sei nicht von ihm.«

Ich stoße einen Fluch aus. »Entschuldigung, mach weiter, ich werde nicht mehr stören, versprochen.«

»Unsere Eltern sind irischer Abstammung, also haben wir einen Spender aus Irland ausgewählt. Sean, dein bester Freund, ist ein irischer Junge«, sagt sie mit einem kleinen Lächeln. »Meine Eltern waren über die Scheidung verärgert und haben nie die Wahrheit dahinter erfahren. Sie warfen mir sogar vor, keine treue Ehefrau zu sein. Da mein Ex-Mann nichts mit Sean zu tun haben wollte, nahmen sie an, dass er recht haben könnte, dass Sean das Produkt einer Affäre war. Aber ich habe nie jemandem die Wahrheit gesagt. Nun, ich habe es Sean einmal gesagt, als ich besonders traurig war. Ich sagte, er habe einen ›künstlichen Vater‹. Ich bereue es so sehr.«

Ich nicke. »Er hat seinen künstlichen Vater erwähnt.«

Panik macht sich in Amys Gesicht breit. »Was? Ich dachte, er hätte das hinter sich gelassen. Es ist ein Jahr her, und wir haben nie darüber gesprochen.«

»Nun, ich bin sein bester Freund, schon vergessen?«

»Dieser Junge!« Amy kichert. »Von dem Moment an, als er geboren wurde, war Sean das strahlende Licht in unserer Familie, das Juwel, das meine Eltern anbeteten. Sie vergaßen, dass sie über mich verärgert waren. Ihr Enkel hat ihr Herz gestohlen, als er geboren wurde. Aber das Leben in New York zerstörte langsam seine Gesundheit. Wie ich schon sagte, ist er wegen seiner Erkrankung anfällig für Kälte. Also entschied ich mich, unser Leben umzukrempeln und ihn hierher nach Hawaii zu bringen, in der Hoffnung, dass die Wärme ihm ein besseres Leben bescheren würde. Und das hat es.«

Sie unterdrückt ein Schluchzen. Wieder einmal möchte ich ihr den Schmerz nehmen.

»Als wir ankamen, war er ein so zerbrechliches Kind, aber der Umzug hat ihm sehr geholfen. Dennoch bedeutet sein geschwächtes Immunsystem, dass sich eine ansteckende Krankheit zu etwas Lebensbedrohlichem entwickeln könnte.«

Ich habe Mühe, meine Fassung zu bewahren. Ihr Gesicht ist an meine Brust geschmiegt, und ich kann die Feuchtigkeit ihrer Tränen spüren.

»Kurz gesagt, er ist sehr anfällig für Infektionen und heilt nur langsam. Jede Infektion schwächt seine Abwehrkräfte ein wenig mehr. Ich mag gar nicht daran denken, was beim nächsten Mal passieren könnte.«

Ich wische mir die Tränen aus meinen eigenen Augen.

»Er ist in den letzten Jahren schon ein paarmal ins Krankenhaus eingeliefert worden. Bei jedem Besuch habe ich Angst, dass es der letzte sein könnte. Manchmal denke ich, ich könnte vor lauter Stress und Herzschmerz den Verstand verlieren.«

Ich atme zittrig ein.

Sie setzt sich auf, den Kopf hoch erhoben. »Aber ich werde alles tun, um meinem Sohn die bestmögliche Chance zu geben. Ich nehme gern alle Sorgen und Schmerzen auf mich, wenn ihm dadurch auch nur ein bisschen Leid erspart bleibt. Er ist alles für mich – meine ganze Welt.« Ich wische ihr die Tränen weg, als sie fortfährt. »Er will reisen«, sagt sie mit zittriger Stimme, »und die gleichen Dinge tun wie seine Freunde. Und es tut weh zu wissen, dass er vielleicht nie die Welt erkunden oder so reisen kann, wie es sein Herz begehrt, weil er sich eine Infektion einfangen könnte.«

Ich knie vor ihr nieder, sehe ihr in die Augen und ergreife ihre Hände.

»Er wird reisen und das tun, was er liebt.«

Sie nickt und schenkt mir ein kleines Lächeln.

»Übrigens, Sean hat Hausarrest. Nur so zur Info.«

»Ja, warum?«

»Es geht um Curly.«

Nach diesem Tag am Strand schrieb sie mir eine SMS, um mir mitzuteilen, dass es Curly gut ging, aber sie sagte mir nicht, wie sie ihn gefunden hatte.

»Also gut, erzähl es mir.«

»Du erinnerst dich, dass Sean sich ständig entschuldigte, was mich misstrauisch machte. Schließlich gestand er, dass er die ganze Sache geplant hatte. Er hatte seinen Freund gebeten, Curly vom Strand zu holen, damit wir nach ihm suchen und du dabei sein konntest.«

Ich schnappe schockiert nach Luft, bevor ich in Gelächter ausbreche. »Das gibt's doch nicht! Er wusste die ganze Zeit, wo Curly war.« Ich schüttle ungläubig den Kopf und lache immer noch. »Ich bewundere ihn dafür, dass er uns nicht aufgegeben hat.«

Amy wirft mir einen verschmitzten Blick zu. »Nun, er hat immer noch Hausarrest. Er hat uns Angst gemacht und mich angelogen.«

»Was glaubst du, warum er es getan hat?«

Amy zuckt mit den Schultern. »Weil er eine Nervensäge ist.«

»Nein, weil er für seinen besten Freund gekämpft hat.«

»Ich nehme es an«, sagt sie mit zuckenden Mundwinkeln.

»Ich bin beeindruckt von seiner Entschlossenheit. Er ist erst acht Jahre alt, weißt du.«

»Oje, ermutige ihn nicht! Was er getan hat, war auf so vielen Ebenen falsch.«

»Ja, aber auch Erwachsene treffen nicht immer die besten Entscheidungen. Er hat herausgefunden, wie er unsere Aufmerksamkeit bekommen kann – und hatte Erfolg.«

Ich küsse sie auf die Stirn.

»Ich denke schon, aber er hat immer noch Hausarrest.« Dann kriecht sie in meine Arme. »Und du bist so beruhigend wie der Ozean.«

Wärme strömt in meine Adern, als sie ihren Kopf auf meine Brust legt. Ich denke an meinen morgigen Flug und drücke sie fester an mich.

»Zeit zu gehen«, verkündet sie. Sie küsst mich mit Tränen in den Augen. »Gute Reise.«

Ich öffne den Mund, aber sie bringt mich mit ihrem Zeigefinger an meinen Lippen zum Schweigen.

»Sag nichts.« Ihre Worte durchschlagen die Luft wie ein feuriger Pfeil. »Wenn du nach London kommst und uns beide in deinem Leben haben willst, sag mir Bescheid. Wir werden hier sein und auf dich warten. Keine Eile. Wir werden nirgendwo hingehen. Aber nur, wenn du willst.«

Sie drückt mir einen kleinen Kuss auf die Lippen, und dann ist sie weg, ohne einen Blick zurückzuwerfen.

Kapitel Dreiundvierzig

Es ist ein frischer Abend. Ich meine hawaiianisch frisch, nicht London frisch. Ich stehe draußen in einer kurzen Hose und einem kuscheligen Sweatshirt.

Miau.

Cheddar und ich sind uns sehr nahe gekommen, und wir haben sogar ein morgendliches Ritual: Streicheln, Futter und ein kleines Leckerli – und dann noch mehr Streicheln.

»Du liebst meine ungeteilte Aufmerksamkeit, nicht wahr? Ich bin todmüde, Miezekatze. Heute Abend sind nur wir beide da.«

Sie schnurrt, während sie um meine Beine streicht.

»Na gut, ich gebe dir etwas zu fressen. Komm, wir gehen rein. Aber ich muss dir sagen, dass ich morgen abreisen werde.«

Mein Kopf tut weh. Offensichtlich ist Abreisen ein schmerzhaftes Thema.

»Aber Pua wird sich um dich kümmern. Sie wird vorbeikommen.«

Bevor wir hineingehen können, sehe ich Kimo durch das Tor treten.

»Hey«, sagt er. »Ich muss mit dir reden.«

»Ich hole uns was zu trinken.«

»Nein, nicht nötig. Setzen wir uns.« Er steht schon am Tisch und winkt.

Ich schließe mich ihm an.

»Jenn und ich hatten eine schwierige Zeit, weil die Vergangenheit hochgekocht ist, und ich glaube, ich bin nicht gut damit umgegangen.«

»Das tut mir wirklich leid.«

»Nicht deine Schuld. Es ist mein Werk. Ich bin seit fast fünfundzwanzig Jahren ihr Ehemann.« Er sieht entschlossen aus, wie ein Ehemann, der nicht bereit ist, seine Familie zu verlieren. »Jedenfalls haben wir uns gestritten und sie ist weggegangen. Das erste Mal in unserer Ehe. Aber ich bin ihr gefolgt, und wir haben geredet und geredet. Jetzt geht es uns richtig gut.«

Ich seufze vor Erleichterung. »Ich kann dir gar nicht sagen, wie sehr ich mich freue, das zu hören.«

»Aber sie hat mir etwas sehr Beunruhigendes erzählt.« Er sieht mich an, als hätte er gerade ein geheimes nationales Dokument enthüllt und würde auf meine Reaktion warten.

Mein Herzschlag beschleunigt sich.

»Über deine Mutter.« Er schüttelt den Kopf. »Jenn hat einmal einen Anruf von deiner Mutter entgegengenommen, mir aber nie davon erzählt. Wir waren zu der Zeit noch nicht einmal zusammen, aber sie war bei mir zu Hause. Das Telefon hat geklingelt und meine Mutter hat sie gebeten, den Anruf entgegenzunehmen.«

Meine Kehle wird trocken, und ich fühle mich, als hätte ich gerade einen Kaktus verschluckt.

»Sie hat es nicht böse gemeint. Sie war verliebt in mich.«

Ich blinzle eine lange Sekunde. »Also, was hat meine Mutter gesagt?«

»Sie sagte: ›Sag Kimo, er soll Marie Galway finden.‹«

Ich blinzle. »Sag Kimo, er soll Marie Galway finden.«

»Ja, es war ein kurzer Anruf. Damals war es nicht einfach, Ferngespräche zu führen.«

»Wer ist Marie Galway?«

»Ich weiß nicht, ich habe den Namen noch nie gehört. Das muss die Freundin deiner Tante in Irland sein. Ich wünschte, ich hätte das gewusst, als ich nach ihr gesucht habe.«

Ich spüre, wie sich mein Kiefer anspannt. »Na gut, Marie Galway aus Irland. Das klingt nach drei Jahrzehnten wie eine einfache Antwort«, sage ich mit gereiztem Tonfall. Ich bereue es sofort. »Tut mir leid.«

»Keine Sorge, du hast schon viel durchgemacht.« Der Holzstuhl knarrt, als Kimo sich aufrichtet, und dann spüre ich das Gewicht seiner Handfläche, die sich auf meine

Schulter legt. »Es tut mir leid«, sagt er, seine Stimme kaum lauter als ein Flüstern.

Ich schaue ihm in die Augen und nehme seine Hand. Eine leichte Brise lässt die Palmwedel über mir rascheln.

Nachdem Kimo gegangen ist, lasse ich mich für eine lange Nacht mit meinem Laptop auf dem Sofa nieder. Es gibt Hunderte von Marie Galways zu recherchieren.

Miau.

Cheddar schnurrt, und dann springt sie zum ersten Mal auf meinen Schoß und klemmt sich zwischen den Laptop und meinen Bauch.

»Du willst die ganze Aufmerksamkeit, nicht wahr?« Ich streichle ihren Kopf.

Sie macht es sich bequem und schließt die Augen.

»Ich verstehe. Du willst helfen, während ich Marie Galway suche.«

Ihr Schwanz bewegt sich hin und her und streift meinen Arm.

»Klar, bleib genau dort. Mir gefällt es auch sehr gut.«

Kapitel Vierundvierzig

Ich sitze in meinem Mietwagen und fahre vom Strandhaus weg. Ich habe sehr wenig geschlafen, und nach meinen erfolglosen Nachforschungen habe ich beschlossen, einen Privatdetektiv zu beauftragen, um Marie Galway zu finden. Aber eins nach dem anderen.

Ich parke vor Amys Haus.

Sie öffnet ihre Haustür, als ich aus dem Auto steige. »Du hast dein Flugzeug verpasst«, sagt sie. Ihr Körper sieht aus, als wäre er aus zartem Glas, und ihre müden Augen lassen vermuten, dass auch sie die ganze Nacht wach war.

Ich eile zu ihr hinüber, und sie springt in meine Arme. Tränen fließen über ihr Gesicht. Ich umfasse ihre Wangen.

»Du hast dein Flugzeug verpasst«, sagt sie wieder.

Unsere Nasen berühren sich. Ihre Lippen sind nur eine Haaresbreite von den meinen entfernt. »Ich habe meinen

Flug nicht verpasst – mein Ziel hat sich geändert«, sage ich, bevor unsere Münder aufeinanderprallen.

Am Nachmittag bin ich wieder zu Hause. Ich habe meine Reise um die Welt abgesagt. Was auch immer zwischen Amy und mir passiert, Seans Behandlung ist jetzt mein Hauptaugenmerk.

»Zeit, das Ruder in die Hand zu nehmen«, sage ich laut, als würden mir diese Worte die Kraft geben, mich dem neuen Weg vor mir zu stellen. Ich mag es mit Stürmen oder wilden Wellen zu tun bekommen, aber meine Vorfahren haben nie aufgegeben. Sie überquerten Tausende von Seemeilen, um die Hawaii-Inseln zu erreichen.

Ich habe es in mir. Ich werde lernen, wie man die Segel ausrichtet und den Wind und die Sterne liest. Ich werde mit den Schildkröten sprechen, mit den Walen …

Nun, vielleicht muss ich erst schwimmen lernen.

Mein Freund Sean wird mir helfen. Bei dem Gedanken muss ich grinsen.

Ich gehe hinein, um mir etwas zu trinken zu holen. Das Craft-Bier hier ist etwas ganz Besonderes. Es kann einen zu Tränen rühren. In der Küche sehe ich ein Foto von meiner Oma und meinem Opa und ihren Töchtern. Ich habe beschlossen, es rahmen zu lassen.

Ich hebe es auf und lache. »Du hast eine Fülle von Familien, Mann.«

Ich trinke darauf und gehe dann wieder nach draußen, um mich im Garten niederzulassen und den beruhigenden Wellen zu lauschen.

Ich schreibe Luke und Dasia eine SMS.

> Hey Leute, ich habe den Flug nicht genommen – schon wieder – aber ich will nicht mehr in der Vergangenheit wühlen. Ich werde mich auf das Jetzt und die Zukunft konzentrieren. Ich habe hier einige außergewöhnliche Menschen kennengelernt.

Fast sofort summt es. Sie sind früh aufgestanden, wahrscheinlich um das Café zu öffnen.

> Hey Sonnenschein, ich möchte mehr darüber erfahren, wer dich so glücklich macht ;)

Dasia verpasst nie etwas.

> Du wirst sie bald kennenlernen.

Ich bin überrascht, wie schnell ich ihnen Amy vorstellen möchte.

> Ich bin stolz auf dich.

Ich lächle über die SMS von meinem Bruder. Ich bin auch stolz auf mich. Ich habe so viel, auf das ich mich freuen kann. Genug der Suche nach dem Glück in der Vergangenheit.

Wir schicken noch ein paar SMS, und dann sehe ich aus dem Augenwinkel, dass sich etwas bewegt. Es ist Cheddar, die etwas in ihrem Maul trägt.

»Was hast du da? Bitte sag mir, dass du nichts umgebracht hast!«

Sie lässt einen kleinen gelben Gegenstand zu meinen Füßen fallen und trabt davon.

»Ein Geschenk für mich?« Ich beuge mich hinunter, um nachzusehen.

Ich nehme die gelbe Plastikleiter in die Hand, und mein Blut strömt so schnell durch meinen Körper, dass mir schwindelig wird. Mein Herz rast, meine Sicht verschwimmt.

Ich umklammere die Leiter und trinke einen Schluck Bier. Und dann stürme ich wild fluchend zurück ins Haus.

Kapitel Fünfundvierzig

Ich sitze auf der Couch, die Leiter in der einen und mein Handy in der anderen Hand. Cheddar lässt ihren Schwanz auf meinen Füßen ruhen.

»Hey, Mann, ich mache mich gleich auf den Weg zur Arbeit«, sagt Luke zur Begrüßung. Er geht in seinem Haus umher.

»Ich weiß, aber hör zu – du musst zu mir nach Hause fahren.«

Luke seufzt. »Ich muss dein Café leiten, erinnerst du dich? Das, bei dem du mich gebeten hast, mich darum zu kümmern? Ich werde heute Abend zu dir fahren.«

»So lange kann ich nicht warten.«

Ich höre Dasia im Hintergrund. »Hey, Sonnenschein, ich gehe. Was brauchst du?« Sie nimmt Luke das Telefon ab.

»Kannst du das Spielzeug-Feuerwehrauto in meinem Wohnzimmer suchen und mich von dort aus anrufen?«

Luke erscheint wieder auf dem Bildschirm. »Sagtest du, das Spielzeug-Feuerwehrauto? Okay, ich rufe an und bitte Michaela, das Café ohne uns zu öffnen. Wir fahren jetzt zu dir.«

»Danke, Leute.«

Die Zeit fühlt sich an, als würde sie in Zeitlupe vergehen, während ich auf ihren Rückruf warte. Die dreißig Minuten Fahrt, die meine Wohnung von ihrem Haus trennen, dehnen sich in meinem ruhelosen Geist zu einer Ewigkeit aus. Die Uhr, die mich unbarmherzig an die schleichenden Sekunden erinnert, ist meine unerbittliche Obsession.

MIAU. Cheddar.

ZWITSCHER, ZWITSCHER, ZWITSCHER. Vögel.

SPLUS-SCHHH. Wellen, die auf das Ufer prallen.

TAPP TAPP TAPP. Der Wind, der durch die Palmen flüstert.

TOCK-TOCK. Mein rasendes Herz.

Als das Telefon endlich klingelt, erschrecke ich leicht. Ich gehe ran und sehe Dasia und Luke in meinem Wohnzimmer stehen.

»Wir sind bei dir zu Hause und haben das Feuerwehrauto gefunden«, sagt Luke.

»Okay, worauf wartest du noch? Zeig es mir, Mann.«

Luke hält es zum Bildschirm hoch.

»Kannst du es umdrehen?«, frage ich.

Er gehorcht, und schon ist sie da – die kleine Leiter mit Holzstäben, die Luke und ich gebaut haben.

Ich hebe meine Hand und zeige Luke die gelbe Leiter, die Cheddar mir gebracht hat. Seine Augen werden größer, und er lächelt. »Ist das die Originalleiter?«

Ich nicke.

»Ich glaube, du hast dein fehlendes Puzzleteil gefunden«, sagt Luke.

Meine Emotionen drehen sich in meinem Magen, also beende ich schnell das Telefonat und sprinte ins Badezimmer. Die Würgegeräusche meines Erbrechens erfüllen den Raum.

Das Feuerwehrauto, das ich als Junge überallhin mitnahm und in der Hand hielt, als hinge mein Leben davon ab, kam aus diesem Haus. Ich weiß nicht wie, aber es gelangte von diesem Haus in meine Hand. Wie ist das überhaupt möglich? Meine Hand zittert, als ich die Leiter weiterhin fest umklammere.

Ich verliere das Zeitgefühl, während ich zusammengerollt auf den kalten Kacheln liege.

Mein ganzes Leben lang habe ich mich an etwas aus diesem Haus geklammert. Ich wusste nicht, dass ich das so dringend brauchte. Das Durcheinander von Traurigkeit und Erleichterung hat mich wie ein Tornado getroffen. Mir kommen die Tränen um meine Mutter, meine Großeltern und die Kindheit, die ich zurückgelassen habe. Es ist wie ein Schlag ins Gesicht, der meinen Magen überrollt.

Du hattest es immer in der Hand. Du hattest immer eine Verbindung zu deiner Familie hier.

Ich habe keine Ahnung, wie lange ich schon auf dem

Boden liege, als sich die Badezimmertür weit öffnet und Amy hereinhumpelt.

Sie setzt sich auf den Boden und umarmt mich.

»Ich bin hier. Alles ist in Ordnung. Ich bin genau hier. Was auch immer es ist, du bist nicht allein. Wir werden es gemeinsam bewältigen. Ich bin da.«

Ich lehne meinen Kopf an ihre Schulter und erlaube mir, in der Sicherheit ihrer Umarmung verletzlich und offen zu sein.

»Ich habe mein fehlendes Teil gefunden«, sage ich zittrig.

Kurze Zeit später sitzen wir auf dem Sofa.

»Wer ist bei Sean?«, frage ich. »Es ist fast Mitternacht.«

»Er schläft. Ich habe die Tochter meines Nachbarn gebeten, bei uns zu übernachten.«

»Warum bist du hergekommen? Woher wusstest du, dass ich aufgebracht war?«

»Claire hat angerufen. Sie ging in ihrem Vorgarten spazieren und hörte, wie dir im Bad schlecht wurde.«

»Claire? Die Claire von nebenan?«

»Ja.«

»Warum ist sie schon zurück? Sie hat mir nicht gesagt, dass sie kommen würde!«

»Ich weiß es nicht, aber ich bin froh, dass sie es ist.«

Dann lächelt sie mich an. Das Lächeln, das mein Herz erhebt, die Erde.

»Also.« Ich räuspere mich. »Ich habe mich, ähm, ich habe herausgefunden …«

Amy lehnt sich an meine Brust. »Lass uns jetzt schlafen. Hier. Du wirst es mir später erzählen. Ich werde bei dir bleiben und nach Hause gehen, bevor Sean aufwacht.«

»Danke.«

»Wozu sind Freundinnen da?«

»Hmm, das gefällt mir – Freundin.«

»Mir auch«, sagt sie, bevor sie sich zu einem Kuss vorbeugt.

Es ist das erste Mal, dass ich die ganze Nacht neben Amy schlafe. Es ist ein gutes Gefühl. Mit ihr scheint die Couch der bequemste Ort der Welt zu sein.

Aber dann bricht der Morgen an und sie ist wach.

»Ist es nicht zu früh?«, frage ich schläfrig.

»Ich möchte zu Hause sein, wenn Sean aufwacht. Aber ich habe daran gedacht, nach der Schule hierherzukommen. Mit Sean.«

»Das klingt perfekt«, sage ich. »Ich vermisse meinen kleinen Kumpel.«

Als ich an diesem Nachmittag die Snacks für Sean und Amy vorbereite, frage ich Cheddar: »Freust du dich darauf, Curly zu sehen?«

Miau.

Als ich Schritte höre, gehe ich zur Tür und öffne sie, um Claire zu sehen. Ein Lächeln breitet sich auf meinem Gesicht aus.

»Kommen Sie bitte herein.«

Sie reicht mir einen kleinen Teller, der mit einer Stoffserviette bedeckt ist, und sagt: »Ich habe noch ein Bananenbrot für Sie gemacht.«

»Danke, das ist genau das, was ich jetzt brauche«, antworte ich, während ich nach dem Teller greife. »Und es ist noch warm aus dem Ofen«, stelle ich fest.

»Immer«, antwortet sie.

Claire zieht mich in eine feste Umarmung, als wir uns setzen wollen.

»Wie geht es Ihnen?«, fragt sie besorgt.

»Mir geht es gut, danke.« Aber ihre Augen sind immer noch voller Sorge. »Danke, dass Sie Amy angerufen haben. Ich weiß es zu schätzen. Jetzt geht es mir gut. Ich hatte eine etwas schwierige Zeit. Aber wie geht es Ihnen?«

»Wir beide.« Sie gluckst. »Mir geht es auch gut. Ich bin mit meiner Schwester hier. Und ich freue mich, Ihnen zu sagen, dass Phil bald mein Ex-Mann sein wird – sehr bald.«

»Das freut mich zu hören, und Sie sehen großartig aus.« Ich lege meine Hand auf die ihre.

»Ich bin dankbar, dass er endlich aus meinem Leben verschwindet.« Ich kann das entschlossene Glitzern in ihren Augen sehen, ihre Stimme ist kämpferisch.

Gerade als Claire geht, rennt Sean ins Haus.

»Hey, Kumpel, die Schuhe, bitte!«

»Tut mir leid, ich bin einfach so aufgeregt«, ruft er fröhlich. »Mom hat mir erzählt, dass wir alle eine Segelfahrt bei Sonnenuntergang machen werden.«

»Ach, wirklich?«, frage ich.

Er nickt und ruft dann plötzlich: »Moment, ist das da drüben Bananenbrot?«

Kapitel Sechsundvierzig

Wir drei drängen uns zusammen. Sean sitzt zwischen Amy und mir auf den Stufen am Heck des Katamarans und beobachtet das Kielwasser. Der Sonnenuntergang zaubert faszinierende Farben. Amys Freundin, die die Segelfahrten anbietet, hatte ihr gesagt, dass jemand in letzter Minute abgesagt hatte, also hat Amy uns Tickets gebucht. Seit ich gestern die gelbe Leiter gefunden habe, frage ich mich wieder, wo Tante Kalani ist. Auf dem Meer fühlt sie sich irgendwie näher an, als wäre sie gleich hinter dem Horizont. Aber wo? Es ist zum Verrücktwerden, das nicht zu wissen.

»Geht es dir gut?«, fragt Amy mit einem besorgten Stirnrunzeln.

»Ich denke nur an Tante Kalani. Ich dachte, ich hätte aufgegeben, aber ich muss sie finden, Amy. Ich fühle es in meinem Herzen. Nicht, weil ich den Schlüssel zu meiner

Vergangenheit brauche oder so, sondern weil sie Tante Kalani ist. Sie ist meine Familie.«

»Wir sollten versuchen, Tante Kalani zu finden«, verkündet Sean. »Das Meer wird uns den Weg weisen.«

»Wirklich, Sean? Das Meer?«, frage ich neckisch und verschränke meine Arme vor der Brust.

»Es ist ein Spiel«, sagt er.

»Also gut, Kapitän Ahab, weise den Weg«, neckt Amy, die Lippen zu einem spielerischen Grinsen verzogen.

»Also, hast du irgendwelche Hinweise?«, fragt Sean.

»Hmm, meine Mutter hatte eine Freundin namens Marie Galway.«

Er blickt mich an. »Wer ist Marie Galway?«

»Ich wünschte, ich wüsste es. Meine Mutter rief bei Kimo zu Hause an und hinterließ eine Nachricht bei Jenn, die den Anruf entgegennahm. Sie bat Kimo, Marie Galway zu finden. Ich habe die sozialen Medien durchsucht und alle Marie Galways kontaktiert, die ich fand. Ich warte immer noch darauf, dass einige von ihnen zurückschreiben. Ich habe sogar einen Privatdetektiv angeheuert.«

Sean fragt: »Mom, kann ich mal kurz dein Handy haben?«

Amy gibt ihm ihr Telefon. Ich bin ein wenig enttäuscht, dass Sean das Gespräch mit Marie Galway bereits hinter sich gelassen hat.

Ich stehe auf und versuche, einfach die Aussicht zu genießen.

Sean und Amy murmeln im Hintergrund, beide

schauen auf den Bildschirm des Telefons. Dann springt Sean auf und ab.

»Leute, Leute, was ist los?«, frage ich, als Sean und Amy ihre Arme um mich werfen und auf und ab springen. »Sagt ihr es mir jetzt, oder was?«

»Es ist keine Person, es ist ein Ort!«, sagt Sean.

»Was?«

»Roy, sieh mal hier.« Amy zeigt mir eine Karte auf ihrem Handy. »Das ist die Grafschaft Galway. Weil Sean zum Teil Ire ist und Landkarten liebt, hat er sich alle Grafschaften dort eingeprägt.«

Sean nickt strahlend.

»Schau hier, dieses Dorf.«

Ich starre auf den Bildschirm. »Marie Galway ist keine Person!«, schreie ich. »Sie ist ein Ort!«

Sean bestätigt es und zeigt auf das Dorf namens Maree.

Amy hebt beide Hände vor ihr Gesicht. »Oh mein … Wow, ich kann das nicht glauben.«

Ich packe Sean und hebe ihn in die Luft. Sein Lachen ist eines der besten Geräusche der Welt. Es ist ansteckend. »Es ist ein Ort, keine Person!«, sage ich und lache. »Hey, Kumpel! Du hast es geschafft.«

Ich sehe Amy an. Tränen steigen ihr in die Augen.

Ich ziehe sie zu unseren Sitzen zurück. »Okay, lasst uns darüber nachdenken. Wahrscheinlich hat sie ›Maree in Galway‹ gesagt, aber Kimos Frau hat es nicht richtig gehört. Es könnte immer noch ein Metzgergang sein, aber das ist eine große Sache.«

»Gehst du?«, fragt Amy.

»Oh ja, sofort – aber ich werde mir auf jeden Fall ein Rückflugticket buchen«, sage ich und ziehe sie dicht an mich heran.

Nachdem wir das Boot verlassen haben, helfen Amy und Sean mir, einen Flug nach Irland zu buchen und stellen sicher, dass ich alles für den nächsten Tag vorbereitet habe. Als ich meinen Koffer packe, spüre ich eine Mischung aus Nervosität und Aufregung.

»Hey, Sonnenschein«, sagt Amy und späht ins Schlafzimmer. »Bist du bereit zu gehen?«

»Aber sowas von«, antworte ich mit einem Grinsen.

»Gut, denn du bleibst heute Nacht bei uns.«

»Das würde mir gefallen.«

Am Morgen stehe ich als Erster auf und mache Kaffee und Frühstück. Sean ist in der vergangenen Nacht länger als sonst aufgeblieben, um mir bei meinen Nachforschungen zu helfen, und ich weiß jetzt mehr über Irland und Galway als über jeden anderen Ort. Als ich seine Begeisterung für Irland sah, gab ich ihm ein stilles Versprechen, dass ich ihn eines Tages dorthin mitnehmen würde.

»Sean hat noch nie jemand anderen in meinem Schlafzimmer schlafen sehen«, sagte Amy, als wir uns schließlich ins Bett kuschelten. »Ich war nervös, als ich dich eingeladen habe, aber er ist so glücklich, dich hier zu haben.«

»Das ist großartig«, sagte ich und küsste sie sanft.

»Danke, dass du mich in deine kleine, aber perfekte Familie aufgenommen hast.«

Als der Wecker klingelt, kommen Amy und Sean beide mit verschlafenen Augen in die Küche.

»Das riecht wunderbar«, sagt Amy. Sean umarmt mich von hinten, während ich Eier in die Bratpfanne schlage.

Als Amy die Küche verlässt, sagt Sean: »Ein kurzes Gespräch, bitte.«

»Aha, okay. Was gibt's?« Ich drehe mich um und sehe ihn an.

»Wenn du meine Mutter jemals verärgerst, werde ich dir richtig, richtig wehtun.«

»Oh«, sage ich und versuche, nicht zu grinsen. »Danke, dass du mir Bescheid gesagt hast.«

Dann kommt der Sean zurück, den ich kenne – breites Lächeln, große Augen.

Nach dem Frühstück gehe ich in Amys Zimmer und schließe meinen Koffer. »Dann wird es wohl Zeit, den irischen Winden hinterherzujagen.«

Sean rennt vor uns zum Auto. »Roy«, beginnt Amy, und ihre Stimme wird leiser, »du hast einen so positiven Einfluss auf Sean und … und auch auf mich gehabt. Du hast uns gezeigt, dass man Familie an unerwarteten Orten finden kann.«

»Hey, bitte«, sage ich. »Ich bin nur ein Typ, der zufällig in ein wildes Familienabenteuer hineingesegelt ist. Aber ich würde nichts davon um alles in der Welt tauschen wollen, denn es hat mich hierher gebracht – zu euch beiden.«

Am Flughafen umarmen wir drei uns fest und genießen die Verbindung, die wir in den letzten Wochen geknüpft haben.

»Passt auf euch auf«, flüstere ich, lasse sie los und trete zurück.

»Gleichfalls«, antwortet Amy und wischt sich die Tränen aus den Augen, die Millionen von Versprechen enthalten.

»Geh deine Tante finden«, sagt Sean und gibt mir einen Daumen hoch.

»Mach ich«, verspreche ich und wende mich zum Gehen.

»Roy!«, ruft Sean und erregt meine Aufmerksamkeit. »Du schaffst das!«

Seine Worte beruhigen meinen ängstlichen Geist, und während das Flugzeug aufsteigt, schließe ich die Augen und stelle mir vor, was mich in Irland erwartet.

Kapitel Siebenundvierzig

D rei Flugzeuge, vier Flughäfen, viele Zwischenlandungen und über dreißig Stunden später nähere ich mich dem Flughafen Dublin. Ich habe Hawaii am Nachmittag verlassen, und jetzt ist es Morgen. Ich bin mir nicht sicher, welcher Tag ist.

Ich mache mich auf den Weg, um *da family* zu finden!

Ich schaue aus dem Fenster, die Stirn leicht gegen das kühle Glas gepresst, und sehe eine Leinwand aus Grautönen und nebligem Weiß. Rinnsale von Regenwasser rasen an der Fensterscheibe hinunter. Es erinnert mich daran, wie ich in einem sintflutartigen Regenguss auf Hawaii ankam. Ich frage mich, ob dies eine Art Zeichen ist.

Mit einem Ruck setzt das Flugzeug auf, und die Kabine füllt sich mit dem Geräusch von Regen, der auf das Dach prasselt. Ich kann mir ein Lächeln nicht verkneifen. *Sintflutartiger Regen könnte mein Glücksbringer sein.*

Nachdem ich meine kleine Tasche geschnappt habe, mache ich mich eifrig auf den Weg durch die langen Gänge des Flughafens und freue mich darauf, Dasia und Luke zu sehen. Sie wollten unbedingt hier sein, und mein Team bei *Pages and Beans* ist großartig, sodass Luke nicht jeden Tag dort sein muss. Sobald ich aus der Ankunftshalle trete, nehmen sie mich in den Arm.

»Wie geht es dir, Kumpel?«

»Wie war deine Reise, Sonnenschein?«

»Lang, aber gut«, antworte ich.

Ich schaue meinen großen Bruder an, der mir immer wieder beigestanden hat, als ich mich in dieser Welt völlig allein fühlte, und umarme ihn erneut fest.

»Okay, sind wir bereit, meine Tante zu finden?«

»Auf jeden Fall«, sagt Dasia. »Das ist so aufregend.«

»Lass uns erst etwas zu essen suchen«, erwidert Luke. »Ich bin sicher, dass du eine Mahlzeit gebrauchen kannst, und der Regen könnte auch nachlassen.«

Wir haben eine zweistündige Fahrt vor uns, also stimme ich zu. Wir finden ein Restaurant im Flughafen, und sobald wir sitzen, sagt Dasia: »Erzähl uns von ihr, Roy!«

Ein Grinsen breitet sich auf meinem Gesicht aus.

»Oje, du bist verliebt.« Ihr Lächeln entspricht dem meinen.

»Das bin ich.«

»Du streitest es nicht einmal ab«, sagt Luke. Ihre Blicke sind komisch. »Das ging schnell«, fährt er fort, und ich spüre eine gewisse Zurückhaltung.

»Liebe und Zeit sind unabhängige Variablen«, sagt Dasia mit einem Schnauben. Ihre Aufregung ist so süß. »Erzähl uns bitte mehr über sie, Roy.«

»Sie ist ein wunderbarer Mensch, eine atemberaubende Frau und eine großartige Mutter.«

»Und sie ist deine Freundin – also ist sie auch eine kluge und glückliche Frau.«

»Danke, Dasia.«

»Ich meine es ernst.« Sie kichert. »Wer hätte gedacht, dass du die Liebe auf der anderen Seite der Welt finden würdest.«

»Ich bin auch überrascht. Ich habe euch eine Menge zu erzählen.«

Wir essen, unterhalten uns und lachen – meine Familie und ich.

»Hast du es dabei?«, frage ich Luke, als wir gerade fertig sind. Er weiß, wovon ich spreche. Er greift in seine Tasche und holt das Feuerwehrauto heraus. Mein gelbes Feuerwehrauto.

Nachdem ich die Leiter, die sich bereits auf dem Spielzeug befindet, entfernt habe, hole ich die gelbe Leiter aus meiner Tasche und atme tief ein. Sie lässt sich leicht auf dem Lastwagen einrasten.

»Sie passt.«

Luke hebt die andere Leiter auf, die er und ich gebaut haben. »Du hast das Original gefunden.«

»Ich behalte beide. Die eine ist so wichtig wie die andere.«

Ich meide Dasias Blick, als ihr Tränen über die Wangen laufen.

»Lass uns deine Tante suchen«, sagt Luke.

Dasia besteht darauf, auf dem Rücksitz zu sitzen, damit ich die Straßen und das Dorf gut sehen kann. Luke fährt.

Der Regen ist stark, und die Scheibenwischer sind schnell und laut, genau wie mein Herzschlag. Was, wenn Kalani nicht gefunden werden will? Was, wenn sie nicht mit mir reden will? So viele Was-wäre-wenns.

Noch hundertdreißig Meilen. Hundertdreißig Meilen zu meiner Tante? Zu *da family*. Hoffentlich. Was ist, wenn sie nicht da ist? Was, wenn sie gar nicht mehr am Leben ist?

Ich klammere mich an die Hoffnung, dass sie es ist. Hoffnung ist gut.

Dasia stellt Millionen von Fragen, und ich antworte gern – alles, um mich zu beschäftigen. Doch je näher wir Galway kommen, desto stiller werde ich. Die sanften grünen Hügel und die zerklüftete Küste sind mit traditionellen Häusern und Bauernhöfen übersät.

Als Luke auf eine Landstraße fährt, gebe ich ihnen ein Update.

»Das Dorf liegt auf einer Halbinsel, mit einer Bucht auf der einen Seite und einer Lagune auf der anderen. Auf den ausgedehnten Salzwiesen und im Watt leben viele verschiedene Vogelarten.«

Luke steuert Maree an. Der Ort sieht so friedlich aus. Es gibt eine Mischung aus alten und neuen Häusern und ein paar Läden.

Wir parken vor einem kleinen Geschäft. »Sollen wir hier anhalten und uns nach deiner Tante erkundigen?«

Zu dritt gehen wir in den Laden, der mit Lebensmitteln, Getränken, Schreibwaren, Werkzeugen, Karten und verschiedenen anderen Artikeln bestückt ist.

Die Frau am Tresen lächelt uns freundlich an. Sie hat einen hellen Teint, rotes Haar, das ordentlich zu einem Dutt gebunden ist, und leuchtende, funkelnde grüne Augen. Sie sieht aus wie eine Statistin in einem Film, der in Irland spielt. »Hallo, meine Lieben. Was kann ich heute für Sie tun?«

Ich trete vor. »Hallo, Ma'am. Ich frage mich, ob Sie mir helfen können.« Ich halte inne und atme tief durch. »Ich suche meine Tante, die vor einiger Zeit hier gewohnt haben könnte.«

»Oh, da haben Sie Glück! Ich bin in dieser Gegend geboren und aufgewachsen und kenne daher jeden in der Stadt.«

Ich schaue zurück zu Dasia und Luke, und beide lächeln aufmunternd. »Das ist fantastisch. Ihr Name ist Kalani. Sie kommt aus Hawaii und war vielleicht siebzehn oder achtzehn, als sie hier ankam. Jetzt ist sie einundfünfzig.«

Sie verändert sich, und die einst freundliche Frau wirkt nun unfreundlich, aber sie zwingt sich zu einem Lächeln. »Lassen Sie mich nachdenken.« Ich merke, dass sie nicht nachdenken muss. »Ich kenne niemanden aus Hawaii. Ich hätte es gewusst, wenn jemand aus Hawaii hier gelebt hätte.«

Sie starrt mich einen Moment lang an, dann sieht sie Dasia und Luke an. Mann, ich bin so froh, dass sie darauf bestanden haben, mich zu begleiten.

»Es ist möglich, dass sie nicht weiß, dass sie einen Neffen hat«, sage ich.

»Wie gesagt, junger Mann, ich kenne hier niemanden, der Kalani heißt.« Ihr Unbehagen ist ihr deutlich anzumerken.

»Okay, entschuldigen Sie die Störung.«

»Kein Problem«, sagt sie, und ihre freundliche Ausstrahlung kehrt zurück. »Einen schönen Tag noch, Liebes.«

Wir steigen eilig ins Auto.

»Sie weiß etwas«, sagt Luke.

»Ja, sie weiß, wo meine Tante ist.«

»Ist euch aufgefallen, wie gut sie Kalanis Namen ausgesprochen hat?«, fragt Dasia und lehnt sich vom Rücksitz nach vorn. »Sie weiß etwas. Sie ist eine Freundin. Und was machen wir jetzt?«

»Lasst uns ihr folgen. Ich wette, sie wird bald ihren Laden schließen, um zu ihrer Freundin zu eilen.«

Die Straße schlängelt sich entlang, und Luke hält hinter einer Kurve an. Ich steige aus dem Auto und sehe in der Ferne das Schaufenster.

Ich habe pochende Kopfschmerzen.

In diesem Moment sehe ich die Frau aus ihrem Laden

kommen. »Da bist du ja!« Ich laufe zurück zum Auto. »Sie hat gerade ihren Laden abgeschlossen. Los, los!«

»Wir werden ihr folgen, aber das war's«, sagt Luke. »Nachdem wir gesehen haben, wo sie hingeht, suchen wir uns einen Ort, an dem wir uns ausruhen können. Dann werden wir entscheiden, was wir tun.«

»Okay, Mr. Logical. Ich habe vierunddreißig Jahre gewartet und wusste nicht einmal, dass ich warte. Ein weiterer Tag wird mir nicht schaden.«

Die Frau steigt in ein kleines weißes Auto und fährt los. Wir folgen ihr.

»Fahr näher ran, Mann«, sage ich nervös. »Wir sind kurz davor, sie zu verlieren.«

»Fahr nicht zu nah ran«, erwidert Dasia. »Sie wird uns bemerken, Luke.«

»Wenn ihr euch nicht beruhigt, lasse ich euch beide hier und fahre ihr allein nach. Ich werde sie nicht verlieren. Versprochen.«

»Okay«, sagen Dasia und ich gleichzeitig.

»Sie fährt wie eine Rennfahrerin«, bemerkt er lachend.

Das weiße Auto blinkt und biegt nach rechts in eine Einfahrt ein.

Luke wird langsamer.

Auf beiden Seiten der Straße gibt es hohe Büsche. »Ich halte hier eine Weile an«, sagt Luke. »Wir werden versteckt sein. Das könnte ihr Haus sein.«

Wir warten ein paar Sekunden lang schweigend. Dann erwacht der Motor zum Leben.

»Was machst du da?«, frage ich erschrocken.

Luke fährt langsam, und ein kleines zweistöckiges Haus erscheint in unserem Blickfeld. Die Verkäuferin betritt gerade das Haus. Eine andere Frau hält ihr die Tür auf.

»Ist sie das?«, fragt Dasia, während sie mir ihre Hand auf die Schulter legt.

»Das ist meine Tante, hundertprozentig.«

Kapitel Achtundvierzig

Wir richten uns für den Abend in einer Lodge ein, aber ich fühle mich unruhig.

Ich kann nicht bis morgen warten.

»Ich muss gehen – jetzt«, verkünde ich, als wir das Abendessen im Restaurant der Lodge beenden. »Kann ich die Autoschlüssel haben?«

Luke und Dasia sehen einander an.

»Wie wäre es, wenn wir mitkommen?«, schlägt Luke vor. »Wir können im Auto warten, wenn dir das lieber ist.«

»Sicher«, sage ich und ignoriere das brennende Unbehagen in meinem Magen.

Fünfzehn Minuten später stehe ich vor der Tür des Hauses, an dem wir vorhin vorbeigefahren sind. Ich klopfe, bevor ich meine Meinung ändern kann.

Die gleiche Frau, die ich zuvor gesehen habe, öffnet die Tür. Sie steht da, ohne ein Wort zu sagen.

»Bist du Kalani?«, frage ich, obwohl ich genau weiß, dass sie es ist – dunkle Augen, hohe Wangenknochen und braunes Haar mit grauen Strähnen. Ich weiß es. Sie ist Kalani.

Wenn sie Nein sagt, drehst du dich um und gehst.
Wenn sie Nein sagt, drehst du dich um und gehst.

Sie mustert mich von Kopf bis Fuß, ihr Blick durchdringt mich. Dann sieht sie mir in die Augen.

Ich bringe ein angestrengtes »Hallo« heraus und blinzle mehr als sonst, während ich gegen den überwältigenden Drang ankämpfe, zum Auto zurückzulaufen.

Sie bedeckt ihr Gesicht mit den Händen, während sie zurücktritt. Ein lauter Schrei entweicht ihren Lippen. »Du lebst.«

Dann tritt sie vor und umarmt mich fest. Ich kann die Tränen auf ihren Wangen spüren. Die Zeit scheint sich zu dehnen. Ich spüre eine seltsame Vertrautheit und das überwältigende Gefühl von Trost und Zugehörigkeit. Von Liebe.

Luke und Dasia kommen mit Tränen in den Augen näher.

»Bitte«, sagt Kalani und winkt uns allen zu. »Kommt herein.«

Wir machen es uns vor dem Kamin in der Ecke des Wohnzimmers gemütlich.

»Äh, das ist mein Bruder Luke und seine Verlobte Dasia, die auch meine enge Freundin ist«, verkünde ich.

Kalani starrt Luke an und dreht sich dann zu mir um. »Dein Adoptivbruder.«

Mit einem verbitterten Lächeln sage ich: »Ja.« Sie braucht nichts über die ersten zehn Jahre meines Lebens zu erfahren. Jedenfalls noch nicht.

»Bitte setzt euch. Kann ich euch etwas zu trinken anbieten? Ich brauche auf jeden Fall etwas Starkes.«

»Das wäre toll«, sagt Luke und setzt sich neben Dasia.

»Für mich nicht«, sagt Dasia.

Kalani sieht mich an, und ich nicke.

Im Stehen beobachte ich, wie Kalani uns Bourbon serviert, und ich trinke ihn in einem Zug. Kalani und Luke tun dasselbe.

»Aber wir haben Leilanis Mann aufgespürt«, sagt Kalani, die neben mir steht. Ich liebe ihren Akzent, eine Mischung aus Irisch und Hawaiianisch. »Ich war sogar mit Ian in London. Du musst sieben Jahre alt gewesen sein.«

»Wer ist Ian?«, frage ich.

»Mein verstorbener Ehemann.«

»Tut mir leid, das zu hören.«

Sie fährt fort. »Ich dachte, Leilani sei wütend auf mich, weil sie sich nicht gemeldet hat. Aber ihr Mann hat uns gesagt, dass sie gestorben sei und dass du adoptiert wurdest. Er war kein freundlicher Mann.«

»Du musst am Boden zerstört gewesen sein. Über all das«, sage ich.

Die Tränen fließen wie zwei Wasserfälle

nebeneinander über ihr Gesicht. Sie versucht nicht, sie wegzuwischen. Ich spüre, wie auch mir die Tränen über die Wangen kullern. Ich lasse sie gewähren.

»Ja, ich war am Boden zerstört. Jeden Tag kämpfte ich gegen die innere Folter an, die mich zu verschlingen drohte. Die ersten Jahre waren quälend. Ich war völlig verzweifelt. Ich wollte nicht einmal mehr leben. Aber Ian und diese Gemeinschaft halfen mir, mit dem Trauma fertig zu werden. Ich war auch ein paarmal im Krankenhaus.«

Ich schüttle den Kopf. Warum sollte mein Vater sagen, dass ich adoptiert worden war? Ich war bei verschiedenen Pflegefamilien. Und wieso hat er mir nie gesagt, dass ich eine Tante habe?

»Aber das ist noch nicht alles.«

Es gibt also noch mehr. »Ich bin ganz Ohr.«

»Als ich mich wieder besser fühlte, versuchten wir, die Adoptionsunterlagen einzusehen, konnten aber nichts finden.«

Ich blinzle, weil ich nicht weiß, wie ich ihr sagen soll, dass ich zu diesem Zeitpunkt noch nicht adoptiert worden war.

»Wir haben Jahre später noch einmal versucht, mit ihrem Mann zu sprechen, und ...« Ihre Stimme versagt. »Und er sagte uns, dass du gestorben seist. Du wärst elf Jahre alt gewesen.« Sie beginnt unkontrolliert zu schluchzen.

Ich schüttle den Kopf. *Ich werde diesen Mistkerl anrufen ...*

Ich habe den Drang, aufzustehen, zu schreien, zu

brüllen, Dinge zu treten, aber ich beherrsche mich und nehme ihre Hände.

»Ich bin hier. Sieh mich an. Ich bin hier.«

Die Luft zwischen uns wird still. Es ist, als hätte sie sich ihr ganzes Leben nach diesem Moment gesehnt. Sie streichelt mein Gesicht, ihre Augen sind geschwollen und voller Emotionen und blicken direkt in mein Herz.

Eine Stunde später sitzen wir an Kalanis Tisch. Sie hat ein paar Snacks vorbereitet, nicht dass einer von uns etwas essen könnte, aber ich schätze das Glas Wein in meiner Hand sehr.

Kalani hält mein Gesicht fest. Ich komme mir vor wie ein Achtjähriger. Ich nehme an, das ist ihre Art, verspätete Zuneigung zu zeigen. Die Verbindung zu ihr ist das wunde Gesicht wert.

»Ich kann es kaum erwarten, mehr über dich und über meine Mutter zu erfahren«, sage ich.

Ihre Augen sind traurig. Sie muss immer noch den Schmerz über den Verlust ihrer Schwester spüren. Sie sieht mich an, dann blickt sie zu Dasia und Luke, bevor sie sich wieder auf mich konzentriert. »Wenn ich das jetzt nicht sage, wird es für immer mit mir begraben sein.«

»Bitte, keine Geheimnisse mehr. Ich verwandle mich in Hercule Poirot, wenn ich versuche, das alles herauszufinden. Und ich glaube nicht, dass ein dünner Schnurrbart zu mir passen würde.«

Wir lachen alle.

»Das ist der belgische Detektiv, richtig?«, fragt Kalani.

»Ja. Ich lese gern Krimis.«

»Ich auch«, sagt sie und sieht sich um. »Können wir uns alle an den Händen halten?«

»Sicher.«

Luke nimmt eine meiner Hände und Kalani die andere. Dasia sitzt auf der anderen Seite des Tisches, zwischen Luke und Kalani.

»Ich habe dich bedingungslos geliebt, seit du deinen ersten Atemzug getan hast«, sagt Kalani.

Ich nicke und schließe meine Augen. Sie hat mich also von Anfang an gekannt. Das ist schön. Sie muss dabei gewesen sein, als meine Mutter mich geboren hat.

»Ich bin deine leibliche Mutter.«

Ich schnappe nach Luft und öffne meine Augen. Spielt mir mein Verstand einen Streich? Kalani hat die Augen geschlossen, aber Luke und Dasia sehen beide aus, als hätten sie gerade ein fliegendes Schwein beim Luftturnen beobachtet. Dasias Unterkiefer scheint seine Funktion verloren zu haben. Er ist nicht mehr fest verankert.

Mir fehlen die Worte. Es ist ein Verlust, der auch in meinem Kopf nachhallt. Lukes Griff um meine Hand wird noch fester.

»Was?«, flüstere ich, und meine eigene Stimme ist mir fremd.

Tränen tropfen von Kalanis Wimpern. Sie öffnet ihre Augen. »Ich bin deine Mutter.« Ihre Stimme zittert. »Ich hatte Angst um deine und Leilanis Sicherheit. Es tut mir sehr leid.«

Kalani hebt ihre zitternden Hände zu ihrem Gesicht. Ich stehe schockiert auf und lasse mich auf das Sofa am Kamin fallen.

Eine Zeit lang rührt sich niemand mehr – ein paar Sekunden oder ein paar Stunden. Ich habe keine Ahnung. Und dann bewegt sich mein Körper aus eigenem Antrieb. Ich stehe auf und ziehe Kalani in eine feste Umarmung.

Als ich bemerke, dass Dasia und Luke uns beobachten, nicke ich, und sie gesellen sich zu uns. Dasia drückt ihre Hand gegen meine Schulter, während Luke sich dicht an mich lehnt. Kalani sitzt nun in der Mitte von uns dreien.

»Das heißt also«, flüstere ich, »dass der Mann, von dem ich dachte, er sei mein Vater, nicht mit mir verwandt ist?«

Kalani nickt.

Ich recke meine Faust in die Luft und rufe: »Ja, ja, ja!«

Ich bin so erleichtert zu wissen, dass der Mann, der mich bei einer grausamen Stiefmutter zurückgelassen hat, der sich nicht um mein Wohlergehen kümmerte, der Kalani getäuscht und jede Möglichkeit sabotiert hat, dass meine Familie mich in meiner Kindheit findet, nicht mein Vater ist.

Er ist nichts für mich.

Ich brauche Zeit, um das alles zu verarbeiten. Ich eile nach draußen, mein Herz kämpft darum, aus meinen Rippen zu kommen.

Ich setze mich auf die Treppe. Es ist eine kalte Winternacht, aber ich spüre sie nicht.

Mir kommt ein Gedanke.

Verflixt!

Ein paar lange Minuten später setzt sich Luke neben mich. Er wirft mir meine Jacke über die Schultern.

»Oh Mann. Es ist, als würde ich mit vierunddreißig Jahren meine Geburt miterleben.«

Luke drückt mir die Schulter. »Zu viel, um es zu verarbeiten, ich verstehe.«

»Nein, nein, nein, du verstehst es nicht. Ich glaube, ich habe gerade herausgefunden, wer mein leiblicher Vater ist, aber ich brauche mehr Beweise. Lass uns wieder reingehen.«

Ich gehe ins Haus, Luke direkt hinter mir.

Ich gehe direkt auf Kalani zu und sage ein Wort, ein Wort mit vier Buchstaben, das mit Tausenden von Fragen beladen ist. »Kimo.«

Kalani nickt kaum merklich.

Kimo ist mein leiblicher Vater!

Alle meine Gefühle fühlen sich an, als wären sie in einen riesigen Mixer geschüttet worden. Sie werden energisch zu einer intensiven, stürmischen Mischung gerührt.

Kimo ist mein Vater. Kai ist mein Halbbruder. Pua ist meine Halbschwester.

Oh mein ... Ich bin hauptsächlich aus Hawaii.

Aber je mehr ich erfahre, desto mehr Fragen habe ich.

Kapitel Neunundvierzig

Ich wälze mich im Bett in der Lodge herum.

»Ich wette, es war nur ein Traum«, sage ich laut.

Kaum habe ich mich aufgesetzt, wird mir durch die plötzliche Bewegung schwindelig.

»Nein, war es nicht, und es ist fünf Uhr dreißig«, murmle ich und lasse mich zurück in das Kissen fallen.

Es ist erst eine Stunde her, dass ich meine Augen geschlossen habe. Wir waren bis zweiundzwanzig Uhr bei Kalani. Es fühlt sich an, als würden schwere Steine meine Augenlider herunterziehen, und meine Augen brennen, wenn ich sie schließe. Bevor wir gingen, sagte sie, ich könne so früh zum Frühstück kommen, wie ich wolle.

Ich bin bereit, um sechs Uhr morgens zu gehen.

Ich sehe Kalani zu, wie sie in ihrer bescheidenen Küche das Frühstück zubereitet. Ihr Haus ist alt, aber die Einrichtung ist modern. Als ich auftauche, sitzt sie bereits vor dem Kamin, schlürft Kaffee und schaut aus dem Fenster. Dasia und Luke werden am Abend zu uns stoßen.

Während ich sie beobachte, kann ich nicht anders, als eine ungewöhnliche Nähe zu spüren. Unseren Augen ist anzusehen, dass wir beide nicht viel Schlaf bekommen haben.

»Wie soll ich dich nennen?«, platze ich heraus.

Ihr langes Haar ist hochgesteckt. Meine Tante ist eine wunderschöne Frau. Ich meine, meine leibliche Mutter ist es. Ich frühstücke mit der Frau, die mich zur Welt gebracht hat. »Das Leben ist auf wunderbar verarschte Art und Weise verdreht, nicht wahr?«, flüstere ich zu mir selbst.

Meine Güte, ich muss auf meine Sprache achten. Ich frage mich, wie jede meiner Mütter auf meine Obszönität reagieren würde. Ich kann nicht anders, als über die Absurdität dieser Situation zu lachen.

»Kalani«, sagt sie mit einem schüchternen Lächeln.

»Kalani?«

»Nenn mich Kalani.«

»Sicher. Das funktioniert.« Ich halte inne. »Hast du Kinder?« Ich merke, wie lächerlich meine Frage ist. »Ich meine, hast du noch andere Kinder?«

»Ich war erst achtzehn, als ich hierherzog, nachdem ich Leilani getroffen und ihr mein Baby gegeben hatte – dich.« Sie schaut weg, aus dem Küchenfenster. »Ich wusste, dass du bei ihr sicher sein würdest.«

»Ich bin sicher, dass ich das war.«

»Weißt du«, sagt sie, während sie ein Brot aufschneidet, »es war nicht als langfristige Vereinbarung gedacht. Ich war mir nicht sicher, ob meine Verfehlungen auf Hawaii mich hierher verfolgen würden. Wie du weißt, dachte ich, das Kind des Anwalts sei tot. Ich wollte kein Baby im Gefängnis haben.« Sie schaut wieder nach draußen. »Wir planten, uns wieder zu treffen, Leilani und ich, aber wir waren uns auch einig, dass wir nichts überstürzen wollten. Leilani rief mich einige Monate nach ihrer Abreise an, um mir mitzuteilen, dass sie einen wunderbaren Mann geheiratet hatte. Sie klang so glücklich und zufrieden mit ihrer neuen kleinen Familie. Ihr Tonfall vermittelte mir das Gefühl, dass sie nicht vorhatte, wieder mit mir zusammenzukommen. Als sie anfing, seltener anzurufen und dann ganz aufhörte, nahm ich an, dass sie sich zu sehr an dich gebunden hatte. Eine Zeit lang redete ich mir ein, dass es das Beste sei. Schließlich kam ich kaum über die Runden und lebte allein in einem schäbigen Zimmer über dem Pub, in dem ich arbeitete.« Die Geräusche des Brutzelns und die köstlichen Düfte des Frühstücks erfüllen die Luft. »Am Anfang hat mir das Meer geholfen. Ich spazierte daran vorbei, schwamm darin oder saß daneben. Dann kam Ian.«

Kein Urteil, sage ich mir. *Einfach zuhören.*

»Ich wollte kein weiteres Kind, weil ich der Meinung war, dass ich es nicht verdiente, Mutter zu sein, und das sagte ich ihm auch. Ich hatte einem kleinen Kind Schaden zugefügt – zumindest dachte ich das – und dann mein Baby weggegeben. Leilani sagte mir schließlich, dass es dem Kind gut ging, dass es nicht gestorben war, aber ich konnte mir immer noch nicht verzeihen, was ich getan hatte. Der Anwalt bedrohte auch Leilani weiter.« Ihre Augen sind niedergeschlagen, aber ein warmes Lächeln erscheint auf ihrem Gesicht. »Es hat fünf lange Jahre gedauert, bis ich darauf vertrauen konnte, dass Ian mich liebt. Und ihn zu lieben. Er hat mich nie aufgegeben und nie aufgehört, mich zu lieben. Er war vierundzwanzig, als wir uns kennenlernten, ein frischgebackener Tierarzt, der aus diesem Dorf stammte und in einer Klinik in einer nahe gelegenen Stadt arbeitete. Er akzeptierte meine Gebrochenheit und meine Angst. Fünf Jahre später machte er mir vor unserem ganzen Dorf einen Heiratsantrag. Wir haben geheiratet, aber ich war fest entschlossen, kein weiteres Kind zu bekommen.« Sie stellt unsere Teller auf den Tisch. »Hier ist ein irisches Frühstück.«

»Riecht köstlich. Ich hatte auf dem College einen Freund aus Irland – ich habe dieses Frühstück vermisst.«

»College.« Ihre Augen funkeln.

»Ja, wir haben eine Menge nachzuholen, nicht wahr?« Ich nehme einen Bissen von einer Tomate. »Ich mag Tomaten wirklich gern.«

Sie legt ihre Hand auf meine Schulter. »Danke.«

Ich neige den Kopf ein wenig und frage schelmisch: »Weil ich in Irland geboren bin, bin ich dann ein bisschen irisch? Mir hat der Gedanke an ein bisschen Irland in mir immer gefallen.«

»Ich schätze schon.« Sie lächelt.

Ich breche in Gelächter aus. »Vor vier Wochen wurde ich ein bisschen hawaiianisch, dann bekam ich eine irisch-amerikanische Freundin. Und zack, bin ich mehr Hawaiianer, als ich ursprünglich dachte, und es stellt sich heraus, dass ich eigentlich aus Irland komme. Zwei Orte, zu denen ich nie eine Verbindung vermutet hätte. Ich bin offiziell sprachlos.«

Nach dem Frühstück sitzen wir vor dem schlichten Kamin, der einen warmen Schein in den Raum wirft. Unsere Kaffeetassen finden auf den Beistelltischen Platz. Kalani, die es sich in dem einsamen Sessel bequem gemacht hat, drückt ein kleines Kissen gegen ihre Brust. Schließlich fragt sie: »Wie hast du das mit Kimo herausgefunden?«

»Ich habe ihn auf deinen Fotos gesehen und ihn dann aufgespürt, um ein paar Antworten zu bekommen.« Den Teil, bei dem ich ihr Tagebuch gefunden habe, lasse ich aus Respekt weg.

»Wie geht es ihm?«, fragt sie, fast flüsternd.

»Es geht ihm gut, er ist ein glücklicher Familienvater. Er hat einen Sohn und eine Tochter. Meine Halbgeschwister sind ziemlich cool.«

Sie strahlt.

»Ich bin mir allerdings nicht sicher, ob ich ihm sagen werde, dass ich dich gefunden habe.«

»Es ist deine Entscheidung«, sagt sie.

»Du weißt, dass er nach Irland kam, um dich zu suchen.«

Kalani wendet den Blick ab und wischt sich die Tränen weg. »Ich wusste, dass er es tun würde.«

»Aber Kalani, ich bin neugierig. Warum hast du ihn nicht kontaktiert? Du brauchst nicht zu antworten. Ich stelle deine Entscheidung nicht infrage. Ich bin nur neugierig.«

Sie nimmt einen tiefen, zittrigen Atemzug, und Verzweiflung überschattet ihre Augen.

»Ich war jung und traurig. Und ich war auch verängstigt. Als ich merkte, dass ich schwanger war, war das Einzige, was auf der Welt zählte, deine Sicherheit. Wahrscheinlich kam es mir schlimmer vor, als es war, aber ich war erst siebzehn. Ich musste an einem sicheren Ort bleiben, um zu gebären.«

»Wie die Wale«, flüstere ich.

»Ja, wie die Wale.«

»Und Leilani war wie ein Begleit-Wal.«

Ihre Stimme erhebt sich leicht und offenbart einen feurigen Geist hinter diesen traurigen Augen. »Was hätte ich zu Kimo gesagt, während ich mich vor allem versteckt habe? Ach ja, ich habe einen Sohn geboren und ihn meiner Schwester geschenkt.« Ihre Augen glänzen. »Ich erfuhr, dass ich schwanger war, als ich bei Kimos Cousine in New York wohnte. Auf der Fähre wurde mir so oft schlecht, aber ich dachte, es sei die Reisekrankheit. Ich wollte, dass Kimo mich vergisst und weitermacht, ein eigenes Leben hat und seinen Träumen folgt. Ich habe versucht, ihn zu beschützen.«

»Du bist aber nicht leicht zu vergessen, oder?«, sage

ich, schaue in ihr schönes Gesicht und schätze ihr anmutiges Auftreten.

»Ich fasse das als Kompliment auf, junger Mann.«

Während wir an unserem Kaffee nippen, unterhalten wir uns weiter. Sie erzählt mir, dass sie an einem örtlichen College Meereskunde unterrichtet. Was hat es mit dem Meer und den Menschen um mich herum auf sich?

»Sean, mein kleiner Kumpel, wird dir gefallen. Er will Meeresbiologe werden. Er ist der kleine Sohn meiner Freundin.«

Ich nenne sie gern meine Freundin.

»Das ist großartig«, sagt sie. Dann erscheint die Wolke wieder in ihren Augen. »Kimo und ich träumten davon, eine Familie zu haben, aber das Leben hatte andere Pläne mit uns.« Sie schaut in das Feuer, als würde sie nach ihrer Seele, ihrem Land und ihrem Zuhause suchen.

»Ich bin deine Ohana, Kalani.«

Sie schließt kurz die Augen. »Mahalo.«

»Hast du jemals herausgefunden, was der Anwalt gegen deinen Vater in der Hand hatte?«

»Nein, niemals.«

»Wusstest du, dass er das, was er hatte, deiner Mutter gab?«

»Wirklich? Woher weißt du das?«

»Ich habe ihn in einem Pflegeheim besucht.«

»Ach, wirklich?« Ihre Augen leuchten mit einer Intensität. All diese Jahre später erschüttert das Leiden ihres Vaters sie offensichtlich immer noch bis ins Mark.

»Ja.« Ich erzähle ihr von meinem Besuch.

Während ich rede, dämmert mir, dass ich glaube, die Details des Abends zu kennen, an dem ich gezeugt wurde. Aus ihrem Tagebuch.

Ach du meine Güte!

Als ich nach Hawaii kam, wollte ich mehr über meine Familie erfahren. Ich habe auf jeden Fall bekommen, was ich wollte – und noch einiges mehr. Verluste wurden erlitten. Entscheidungen und Wahlmöglichkeiten wurden getroffen. Jetzt habe ich die Wahl: Ich kann Kalani jetzt verlassen, wütend und verbittert sein, oder ich kann versuchen, mit ihr zu heilen. Ich habe mich bereits für Letzteres entschieden.

Kalani erzählt mir mehr.

»Leilani hat mich in Irland gefunden. Mom wollte Kimo nicht in Ruhe lassen, bis er verriet, wo ich war. Sie sagte zu Leilani: ›Geh und finde deine Schwester, tu alles, was nötig ist, um sie zu beschützen. Bleib so lange wie nötig, dann bring sie zurück.‹ Sie bestand darauf, dass wir erst zurückkehren, wenn es sicher ist.« Sie lächelt breit. »Ich erinnere mich noch daran, wie Leilani zum ersten Mal meinen runden Bauch sah. Ich war ein einsamer, verzweifelter Teenager, und Leilani gab mir wieder Hoffnung. Als sie mir sagte, dass das Kind des Anwalts lebt, fiel ich auf die Knie und schluchzte. Vor lauter Schock und Erleichterung bekam ich fast Wehen.« Sie legt den Kopf schief und blickt durch das Wohnzimmerfenster in den Himmel. »Aber sie hat mir auch erzählt, dass der Anwalt fieberhaft war. Er belästigte meine Eltern ständig und sagte Leilani, dass er sein Leben der Aufgabe widmen würde, mich einzusperren, wenn sie nicht zustimmte, mit ihm wegzulaufen. Selbst ein Jahrzehnt, nachdem ich Hawaii verlassen hatte, gelang es ihm, zweimal über Leute, die er kannte, Kontakt mit mir aufzunehmen. Ich hatte große Angst und glaubte, dass es im Interesse der Sicherheit meiner Eltern sei, wenn ich fernbliebe.«

»Ich kann dir sagen, dass er ein elender alter Mann ist, um den sich niemand kümmert. Nicht einmal sein Sohn.«

Sie nickt. »Jedenfalls blieb Leilani bei mir, bis ich entbunden hatte. Dann ging sie mit dir nach London und erklärte sich bereit, dich zu behalten, bis es sicher war, nach Hawaii zurückzukehren. Den Rest kennst du ja.«

Sie sieht mich mit liebevollen Augen und einem kleinen Lächeln an, und ich werde ganz schüchtern, meine Wangen brennen ein wenig.

»Wie ich schon sagte, als sie dich mitnahm, dachte ich, du wärst in Sicherheit.« Ihre schönen Augen glitzern. »Ich habe Jahre gebraucht, um mir selbst zu verzeihen. Ich habe mich so lange auf dünnem Eis bewegt. Ich frage mich immer noch, was passiert wäre, wenn ich dich behalten hätte. Würde sie heute noch atmen?«

»Ihr Buch liegt noch in ihrem Zimmer.«

»*Der kleine Prinz?*« Ihr Gesicht erhellt sich, als sie fragt.

»Ja, es liegt neben ihrem Bett. Du wirst darin blättern, wenn du zurückkommst.«

Ich beobachte, wie sich eine Flut von Gefühlen über ihr Gesicht ergießt – ein Tumult aus Glück, Bedauern, Schmerz und Sehnsucht.

»Wie hast du die Kraft gefunden, das zu überwinden?«, frage ich.

»Liebe. Mit der Liebe wird das Eis dicker. Und Zeit. Du stützt dich auf die Liebe, und plötzlich bricht das Eis nicht mehr unter deinen Füßen.« Sie sieht mir direkt in die Augen. »Es tut mir leid.« Sie steht auf und setzt sich neben mich auf die Couch. »Bitte verzeih mir.«

Ich nicke, bevor ich meinen Kopf auf ihre Schulter lege.

»Danke«, flüstert sie.

Kapitel Fünfzig

Ich bin erstaunt, wie schnell eine Woche vergangen ist. Während unseres Besuchs an diesem ersten vollen Tag flehte Kalani: »Kannst du bitte noch ein paar Tage hier bleiben? Vielleicht sogar eine Woche?«

Ohne einen Moment zu zögern, stimmte ich zu. Es hat mich überrascht, dass ich nicht einmal eine Sekunde nachgedacht habe. Ich folge meinem Bauchgefühl, und das drängt mich zu bleiben.

Dasia und Luke mussten zurück nach London, aber ich versprach ihnen, sie über alles zu informieren. Im Laufe der Woche stellte Kalani mir das ganze Dorf vor – alle zweiundfünfzig Menschen – und wir verbrachten Stunden damit, uns gegenseitig kennenzulernen.

Bei einem Telefonat mit Amy erklärte Sean mich eines Tages zum coolsten Erwachsenen, den er kennt. Das bedeutete eine Menge.

»Ich kann immer noch nicht glauben, dass du in Irland geboren wurdest«, sagte Amy. Ich liebe es, dass sich die unglücklichen Ereignisse meiner Geburt in etwas verwandelt haben, das ein Wunder wert ist.

»Wer hätte gedacht«, sinnierte ich, »dass ich von einem Kind ohne Familie zu mehr Familienmitgliedern kommen würde, als ich an zwei Händen abzählen kann?«

Amys Lachen war wie Sommer an einem kalten Tag. Ich spürte ihren Sonnenschein in jeder Faser meines Körpers.

»Ich vermisse meine kleine Familie«, sagte ich und bewunderte meine Freundin. »Wir sehen uns in ein paar Tagen.«

Aber bevor ich Irland verlasse, muss ich den Mann anrufen, von dem ich dachte, er sei mein leiblicher Vater. Ich gehe in Kalanis Arbeitszimmer auf und ab, bevor ich den Mut aufbringe, ihn anzurufen. Er hebt sofort ab. Der Klang seiner zerbrechlichen Stimme trägt wenig dazu bei, meine schwelende Wut zu lindern.

»Ich weiß, dass du meine Tante getroffen hast, als ich noch ein Kind war. Warum solltest du mir meine Familie vorenthalten?«

»Sohn.«

»Ich bin nicht dein Sohn«, zische ich.

Er sagt mir, dass er sich nicht einmal an Kalanis ersten Besuch erinnern kann. Aber er erinnert sich, als sie wieder versuchte, mich zu finden.

»Ich wusste, dass du von einer netten Familie adoptiert worden warst, und ich wusste, dass du glücklich warst. Ich war traurig, dass du gelitten hattest und ich nicht da war. Der Verlust von Leilani war auch für mich schwer. Also habe ich hart gearbeitet, um damit fertig zu werden. Deine Tante war so entschlossen, aber ich hielt es nicht für das Beste, dein Leben zu stören, und der einzige Weg, sie davon abzuhalten, dich aufzuspüren, war, ihr zu sagen, dass du gestorben bist.«

Nimm einen tiefen Atemzug, Roy. Einen langen, tiefen Atemzug.

»Als ich dich vor ein paar Wochen angerufen habe, habe ich dich gefragt, ob du wusstest, dass meine Mutter Hawaiianerin war, und du hast gesagt, dass du das nicht wusstest. Aber du hast meine Tante getroffen.«

»Ich wusste nicht, dass sie Hawaiianerin ist. Das hat sie mir nicht gesagt. Sie kam aus Irland nach London. Ich habe dich also nicht angelogen.«

Ich schüttle ungläubig den Kopf.

»Es tut mir wirklich leid«, fährt er fort. »Ich dachte, ich tue das Beste für dich. Ich dachte, ich würde dir helfen.«

Er klingt so traurig wie ein Bienenstock mit einer einsamen Biene.

»Du weißt, dass deine Mutter und ich uns nie Fragen über unsere Familien gestellt haben. Ich bin vor meiner Vergangenheit weggelaufen, und sie auch. Ich wusste nur, dass sie einen Sohn hatte. Deine Mutter zu heiraten war das Beste, was ich je getan habe. Ich habe sie geliebt. Das tue ich immer noch.«

Ich entscheide mich dagegen, ihm zu sagen, dass

Leilani nicht meine leibliche Mutter war. Es ist nur ein Bauchgefühl, da er nicht mehr zur Familie gehört.

»Aber einer Tante zu sagen, dass ihr Neffe gestorben ist, während er noch lebt – Mann, das kann ich nicht begreifen. Das ist grausam.«

»Ja. Das sehe ich jetzt.«

Trotz des Schmerzes, den er verursacht hat, tut er mir leid. Dennoch finde ich Erleichterung in der Tatsache, dass er nicht mein leiblicher Vater ist.

Wir verabschieden uns, und das Ende des Telefonats markiert das Ende eines Kapitels in meinem Leben.

Und dann ist da noch die Sache mit meinem leiblichen Vater. Ich habe Verwandte mütterlicherseits und väterlicherseits, die aus allen Richtungen auftauchen.

Lächelnd überlege ich, wie ich es Kimo sagen werde, aber meine Freude verpufft schnell, wie ein Ballon, der von einer einzigen scharfen Nadel durchstochen wird. Er wird nicht glücklich sein. Seine Frau wird nicht glücklich sein. Meine Anwesenheit hat ihre Ehe bereits gestört. Und jetzt soll ich Kimo auch noch sagen, dass ich sein Sohn bin? Das geht nicht.

Eine Sache nach der anderen, Roy. Konzentriere dich im Moment auf Kalani.

Ich schnappe mir ein gerahmtes Foto und gehe zu Kalani ins Wohnzimmer.

»Wann wurde das aufgenommen?«, frage ich. Es ist ein Foto von einer Abschlussfeier.

»Vor vier Jahren. Es hat sechs Jahre gedauert, bis ich

meinen Abschluss in der Tasche hatte, weil ich nebenbei zur Schule ging. Ian ermutigte mich, mich einzuschreiben, weil ich bereits als örtliche Reiseleiterin für Küstenwanderungen arbeitete, bei denen die wunderbare Harmonie zwischen Meer und Erde erkundet wurde. Die Küsten Irlands sind dafür perfekt geeignet. Es war mein Traum, Meereswissenschaften zu studieren, und ich schrieb mich mit Mitte vierzig ein.«

»Das ist großartig«, sage ich voller Stolz.

»Wovon hast du als Kind geträumt?«

»Lass mich mal sehen … Ein paar Dinge. Eine Familie zu haben, die mich bedingungslos liebt. Zu reisen, mich zu verlieben, meine eigene Familie zu haben. Wovon hast du geträumt, als du klein warst, auf Hawaii?«

Sie lacht. »Kimo und ich wollten beide Feuerwehrleute werden. Alberne Teenagerträume.« Sie bemerkt mein erstarrtes Gesicht und fragt: »Was?«

»Warte hier einen Moment.« Ich eile in ihr Gästezimmer und komme mit dem gelben Feuerwehrauto zurück. Ich lege es und die kleine gelbe Leiter auf den Couchtisch.

Sie starrt es ein paar Sekunden lang an, sieht mich an und schaut dann wieder darauf, als wäre es zu zerbrechlich, um es zu berühren.

»Nimm es«, sage ich.

Sie erschrickt und hebt es vorsichtig auf. Tränen fließen über ihr Gesicht, und ihre Schultern zittern.

Ich lasse sie am Tisch zurück und öffne die Tür, um

frische Luft zu atmen. Ein kühler Windstoß fegt in den Raum, und ich fülle meine Lunge mit der kalten und frischen Luft.

»Kimo hat mir das geschenkt«, sagt sie mit zitternder Stimme. »Es war immer bei mir, bis Leilani mit dir wegging. Ich habe es in deine Decke gelegt.«

Ich schließe die Tür und setze mich wieder neben sie, meine Hand auf ihrem Knie. »Es war in meiner Kindheit immer bei mir.«

»Das macht mich wirklich glücklich.«

»Mich auch.«

»Ich dachte, ich hätte die Leiter verloren, als ich nach Irland floh.« Sie hebt die Leiter hoch und betrachtet sie mit Bewunderung, als hätte sie einen verborgenen Schatz entdeckt. Und für sie könnte es in diesem Moment einer sein. Sie schiebt die Leiter in das Feuerwehrauto.

SCHNAPP.

Sie grinst vor Freude.

»Ja, viele Jahre lang war es ein Feuerwehrauto ohne Leiter, aber Luke und ich haben eine neue Leiter dafür gebaut. Vor ein paar Wochen habe ich dann die ursprüngliche Leiter in deinem Haus gefunden – in Omas Haus. Stell dir meinen Schock vor.«

Sie atmet aus. »Nachdem wir den Sohn des Anwalts entführt hatten, kehrten Kimo und ich zu meinem Haus zurück, aber nur für ein paar Minuten. Meine Eltern waren nicht zu Hause. Ich habe ein paar Kleidungsstücke, meinen Ausweis und das Feuerwehrauto in meine kleine Tasche geworfen. Die Leiter muss dabei abgebrochen sein.«

»Oder vielleicht hast du sie unbewusst dort gelassen, damit ich sie vierunddreißig Jahre später finde.«

Ihre Augen glitzern, und ein Lächeln breitet sich auf ihrem Gesicht aus, ähnlich wie der Sonnenaufgang über dem Meer. »Ich bevorzuge diese Version.«

Kapitel Einundfünfzig

Acht Wochen nach meiner ersten Landung bin ich wieder auf Hawaii gelandet.

»Zuhause«, murmle ich und schaue aus dem kleinen Fenster, während das Flugzeug zum Gate rollt. Der Mann, der hier vor acht Wochen gelandet ist, scheint jetzt eine Welt für sich zu sein.

Ich überlege, was passiert wäre, wenn ich mich an meine ursprünglichen Pläne gehalten und Hawaii nach nur einer Woche verlassen hätte.

Könnte es sein, dass sich neue Wege auftun, wenn wir uns nicht an einen Plan halten?

Meine leibliche Mutter hat mich am Flughafen von Dublin verabschiedet, und jetzt wartet meine Freundin auf Hawaii auf mich. Vor acht Wochen gab es keine der beiden Frauen in meinem Leben. Ich kann bestätigen, dass das Leben faszinierende Wendungen nehmen kann.

Im Terminal stürme ich auf Amy und Sean zu. Mein Kumpel sprintet voraus, um mich zuerst zu umarmen.

Auf der Heimfahrt kommen wir an dem Café vorbei, in dem ich Kimo zum ersten Mal getroffen habe. Unter all dieser Freude ist ein Tsunami von Angst, der mich zu ertränken droht. Ich weiß immer noch nicht, was ich damit anfangen soll, dass Kimo mein leiblicher Vater ist. Ein großer Teil von mir möchte ihm die Wahrheit sagen. Die Vorstellung, dass er mein Vater ist, gefällt mir. Aber ich bin mir nicht sicher, ob er einen Platz für mich in seinem Leben hat. Ich bin nicht das Produkt einer Affäre oder so, aber meine Existenz hat seine Frau verärgert, und das könnte ein schwerer Schlag sein.

Vielleicht hat Tante Melina einen Rat für mich.

Ich konzentriere mich auf das, was Sean mir über sein Schulprojekt erzählt. Der Weg nach vorn wird mit der Zeit klar werden. Ich muss heute nicht alle Antworten haben. Heute entscheide ich mich für das Glück.

Wegen des Jetlags und der Unruhe brauchte ich um achtzehn Uhr dringend Schlaf, sodass ich gestern Abend den Sonnenuntergang verpasst habe. Heute Abend bin ich jedoch fest entschlossen, Tante Melina zu finden, damit wir reden können.

Ich finde sie an ihrem üblichen Platz.

»Du bist also wieder da«, sagt Tante Melina und zieht mich in eine Umarmung.

Wir lassen uns auf den Boden sinken.

»Ich habe etwas Großes, bei dem ich Hilfe brauche«, sage ich in einem Atemzug. Ich fühle mich, als hätten die Worte in einem Dampfkochtopf gewartet und ich hätte gerade das Ventil geöffnet. Als ich auf den Ozean schaue und sehe, wie sich die Farben des Sonnenuntergangs vertiefen, scheint irgendwie alles besser zu werden. »Sind die Wale noch da?«

»Die meisten sind weg, aber es besteht die Möglichkeit, dass einer zurückbleibt und seine Sachen fertig packt, bevor er abreist.«

Wir lachen beide.

»Ich habe in Irland einige wichtige Dinge herausgefunden. Es hat sich herausgestellt, dass Kalani meine leibliche Mutter ist.«

Tante Melina sieht mich mit einem Lächeln an. »Gut, dass du ein paar Antworten bekommst.«

Dann sage ich es. Schnell. »Und Kimo ist mein leiblicher Vater.«

Statt des Schocks, den ich erwartet habe, sehe ich ein Lächeln auf ihrem Gesicht. »Das habe ich mir gedacht.«

Jetzt stehe ich unter Schock. »Was? Was soll das heißen? Wusstest du es? Woher?«

»Es gibt viele Hinweise im Leben. Wir verschließen aber meist unseren Verstand und unsere Augen vor ihnen.«

»Ich habe Tausende von Fragen, aber was soll ich tun? Ich möchte niemanden verärgern. Ich möchte niemandem Schmerzen bereiten. Ich fühle mich verloren, Tante Melina.«

»Lass dir Zeit, Kind. Ein Weg wird sich zeigen. Die Liebe wird dich leiten.«

»Bitte sag mir, was ich tun soll.«

»Ich kann dir nicht sagen, was du tun sollst, mein Junge. Aber ich glaube, ich weiß, wo du anfangen könntest.«

Kapitel Zweiundfünfzig

Ich nähere mich Kimos Haus mit einem Gefühl der Beklemmung.

Jenn grüßt mich mit einem kleinen Lächeln, und Kimo steht vom Sofa auf.

»Hallo, Roy«, sagt er unsicher und blickt seine Frau an. »Ich wusste nicht, dass du zurück bist. Wie geht es dir?«

»Ich habe Roy eingeladen«, verkündet Jenn.

Wir setzen uns alle ins Wohnzimmer, ich in einem kleinen Sessel, Jenn neben Kimo auf einem Sofa.

»Die Kinder sind nicht zu Hause«, sagt sie, was ich als Einladung verstehe, zu sprechen.

Ich atme tief ein, kann meine Lunge aber nur mit einer kleinen Menge Luft füllen. Ich fühle mich schwindelig und brauche einige Augenblicke, um mich zu sammeln.

»So viel ist in Irland passiert. Ich habe Kalani gefunden.«

Ich sehe Kimo an. Er bleibt ruhig, aber ich sehe die Sorge in seinen Augen.

»Ich komme gleich zur Sache. Ich habe auch etwas über meinen leiblichen Vater herausgefunden, der nicht der Mann ist, für den ich ihn gehalten habe«, sage ich mit klopfendem Herzen.

Kimo verlagert sein Gewicht leicht und runzelt die Stirn. »Das ist groß«, sagt er leise.

Keiner spricht. Das Schweigen hängt schwer in der Luft. Schließlich durchbricht Kimo es. »Also«, sagt er mit Unsicherheit in den Augen, »wer ist dein Vater?«

Jenn legt ihre Hand auf sein Bein. »Das bist du, Liebling«, sagt sie sanft, aber bestimmt.

Kimo zieht sein Bein weg, sein Blick wandert zwischen seiner Frau und mir hin und her. Ich kann fast die Emotionen in seinem Kopf sehen – Verwirrung, Schock, Angst.

»Aber das ist nicht möglich«, sagt er kopfschüttelnd. »Ich hatte nie etwas mit deiner Mutter zu tun.«

»Ich weiß, das ist verwirrend …«

»Nein, Junge, es gibt überhaupt keine Verwirrung. Du hast es falsch verstanden. Ich hatte nie eine Beziehung zu Leilani.« Seine Stimme ist angespannt.

Jenn sagt ruhig: »Das ist richtig, Liebling, denn seine Mutter ist nicht Leilani. Es ist Kalani.«

Die Farbe weicht aus Kimos Gesicht. Seine Schultern spannen sich an. Der Raum fühlt sich von unausgesprochenen Emotionen erdrückt. Ich möchte ihn trösten, weiß aber nicht, was ich sagen soll.

Kimo stützt den Kopf in seine Hände. »Nein, nein, das kann nicht sein«, murmelt er. Er sieht mich mit aufgewühlten Augen an.

Jenn geht in die Küche, und ich höre, wie sie Flüssigkeit in ein Glas einschenkt.

»Kalani und ich … wir waren zusammen, aber wir waren nur einmal intim. Wie kann das …«

Ich zucke mit den Schultern.

Als Jenn mit einem Glas Wasser für Kimo zurückkommt, sage ich zu ihr: »Danke, dass du mir da durchgeholfen hast. Es tut mir leid, dass ich euch beiden Kummer bereitet habe.«

Sie schüttelt sanft den Kopf. »Es gab so viel Herzschmerz in dieser Geschichte. Aber es gab auch so viel Liebe. Und es ist Zeit, dass die Liebe die Oberhand gewinnt.«

»Was sagst du, Liebes?« In Kimos Stimme liegt ein Schimmer von Hoffnung.

»Ich habe mich in den Mann verliebt, der du geworden bist, wegen deiner Jugend, deiner Hingabe zu deiner Ohana und deines Mutes. Deine Vergangenheit hat dich geformt, und deine Vergangenheit hat Kalani in sich. Und damit habe ich kein Problem. Du hast einen Sohn. Wir heißen ihn in unserer Ohana willkommen. Ich liebe das, was wir zusammen aufgebaut haben, unsere Familie. Und dieser junge Mann ist auch ein Teil von dir.« Tränen schimmern in ihren Augen.

Ich schlucke schwer.

Kimo dreht sich zu mir um. »Du warst also zuerst bei meiner Frau?«

Ich nicke. »Ich habe ihr alles gesagt. Ich war bereit, zu warten oder es dir nie zu sagen, wenn sie es so wollte. Aber sie hat mich gedrängt, es jetzt zu tun.«

»Ich habe mir nie verziehen, dass ich Leilanis Nachricht nach ihrem Anruf nicht weitergegeben habe«, sagt Jenn. »Jetzt ist es für uns alle an der Zeit, uns auf das zu konzentrieren, was wirklich zählt – nicht auf alte Schmerzen, sondern auf neue Freude.«

Kimo umarmt sie innig. »Ich danke dir, Liebling. Dass du mich noch liebst.«

Dann dreht er sich wieder zu mir um. Wir tauschen einen verletzlichen, suchenden Blick aus und versuchen beide, diese Wahrheit zu verarbeiten.

»Geh schon«, flüstert Jenn. »Umarme deinen Sohn.« Sie stößt Kimo sanft zu mir.

Er zieht mich in eine heftige, tränenreiche Umarmung. Über seine Schulter sehe ich Jenn. Sie lächelt.

Jede Faser meines Wesens schließt sich ihrem Lächeln an.

Kapitel Dreiundfünfzig

Ich habe es Kimo und Jenn überlassen, es Kai und Pua zu sagen. Letzte Nacht konnte ich gut schlafen. Das Geräusch von Amys sanften Atemzügen, wenn sie schläft, ist wirklich beruhigend.

Mein Hauptaugenmerk liegt jetzt auf der Finanzierung von Seans Behandlung. Ich sitze heute Morgen an meinem Computer und recherchiere über die Klinik in Südkorea.

Miau.

Sie klingt anders. Und weit weg.

»Was treibst du, Cheddar?« Nach meiner Rückkehr aus Irland hat sie mir die kalte Schulter gezeigt, aber jetzt, am dritten Tag, war sie wieder in meinem Schoß.

Ich eile zu Omas Schlafzimmer und sehe die Hälfte von Cheddars Körper unter einer zerbrochenen Bodendiele. Sie versucht zu fliehen.

»Hey, hey.« Ich knie mich hin und helfe ihr, dann nehme ich sie in den Arm. »Du solltest doch nicht in Omas

Zimmer gehen, während wir den Bodenbelag reparieren. Aber nein, du bist eine neugierige kleine Miezekatze.«

Ich habe ein Bauunternehmen beauftragt, den Bodenbelag zu reparieren, und die Arbeiten haben gestern begonnen.

Schnurrend betatscht Cheddar spielerisch meinen Arm.

»Es hat sich so viel verändert seit dem Tag, an dem wir uns kennengelernt haben, nicht wahr, Süße?«

Als ich etwas Glänzendes unter dem rissigen Bodenbrett entdecke, nehme ich Cheddar mit ins Wohnzimmer und kehre zurück, um nachzusehen. Ich möchte wirklich nicht noch mehr Geheimnisse aufdecken.

Ich greife hinein und ziehe eine kleine Metallbox heraus. Bevor ich sie öffne, prüfe ich die Uhrzeit und rufe dann Kalani per Video an.

»Schau, was ich gefunden habe.« Ich zeige Kalani die Box.

»Hmm … die erkenne ich. Ich glaube, sie ist von Mom.«

»Sie war unter der Bodendiele«, sage ich. »Aber ich denke, wir sollten sie ins Meer werfen.«

Sie lehnt die Idee sofort ab. »Sie wird das Wasser verschmutzen, und es könnte schaden …«

»Ich mache nur Spaß, Kalani. Nein, natürlich nicht. Es ist nur so, dass ich genug mit Geheimnissen zu tun hatte. Ich bin ein wenig besorgt darüber, was wir finden werden.«

»Was auch immer es ist, wir haben jetzt einander. Du hast die Liebe gefunden, und du hast überall auf der Welt eine liebevolle Familie. Was immer du findest, kann dir nicht mehr wehtun. Es mag dich traurig machen, aber es kann dich nicht verletzen.«

»Aber das ist die Box deiner Mutter, also sei dir gewiss, dass ich mit allem einverstanden bin, was du damit machen willst. Ich bin mehr als zufrieden mit den Antworten, die ich gefunden habe.«

»Ich habe es satt, mich zu verstecken und Angst zu haben«, sagt sie. »Mach sie bitte auf.«

In der Metallbox befindet sich eine weitere Honu-Halskette, ähnlich der, die ich gerade trage.

Sie schnappt nach Luft. »Ach du meine Güte. Das ist Dads Halskette.«

Dann ziehe ich einige gefaltete Dokumente heraus.

»Nur zu, Roy.«

Einreise in die Vereinigten Staaten im November 1952.

The Immigration and Nationality Act of 1952 – McCurran-Walter Act

»Okay, sieht aus wie ein paar Einwanderungspapiere.« Ich klappe ein weiteres Dokument auf. »Ich glaube, das ist eine Geburtsurkunde, eine ungarische.«

»Eine ungarische Geburtsurkunde?«

»Wer ist Benedek Vilmosson?«, frage ich.

Benedek Vilmosson.

Es gibt auch einen Eintragungsbrief für Benedek Vilmosson, ohne Eltern.

Kalani und ich sehen uns auf unseren Telefonbildschirmen an und rufen den Namen gleichzeitig.

»Ben Williamson!«

Opas Einwanderungsdokument. Er kam in die Vereinigten Staaten, als er sechs Jahre alt war. Im Jahr 1952.

Kalani schaut verwirrt. »Aber viele Menschen kamen als Einwanderer aus der ganzen Welt nach Hawaii. Warum hat er seinen Namen geändert? Und es uns nicht gesagt?«

»Mal sehen, was hier noch drin ist.«

Wir sehen uns die Bewerbung meines Großvaters für die Army an und erfahren, dass er sich im Alter von siebzehn Jahren als Ben Williamson beworben hat.

Wir wissen beide, wer uns mehr sagen kann.

Als ich zu Tante Melina eile, erfahre ich von ihrem Sohn, dass sie in ihrer Ohana ist.

»Darf ich reinkommen?«, frage ich, als ich ihre Tür bereits geöffnet vorfinde.

Sie bittet mich mit einer Geste, einzutreten.

»Wusstest du etwas davon?«, frage ich und zeige Tante Melina die Dokumente.

»Ja.«

Ich werfe ihr einen missbilligenden Blick zu.

»Es stand mir nicht zu, das zu sagen. Hina hat mir Dinge im Vertrauen erzählt.«

»Also, was ist hier los?«

»Das sind die Dokumente von dem Anwalt, der deine Großeltern bedroht hat. Hina hat die Wahrheit über Bens Vergangenheit herausgefunden: Er hat Ungarn verlassen, als er noch ein kleiner Junge war, und sein Alter in seinem neuen Ausweis geändert, sodass er zum Militär eingezogen werden konnte.«

»Er hat also Ausweispapiere gefälscht.«

»Ja. Hina wusste, dass Ben von einer Tante und einem Onkel in den Staaten aufgenommen worden war, aber Ben hatte ihr nie von dem falschen Ausweis erzählt. Vielleicht wollte er eine schmerzhafte Vergangenheit hinter sich lassen – Hina wusste es nicht. Vielleicht war er auch nicht stolz auf das, was er in dieser Zeit getan hatte, um zu überleben und ein neues Leben als junger Einwanderer zu beginnen.«

»Was ist passiert, nachdem Oma das alles aufgedeckt hat?«

»Sie hat es deinem Großvater nicht gesagt. Sie wusste, dass er nie wollte, dass seine Vergangenheit seine Gegenwart oder Zukunft überschattete. Sie hoffte, dass er ihr eines Tages von seiner Vergangenheit erzählen würde, und sie hatte vor, ihm all diese Dokumente zu geben, wenn er es tun würde, Geburtsurkunde und alles. Ich glaube, er war besorgt, dass die Army ihm den Dienst leugnen würde, weil er über sein Alter und seine Herkunft gelogen hatte. Aber er hat sein Land geliebt und ihm gedient, bis er in den Ruhestand ging. Er war ein stolzer Mann, und deine Großmutter hat seine Entscheidung respektiert und ihm nie gesagt, dass sie seine wahre Herkunft kannte.«

»Es muss hart gewesen sein, ein Einwandererkind in einem neuen Land zu sein. Es klingt, als hätte er auf sich selbst aufpassen müssen. Wäre er wirklich in Schwierigkeiten geraten, wenn der Anwalt alles aufgedeckt hätte?«

»Vielleicht nicht, aber wir wissen nicht, wie verängstigt er war. Wir wissen nicht, was er als Kind durchgemacht hat. Außerdem war dieser Anwalt ein furchterregender Mann. Wer weiß, welche Lügen und Manipulationen er gegen Ben eingesetzt hat.«

»Wow, Opa«, sage ich. Er überquerte im Alter von sechs Jahren den Ozean und kam in den USA an, ohne Eltern, ohne die Sprache zu sprechen, und baute sich erfolgreich ein neues Leben auf.

»Seit Tausenden von Jahren ist die Menschheit aus dem einen oder anderen Grund von einem Ort zum anderen gezogen«, sagt Tante Melina. »Es ist ganz natürlich, dass die Menschen wandern. So wie deine polynesischen Vorfahren, die den Ozean überquerten und sich auf Hawaii niederließen. Aber in den Fünfzigern wäre es schwer gewesen, ein Einwandererkind zu sein, das nach dem Krieg keine Eltern mehr hatte.«

»Wie sind diese Dokumente bei Oma gelandet?«

»Hina hatte ihre eigene Art, mit Tyrannen umzugehen. Als sie herausfand, dass der Anwalt Ben bedrohte, bat sie ihre Cousins um Hilfe. Sie halfen ihr, die Dokumente zu beschaffen und überzeugten den Anwalt irgendwie davon, die Sache nicht weiter zu verfolgen.«

»Wusste Opa etwas davon?«

»Nein, Hina hat Ben gegenüber nie etwas davon erwähnt. Wie ich schon sagte, war er ein stolzer Mann. Damals waren die Dinge anders.«

»Nun, Opa Benedek, ich respektiere deinen Mut und finde es toll, dass du im Leben etwas riskiert hast.«

Plötzlich dämmert es mir. Ich habe auch Ungarn in mir.

Was für vielfältige und wunderbare Wurzeln ich habe.

Kapitel Vierundfünfzig

Acht Monate später

Die Regentropfen fallen. Wir stehen vor dem alten Tor. Ich drücke nach oben, gerade genug, um den Riegel aus seiner Kerbe zu lösen. Sofort gleitet das Tor zurück. Es ist, als wäre die Last der Vergangenheit durch Hoffnung, Liebe und unendliche Möglichkeiten ersetzt worden.

Nach monatelanger Arbeit ist unser Strandhaus liebevoll repariert und restauriert worden.

Amy drückt meine Hand, während Sean zum Haus hinaufläuft. Kalani betrachtet den Garten.

»Könntest du?«, frage ich Kalani. Sie lächelt und holt die Metallbox unter der Veranda hervor.

»Lass uns den Schlüssel für immer aus dieser Kiste holen«, sagt sie und reicht ihn Amy.

Amy schließt die Haustür auf, und diese schwingt auf, als würde sie uns einladen. Sie zieht ihre Schuhe aus und berührt sanft den Türrahmen.

»Ich mag unser neues Zuhause«, ruft Sean und sprintet mit ansteckender Begeisterung hinein. Curly folgt ihm mit einem fröhlichen Schwanzwedeln, während er seine neue Umgebung erkundet. Cheddar ist bereits in der Küche.

Bei der sorgfältigen Planung haben wir viele äußere Merkmale beibehalten, aber das Innere für ein zeitgenössisches und komfortables Leben modernisiert. Unser renoviertes Strandhaus enthält viele hawaiianische Elemente.

Ein Kloß bildet sich in meinem Hals, als ich Amy und Sean beobachte. Amys Augen füllen sich mit Tränen, und wir tauschen einen wissenden Blick aus, in dem wir unsere gemeinsame Reise und die Stärke, die wir ineinander gefunden haben, stillschweigend anerkennen.

»Kann ich in deinem Haus wohnen, Tante Kalani?« Seans unschuldige Bitte bringt uns alle zum Lachen.

»Natürlich. Ich brauche jemanden, der sich um meine Ohana kümmert, wenn ich wieder in Irland bin.«

Wir haben ein kleines Häuschen, eine Ohana, neben dem Haus gebaut, so wie es sich meine Großmutter immer erträumt hatte. Als wir jetzt auf der Veranda stehen und auf die Ohana schauen, lege ich meinen Arm um Kalanis Schulter.

Ich brauchte weder das Strandhaus noch das Grundstück zu verkaufen.

Pua, meine liebe Schwester, hat eine private Spendenaktion für Sean gestartet, und so viele Menschen haben gespendet, was sie konnten – Amys Familie, Luke und Dasia, meine Mutter in Bristol, Kalani und die ganze

Gemeinde hier in Nalu Town. Als Seans Lehrer davon erfuhren, hat die ganze Gemeinde mitgespendet. Innerhalb weniger Tage hatten wir plötzlich über zweihunderttausend Dollar.

Ich fragte Luke, ob er daran interessiert wäre, *Pages and Beans* zu kaufen, um zusätzliche Mittel für die Behandlung zu generieren, aber er hatte eine andere Idee: Er schlug vor, *Pages and Beans Café* in ein Franchise-Unternehmen umzuwandeln. Wir haben dies aktiv verfolgt und bereits zwei internationale Bewerbungen genehmigt – eine in Istanbul und die andere in der Toskana. Eine meiner Stammkundinnen zieht in die Toskana und will dort das *Pages and Beans Café* eröffnen. Ich freue mich so sehr für sie.

Wir drei haben einen Monat in Südkorea verbracht und sind jetzt wieder zu Hause. Sean spricht gut auf die Behandlung an, und wir werden in ein paar Monaten zurückkehren.

Amy und ich haben uns als Pflegefamilie beworben, und Sean freut sich darauf, ein großer Bruder zu sein. Außerdem widmet er einen Teil der für seine Behandlung gesammelten Gelder dem Kauf von Taschen für die Pflegekinder, um sicherzustellen, dass sie ihre Habseligkeiten in Taschen aufbewahren können, die schöner und stabiler als Müllsäcke sind. Ich erzählte ihm von meiner Teilnahme an einer Fahrrad-Aktion in London – Ride for Smiles und Bags of Hope. Jetzt ist er daran interessiert, hier eine ähnliche Veranstaltung zu organisieren, allerdings mit einer Schwimm-Aktion.

Ich lege meinen anderen Arm um Seans kleinen Körper und ziehe ihn an mich. »Nächste Woche fange ich mit dem Schwimmunterricht an«, sage ich zu ihm.

Seine Augen funkeln. »Juhu! Dann können wir zusammen schnorcheln gehen.«

»Das werden wir.«

Ich schaue auf und sehe Kai mit Jay und Dasia am Tor stehen. Jay ist Dasias bester Freund aus London. Er ist ein phänomenaler Kalligrafie-Künstler.

»Es sind so viele Leute aus London hier«, sagt Sean grinsend.

»Ich weiß, das ist cool, oder?«

Jay platzt vor Begeisterung. »Kai ist der absolut beste Reiseleiter der Stadt! Ich habe so viel über Hawaii gelernt – die Kultur, die Geschichte, die Natur. Unglaublich!«

Sie sehen sich für den Bruchteil einer Sekunde in die Augen, und in diesem Moment bemerke ich den unverkennbaren Funken zwischen ihnen – Kai und Jay.

Ich werfe einen Blick auf Dasia. Sie sieht sich die beiden ebenfalls an und zwinkert mir zu. »Bist du bereit für morgen?«, fragt sie.

Ich sehe Amy, Sean und Kalani auf der Veranda stehen – meine Ohana.

»Noch nie in meinem Leben war ich so bereit.«

Kapitel Fünfundfünfzig

Unter all den Dingen, die ich seit Beginn dieses Abenteuers gelernt habe, ist eine Weisheit bei mir hängen geblieben: Du kannst deine eigene Geschichte schreiben.

Mir ist klar geworden, dass nicht alle Wurzeln im Boden vergraben sind. Manche werden durch Liebe und gemeinsame Erfahrungen geschmiedet, und manche gedeihen an unerwarteten Orten.

Kai sieht schick aus. Er ist einer meiner Trauzeugen.

»Ich freue mich so für dich, Mann«, sagt er. »Wer hätte gedacht, dass wir heute hier sein würden?«

Ich sehe meinen Bruder an, der neben mir auf der Veranda des Strandhauses steht. Mein Bruder und ich. Dieses Mal bin ich der ältere Bruder, der einem jüngeren Bruder hilft.

Kai ist nach Big Island gezogen, um sich um unser

Kaffeeplantagengeschäft zu kümmern. Ich umarme ihn fest, und wir klopfen uns gegenseitig auf die Schulter.

»Weißt du was, du bist wie ein großer Braddah für mich«, sagt er, seine Stimme voll aufrichtigen Schalks.

»Ich bin dein großer Bruder.« Ich zwinkere. »Aber danke, Kai«, sage ich, gerührt von seinen Worten. »Ich habe von dem Besten gelernt.«

»Apropos dem Besten, Luke ist da draußen und kümmert sich um alle Gäste. Er ist so stolz.«

Miau.

»Schließt du dich uns an, Süße?«, frage ich und schaue auf Cheddar hinunter.

Miau.

»Ich weiß, du magst nicht in die Nähe des Wassers kommen. Das ist in Ordnung.«

Als es so weit ist, schlendern Kai und ich Seite an Seite zum Strand. Der grüne hawaiianische Lei, den ich trage, hängt an beiden Seiten über mein weißes Leinenhemd und reicht mir bis knapp über die Knie. Meine Füße sind nackt, und der Sand umarmt warm meine Zehen.

Die Holzstühle sind mit Gästen gefüllt, die sich unterhalten, lachen und lächeln. Das lebhafte Summen geht in Schweigen über, als ich in den Kreis trete – einen Kreis, der unser Leben und unsere Liebe verkörpert. Jeder Gast nimmt einen Stuhl in dem harmonischen Kreis ein, jedes Gesicht ist uns zugewandt, jede Anwesenheit ist gleichermaßen bedeutsam. In dieser Versammlung feiern wir Einheit und Liebe.

Der einfache Bambusbogen steht in der Mitte des

Kreises, und Luke steht daneben. Auf dem Sand liegt ein großes Herz aus Muscheln und Kieselsteinen. Pua und Sean haben sie an diesem Strand gesammelt. Amy und ich werden in seiner Mitte stehen, wenn wir unser Eheversprechen abgeben.

Als ich mich umschaue, versucht mein Herz herauszukommen und sich den Gästen anzuschließen. Ich würde jedem dieser Menschen ohne Weiteres mein Herz anvertrauen.

Meine Braut wird bald hier sein. Die Brauttruppe ist im Haus von Claire, gleich nebenan.

Ich nehme meinen Platz neben Luke ein, der aufrecht und stolz dasteht. Ich bin eingekeilt zwischen Kai, Luke und der Pfarrerin, die mich anlächelt. Ein Schal mit traditionellen hawaiianischen Mustern ist anmutig über eine ihrer Schultern drapiert.

Luke flüstert: »Ich kann nicht glauben, dass du dich vorgedrängelt hast. Ich bin fünf Jahre älter und habe mich Monate vor dir verlobt.«

»Ich habe dich um Erlaubnis gefragt, Mann«, antworte ich.

Er lacht.

Ich nicke Amys Eltern zu, und ihre Mutter lächelt mit Freudentränen in den Augen. Meine Mutter sitzt neben ihr. Sie ist diejenige, die mir eine Familie geschenkt hat. Sie ist auch diejenige, die mich bedingungslos geliebt hat, als wäre ich ihr eigen Fleisch und Blut, von dem Moment an, als sie mich in ihr Haus aufnahm, als ich zehn Jahre alt war. Sie hat mir gezeigt, wie sich die Liebe einer Mutter anfühlt, und ich bin so dankbar, dass ich sie Mom nennen darf. Ihre tiefblauen Augen sind getrübt, aber glücklich, seit sie vor einer Woche angekommen ist.

»Ich liebe dich«, murmle ich.

Sie antwortet mit einem Luftkuss und wischt sich dann über die Augen.

Neben ihr sitzt Kalani. Ein weiteres Paar tränenreicher Augen, tief und dunkelbraun. Sie ist meine Erinnerung an die Kraft der Vergebung, des Mutes und der Liebe. Unsere Blicke treffen sich für einen Moment. *Mom*, sage ich in Gedanken. Ich weiß, dass sie mich hören kann.

Mein Blick wandert auf die andere Seite des Ganges. Kimo nickt mir herzlich zu und hält die Hand seiner Frau. *Nicht du, Kimo, bitte*, denke ich, als ich sehe, wie ihm Tränen in die Augen treten.

Tante Melina lächelt, als Claire sich neben sie setzt. Der Stuhlkreis ist jetzt voll.

Ein lokaler Musiker beginnt auf seiner Ukulele zu spielen. Die Noten von »Somewhere over the Rainbow« erfüllen die Luft und hüllen uns in den Zauber dieses Moments ein.

Mein Herz muss mir aus der Brust geklettert sein, denn ich spüre seinen Schlag nicht mehr.

Dasia betritt als Erste den Kreis. Sie ist die perfekte Kombination aus Intelligenz, Schönheit, Bescheidenheit und Freundlichkeit: meine zukünftige Schwägerin, meine Vertraute, meine Freundin. Luke starrt sie an, als wäre sie ein heller Stern am Himmel. Ich höre sein Einatmen, seinen Herzschlag.

Als Nächstes kommt Pua. Meine Schwester. Kimos Tochter. Sie war überglücklich, als sie erfuhr, dass sie noch einen älteren Bruder hat. Sie ärgert Kai ständig und sagt, dass sie sich jetzt, da er nicht mehr der einzige Bruder ist, einen Favoriten aussuchen kann. Sie ist wie ein Schmetterling. Glücklich und fröhlich.

Ich halte das Warten nicht mehr aus, ich muss Sauerstoff in meine Lunge befördern. Lukes Hand liegt plötzlich auf meinem Arm.

Alle erheben sich, und die Pfarrerin bläst das Pū, das Muschelhorn. Ich blinzle schnell und versuche, die Tränen in meinen Augen zu vertreiben.

Sean führt Amy zum Traualtar. Ich schnappe nach Luft, als meine schillernde Braut mich anlächelt. Sie ist meine Luft. Ich atme ein und meine Brust entspannt sich, sobald ich diese grünen Augen und das dazugehörige Lächeln sehe.

Seans aschblondes Haar ist gestylt, und er trägt ein weißes Leinenhemd und eine cremefarbene Hose.

»Du siehst gut aus«, sage ich, als er vor mir steht.

»Du siehst auch nicht schlecht aus«, erwidert er. Wir geben uns einen Fauststoß und verschränken unsere Arme, bevor wir uns umarmen.

»Ich hab dich lieb, Kumpel«, flüstere ich ihm ins Ohr. Dann legt er Amys Hand in meine.

Beim Anblick von Amys zitternden Lippen kann ich nicht verhindern, dass mir eine Träne über das Gesicht fließt. Meine Amy trägt ein einfaches weißes, fließendes Kleid. Sie ist barfuß, und ihr Haar ist offen. Plumeria-

Blüten stecken hinter ihrem Ohr. Wie kann ein Mensch nur so strahlend aussehen?

Ich lege meine Hand auf ihren runden Bauch.

»Sie hat wieder getreten«, flüstert sie. »Ununterbrochen.«

»Das ist mein Mädchen«, sage ich, wobei meine Stimme bricht. »Sie wird die Hochzeit ihrer Eltern nicht verpassen.«

Sean wischt sich über die Augen, also gebe ich ihm ein Taschentuch aus meiner Tasche. *Ich verspreche dir, kleiner Mann, ich werde immer für dich da sein und dir die Tränen abwischen. Das Gleiche gilt für deine Mutter und deine kleine Schwester.*

Ja, wir sind schwanger, und unsere Tochter wird in vier Monaten zu uns stoßen.

Ich höre Luke schniefen.

Ich schaue mich in der Runde um. Weint hier jeder einzelne Mensch?

»Du hast hier mehr Wasserfälle geschaffen, als es auf allen Inseln von Hawaii gibt«, flüstert Kai.

Gerade als die Pfarrerin mit der Zeremonie beginnt, bringt Curly Amy einen Ball. Alle brechen in Gelächter aus.

Ich grinse und denke daran, wie alles begann.

Amy wirft den Ball. Curly verfehlt ihn. Der Ball trifft mein Gesicht. Acht Wochen später ist Hawaii mein Zuhause.

Wenige Minuten später sind wir Mann und Frau.

Ich bin dankbar für all die Irrungen und Wirrungen, die

mich zu diesem Moment geführt haben, in dem ich stolz neben meiner Frau und meinem Sohn stehe, inmitten meiner Ohana.

»Meine Frau«, flüstere ich ihr zu. Sie lächelt, ihre grünen Augen funkeln wie Smaragde im schwindenden Licht.

Unsere Hände sind ineinander verschränkt, während ich all die glänzenden Augen betrachte. »Da family«, flüstere ich. Es ist ein einfacher Satz, aber er hat das Gewicht von tausend unausgesprochenen Worten.

Miau.

Wir drehen alle den Kopf. Da steht sie, am Rand des Strandes. *Das kann nicht sein.* Cheddar betritt normalerweise nicht den Sand.

Sean rennt auf sie zu, und sie bilden ein Bündel aus Liebe und Schalk.

Unser erster Tanz findet am Strand statt, in unserem Kreis der Liebe. Ein Kreis, der sich nie schließt, sondern sich ausdehnt. Nach ein paar Augenblicken mit meinen Mädchen suche ich die Umgebung nach Sean ab und winke ihn zu uns.

»Roy«, sagt er.

»Ja, Kumpel.«

»Du wirst immer mein bester Freund sein, auch wenn ich dich eines Tages Dad nenne, okay?«

Oje. Er hat gerade den tiefsten Winkel meines Herzens erobert.

»Das klingt perfekt für mich«, sage ich mit zittriger Stimme.

Ich atme den salzigen Geschmack in der Luft ein. Ich weiß nicht, ob es von den Wellen kommt oder von der einzelnen Träne, die über mein Gesicht läuft.

Wir drei – na ja, vier – wiegen uns im Sand hin und her.

Zwei grüne Augenpaare starren mich an. Und dann spüre ich einen kräftigen Tritt gegen meine Hand, die auf dem runden Bauch meiner Braut ruht.

Ich habe gefunden, wonach ich gesucht habe.

Mein Zuhause.

Es geht nicht um einen Ort. Es ist eine Person.

Und noch einiges mehr.

Zuhause ist dort, wo meine Amy, unser Sohn Sean und unsere Tochter sind.

Danksagung und ein Bonuskapitel!

Liebe Leserin, lieber Leser, ich bin dir sehr dankbar, dass du dir die Zeit genommen hast, dieses Buch zu lesen.

Ich wäre dir unglaublich dankbar, wenn du eine Rezension auf Amazon oder Goodreads hinterlassen könntest – es würde mir sehr viel bedeuten.

Möchtest du wissen, was die Figuren als Nächstes vorhaben? Hier ist ein Bonuskapitel, das dir einen kleinen Vorgeschmack gibt.

https://GTLondonAuthor.com/RoyBonus

Mehr von G.T. London

Alle meine Bücher findest du auf Amazon.com unter:

https://geni.us/GTLondonAuthor

Was kommt als Nächstes?

Nalu Town in Hawaii erlebt ein Comeback in einer mitreißenden
Sammlung von drei Büchern.

Eine Anmerkung der Autorin

Wie Roy zum Protagonisten dieses Buches wurde, ist eine Geschichte für sich. Ich hatte nicht geplant, dass *Second Chances and Then Some* und *Acht Wochen später* miteinander verknüpfte Romane sein sollten, aber Roy bestand darauf, seine eigene Geschichte zu erzählen. Und ich bin froh, dass er das getan hat.

Er ist mir ans Herz gewachsen, als er in *Second Chances and Then Some* eine wichtige Rolle bei der Verbesserung des Lebens anderer spielte. Dann fand er seinen Weg in mein Herz und meinen Kopf als Hauptthema dieses Buches.

Heimat und ein Gefühl der Zugehörigkeit sind für jeden Menschen ein eigenes Konzept. Aber die Entdeckung, dass Heimat eine Person und nicht ein Ort ist, hat einen besonderen Platz in meinem Herzen.

Und ich bin überglücklich, dass Roy, ein ehemaliges Pflegekind, sein Glück gefunden hat.

Bleiben wir in Verbindung

Hier sind einige gute Möglichkeiten, mit mir in Verbindung zu bleiben und als Erster von allem zu erfahren, was mit meiner schriftstellerischen Tätigkeit zu tun hat.

1 – Der Newsletter: Tritt meiner Newsletter-Familie bei, um über neue Bücher, Sonderangebote und Veranstaltungen informiert zu werden. Besuche meine Website, um dich anzumelden: GTLondonAuthor.com

2 – Autorenseite: Folge meiner Amazon-Autorenseite, um über neue Veröffentlichungen informiert zu werden.

3 – Facebook-Lesergruppe: facebook.com/groups/GTLondonReaders

4 – E-Mail: gtlondonauthor@gmail.com

5 – Soziale Medien: Im Abschnitt »Über die Autorin« findest du Angaben zu den sozialen Medien.

6 – Veranstaltungen: Ich liebe es, die Leser zu treffen.

Erzähl mir von literarischen Veranstaltungen in deiner Nähe, vielleicht von deinem Buchclub. Möglicherweise kann ich daran teilnehmen – persönlich oder virtuell.

Besonderer Dank

Hawaii!

Meine tiefe Dankbarkeit gilt der wunderschönen Natur von Hawaii: den Regenbögen, dem Meer, dem Sand, den Menschen, den Schildkröten, den Walen, dem Regen, der Sonne, den Katzen, den Freunden und vielem mehr. Als Menschen sollten wir diesen vulkanischen Inseln unendlich dankbar sein, dass wir ihre Wunder erleben dürfen.

Der Aloha-Geist und die hawaiianische Kultur erinnern an das, was wirklich wichtig ist: Liebe, Familie, Freundschaft, Frieden und Respekt – vor allem Respekt vor der Natur.

Auch wenn der Akt, Worte zu Papier zu bringen, ein einsamer Prozess sein mag, wird die Reise zum Schreiben eines Romans durch die Unterstützung vieler Menschen, sowohl im beruflichen als auch im privaten Bereich, wesentlich angenehmer.

Ich bin dankbar für die Unterstützung von Freunden und Familie, sowohl in der Nähe als auch in der Ferne, die mich anfeuern und täglich inspirieren.

Ein besonderer Dank geht an meine einfühlsamen Lektorinnen Jodi Warshaw und Rachel Small, die mir geholfen haben, eine bessere Geschichtenerzählerin zu werden. Ich danke auch Kelly Lamb für das sorgfältige Korrekturlesen.

Ich bin überglücklich, dass mein Buch nun auch für deutsche Leser verfügbar ist. Mein herzlicher Dank gilt dem Team von Literary Queens Novel Translation, das dies möglich gemacht hat: der talentierten Übersetzerin Noëlle Niederberger für ihre bemerkenswerte Arbeit und der sorgfältigen Lektorin Felicitas Reichmann, die für die makellose Qualität gesorgt hat. Danke, dass ihr das Buch in einer neuen Sprache zum Leben erweckt habt!

Meine tiefste Dankbarkeit gilt meinem Mann, meinem Abenteuerpartner Jason, dessen ständige Unterstützung und Glaube mich als Schriftstellerin vorantreiben.

Ich erkenne auch die unschätzbaren Beiträge der Schriftstellergemeinschaft und der anderen Autoren an, deren kollektive Unterstützung den Weg ebnet.

Nicht zuletzt bin ich DIR, dem wunderbaren Leser, unendlich dankbar. Danke, dass du ein wesentlicher Teil dieser Reise mit mir bist.

Über den Autor

G. T. London ist die Amazon-Bestsellerautorin von Acht Wochen später, sowohl in den USA als auch in Kanada. Sie schreibt zeitgenössische Liebesromane mit Mystery und Spannung und entwirft Romane voller Geheimnisse, unerwarteter Wendungen und packender Familiendramen. Als preisgekrönte Autorin erhielt G. T. London 2024 den Outstanding Fiction Award in Romance vom Independent Author Network für ihre Arbeit bei Acht Wochen später.

Die meiste Zeit ihres erwachsenen Lebens verbrachte sie in der pulsierenden Stadt London, wo sie als Führungskraft im Gesundheitswesen arbeitete, sowie als Coach und Trainerin für Unternehmen und Führungskräfte, sowohl in Großbritannien als auch in Kanada.

G. T. London hat einen MBA-Abschluss der Warwick Business School in Großbritannien und war als Gastdozentin für MBA-Studenten tätig. Sie ist Mentorin an internationalen Wirtschaftsfachschulen und leitet Schreibworkshops.

Heute ist sie hauptberuflich als Romanautorin tätig, hat Artikel für die Zeitschriften *Entrepreneur* und *Training* veröffentlicht und lebt derzeit mit ihrem Autoren-Ehemann Jason in Hawaii.

Sie liebt es, lebensbejahende Geschichten zu schreiben, die den Leser in ferne Länder entführen, wo sich Dramen, Wendungen und unerwartete Ereignisse entfalten, genau wie im Leben selbst.

Zurzeit schreibt sie an ihrem nächsten Buch, während sie gleichzeitig das darauffolgende Buch vorbereitet und das wiederum darauffolgende Buch plant.

facebook.com/gtlondon.author

instagram.com/gt.london.author

goodreads.com/gtlondon

amazon.com/author/gt.london

bookbub.com/authors/g-t-london

tiktok.com/@gt.london.author